"有的时候,
　　想当然地认为被动的公主形象是童话故事的标准,
　　可能会使我们忽略了一段更加生动,
　　也更具女性意识形态的历史,
　　这绝不是一个21世纪的读者希望看到的。"

女声 VOICES OF US

消失的「公主」女性作家和经典童话

THE LOST PRINCESS
Women Writers and the History of Classic Fairy Tales

[美]安妮·E.达根/著

陈文静/译

上海社会科学院出版社
SHANGHAI ACADEMY OF SOCIAL SCIENCES PRESS

《芬妮特：聪明的公主》一书中的几个场景，绘制于巴黎百货公司（Le Bon Marché）的彩色石版画上，约1890—1900年。这几个场景突出表现了芬妮特通过暴力来战胜侵略者的能力

出版商巴吉度（Basset Marchand d'Estampes）出版的《芬妮特-仙隆》一书中的插画，约1810年

奥古斯特·施赖伯（August Schreiber）为1830年的舞台剧《芬妮特-仙度》（Singspiel Finette Aschenbrodel）所制作的海报

正在享受宝塔精灵们的服务的莱德罗内特，出自德皮纳尔·佩勒林（d'Epinal Pellerin），19世纪

《甘德爸爸欢乐童话故事集》的卷首插画

福楼拜童年时期上色的故事书《绿色巨蟒》

雅克·德雷萨（Jacques Drésa）针对莫里斯·拉威尔的组曲，给宝塔精灵女王莱德罗内特所设计的服装

《多尔诺瓦夫人故事集：〈白猫〉等法国古老童话故事》（*The White Cat, and Other Old French Fairy Tales, by Mme. la comtesse d'Aulnoy*, 1928）一书中《白猫》的插图，出自E.麦金斯特里（E. MacKinstry）

一双无形的手打开了金色大门,引领王子进入白猫的城堡,出自巧克力品牌蒲兰包装上的彩色印刷画,约19世纪90年代

王子第一次遇到白猫时的场景,出自巧克力品牌蒲兰包装上的彩色印刷画,约19世纪90年代,"年轻的王子讶异地走进城堡……"

在拉盖泰剧院（La Gaïté theatre）上演的舞台剧《白猫》中的服装，出自《巴黎女子舞台剧》（*Revue Parisienne*），1869年8月21日

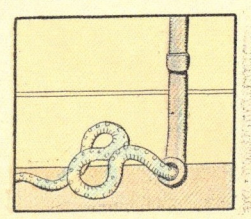

《青年画刊》(*La Jeunesse illustrée*,1903)上刊登的一篇以蛇为主要人物来表现女性好奇心的漫画,旁白写在每幅漫画下面

《白色小猫》(墨西哥城,1965)中的场景,从中我们可以看到戒指上有王子的肖像,出自《彩色插图里的著名故事》(1961—约1965)

《白色小猫》中的白猫变身为金发女郎

《福图纳的故事》中强脊扛着死去的恶龙回去找阿尔福瑞,福图纳就在一旁(伦敦,1804)

《白色小猫》中表现出的性张力

亚马逊女战士的形象：彭忒西莱娅（Penthesilea）、马尔特西娅（Martesia）、希波吕忒（Hippolyta）、奥丽西亚（Orithyia），出自特凡诺·德拉·贝拉制作的卡牌游戏《著名王后的游戏》

福图纳与恶龙交战中,出自《美丽、惊奇又有趣的空中生物冒险……娱乐和启发青少年心智的全选集》一书的卷首插画

福图纳正在斩杀恶龙,出自棋盘游戏《福图尼奥和他的七个天才奴仆》(伦敦,1843)

福图纳见到了马塔帕国王,详细内容出自棋盘游戏《福图尼奥和他的七个天才奴仆》(伦敦,1843)

游戏《福图纳和他的七个天才仆人》的结局画面,看起来像戏剧化的神话场景

棋盘游戏《福图尼奥和他的七个天才奴仆》(伦敦,1843)

LA BELLE AUX CHEVEUX D'OR
La Carpe à laquelle il avait sauvé la vie lui remit la bague.

玛丽-凯瑟琳·多尔诺瓦夫人的童话故事《金发女郎》中的场景，彩色版画，用以宣传巴黎最早的百货公司之一乐蓬马歇百货（Le Bon Marché）

巧克力公司蒲兰利用玛丽-凯瑟琳·多尔诺瓦夫人创作的《林中小鹿》等童话故事来售卖自己生产的巧克力棒

演员玛丽·多布伦扮演的金发女郎,1847

目 录
Contents

引言 ·· 001
    女性童话故事作家群体·· 006
    写给成人看的童话故事？··· 014

第一章　一个并不被动的灰姑娘·· 022
    会杀人的灰姑娘·· 024
    莱里捷的《聪明的公主》··· 029
    多尔诺瓦夫人版的灰姑娘故事··· 031
    《芬妮特-仙度》的影响力··· 039
    《芬妮特-仙度》的民间化过程·· 040
    德国和捷克斯洛伐克··· 043
    灰姑娘故事的其他版本·· 054

第二章　美女、野兽以及多尔诺瓦夫人的影响力························· 067
    《美女与野兽》的诞生·· 070
    从白羊到野兽··· 071
    巨蟒与野兽·· 077

影响之一：英语版的《白羊》……083
　　影响之二：文学及音乐作品中的巨蟒形象……095

第三章　另一个著名的与猫有关的故事……113
　　从欧芹到莴苣公主……116
　　多尔诺瓦夫人的《白猫》……123
　　英国童话剧《白猫》……131
　　童话剧之最——《白猫》……142
　　漫画版《白猫》……151

第四章　消失的亚马孙战士……167
　　从康斯坦沙（莎）到康斯坦帝（蒂）……174
　　"玛莫伊桑"和亚马孙战士……180
　　《美人贝儿，骑士福图纳》及其影响力……189

第五章　结语……219

致谢……225
图片致谢……227
资料来源……229

选自《道格拉斯·伊波利特伯爵》(Hypolite, comte de Duglas, 1690)一书。画面中的男主人公正要讲述17世纪90年代首部出版的童话故事《快乐岛》(The Island of Felicity, 布鲁塞尔, 1704)

引　言

　　各位读者，我将在本书中带领您踏上曾经的童话之岛，那个时候，我们如今奉为经典的那些童话故事刚刚诞生，雅各布·格林和威廉·格林兄弟（Jacob and Wilhelm Grimm）、汉斯·克里斯汀·安徒生（Hans Christian Andersen）、沃尔特·迪士尼（Walt Disney）这些现在大家耳熟能详的作家还籍籍无名。迪士尼经典作品《灰姑娘》（*Cinderella*, 1950）和《睡美人》（*Sleeping Beauty*, 1959）的故事原型皆出自夏尔·佩罗[①]，当时其作品在文化界的地位还没有到今天这个地步。那时，已经出现了一些像《芬妮特·仙度》（"Finette-Cinders"）这样的"灰姑娘"类型的故事，这些故事在当时的受欢迎程度丝毫不亚于今天21世纪书迷和影迷所熟悉的那些故事。在那个时候，《芬妮特：聪明的公主》（"Finette, or, The Clever Princess"）这个故事中品德高尚的女主人公杀死了迫害自己的人；在那个时代，早期版本的《美女与野兽》（"Beauty and the Beast"）中英勇善

[①] 夏尔·佩罗（Charles Perrault, 1628—1703），法国17世纪诗人。尤以《鹅妈妈的故事》（*Contes de ma Mère l'Oye*）闻名。在这部童话集的影响下，法国17世纪出现了一批童话创作者。佩罗的童话也深深影响了格林兄弟，他们的童话集中就有不少同名作品，比如《灰姑娘》《小红帽》《蓝胡子》《穿靴子的猫》等。——译者注（如无特别说明，本书脚注皆为译者注）

战的亚马孙女战士有着王子一般的儿子;在那个时期,女版《白猫》("White Cat")故事的知名度与佩罗的男版《穿靴子的猫》(Puss-in-Boots)不相上下。当时,长发公主故事的主角还不是乐佩(Rapunzel),而是佩里内特(Persinette),其旨在批判传统包办婚姻。当时还十分流行与女武士有关的传奇历险小说,这些小说的女主人公均穿着男性服饰,比如《野人》("The Wild Man")中的康斯坦帝(蒂)[Constantin(e)]。这些小说的创作者是一群卓尔不群的女性:玛丽-凯瑟琳·多尔诺瓦夫人[1]、玛丽-珍妮·莱里捷[2]、加布里埃尔-苏珊·巴博特·维伦纽夫夫人[3]、夏洛特-罗丝·德·拉福斯[4]、亨利埃特-朱莉·德·缪拉[5]。

大部分21世纪的读者对这些女性作家可能都不怎么熟悉。但是,她们的名字在过去可是家喻户晓的,许多国家的人都知道她们。比如,从17世纪到19世纪末,多尔诺瓦夫人在欧洲的知名度一点儿也不逊色于佩罗、格林兄弟和安徒生,有时候甚至更甚于这些

---

[1] 玛丽-凯瑟琳·多尔诺瓦夫人(Marie-Catherine d'Aulnoy, 1650/1651—1705),法国著名童话作家。她首次使用"Conte de fées"(仙女童话)一词,对这一体裁的发展具有开创性贡献。她擅于使用民间故事元素,且常以动物新郎或新娘为主题,比如《蓝鸟》《白猫》《林中母鹿》。学界一度把她和佩罗相比,评价难免有失公允,近年来,多尔诺瓦夫人在法语文学中的重要性逐渐被承认。
[2] 玛丽-珍妮·莱里捷(Marie-Jeanne L'Héritier, 1664—1734),法国17世纪末的贵族阶级作家,创作过3部童话故事。
[3] 加布里埃尔-苏珊·维伦纽夫夫人(Gabrielle-Suzanne de Villeneuve, 1685—1755),法国著名小说家,其于1740年出版的《美女与野兽》是目前已知最早的《美女与野兽》版本。
[4] 夏洛特-罗丝·德·拉福斯(Charlotte-Rose de La Force, 1654—1724),法国小说家、诗人,代表作品为《芮芭姑娘》,后被格林兄弟改编为《长发公主》。
[5] 亨利埃特-朱莉·德·缪拉(Henriette-Julie de Murat, 1670—1716),法国17世纪晚期的童话作家。她借用古希腊神话、斯特拉帕罗拉的《愉悦之夜》的故事元素进行创造。常以"爱"为主题多视角展开创作,故事的结局并非是美好的。她的童话关注仙女与凡人的关系,显示出仙女虽然能够掌控主角的命运,但却无法掌控"爱"。

男性作家。本书《消失的"公主"：女性作家和经典童话》(*The Lost Princess: Women Writers and the History of Classic Fairy Tales*)将追寻17、18世纪这些女性作家的故事。今天我们奉为经典的那些童话故事，比如《灰姑娘》《美女与野兽》《长发公主》《穿靴子的猫》，之所以能够诞生，都少不了这些女性作家的重要影响。通过这趟旅程，我们将发现连接过去与现在的那些片段、线索与细节，它们将颠覆我们的原有看法，比如这些童话故事的收集者与创作者、这些故事中的女主人公的真实个性，以及它们的真正目标读者和创作动机。我们会发现这几个世纪以来，历史上涌现过多个版本的《灰姑娘》及《美女与野兽》，以及其他男性打扮的女武将的故事。这些故事对不同的受众群体都产生了强烈的吸引力，里面的女主人公都十分具有先锋精神，并不需要等待王子来拯救她们。相反，她们十分出色地完成了拯救王子的任务。

就像对一座遗失的城堡进行考古挖掘一样，在这本书中，我试图挖掘出这些消失的"公主"们过去的故事，以多尔诺瓦夫人为代表的这些女性作家创作出了我们现在如数家珍的那些童话故事，我们本该深表感谢，却对此一无所觉，她们在过去建立起的童话故事创作原则也与当今我们所知的那些完全不同。尽管她们的作品在21世纪并不为大多数人所知晓，但是她们造成的影响却横亘了数个世纪。这些女性作家对于如今被迪士尼动画公司所把控的童话故事产生了至关重要的影响，而迪士尼动画公司的这种垄断性地位背景也使得我们对于这些女性作家曾经在童话故事行业中的突出地位一无所知。我们常常以为女性、性别以及女性主义的历史是一段朝着目标不断进步的历史，以为在20世纪之前女性没有自己的话语权，而现在女性地位已经得到了很大的提高。我之所以要讲述这些故事就是想破除这些迷思,告诉各位读者,女性,尤其是童话故事的女性创作者曾经能够发声,挑战父权体系,彰显女性地位。并且,她们绝不是处于边缘地位的作家,相反,她们的故事广受欢迎,十分畅销,她们的作品曾被译成包括英语、德语在内的多种语言,其中多尔诺瓦夫人的作品还被译成了捷克语、意大利语和西班牙语。17—19世纪欧洲童话故事中的公主给人的第一印象并不是消极被动或者终日郁郁寡欢的少女形象,这点的确可能令21世纪的读者感到意外,但是对那些喜欢多尔诺瓦夫人作品的读者来说却不足为奇。多尔诺瓦夫人的作品曾被改编成其他多种艺术形式,比如戏剧、音乐以及漫画,其中的女主人公的形象多是大胆果断且具有自我意识的。

在《牛津英语辞典》(Oxford English Dictionary)中,"经典"这个词的定义是"第一等的,第一阶级的,最重要的;构成了公认的标准或模型;拥有恒久的利益或价值"。说到经典童话故事时,第一时间进入我们脑海的应该是《灰姑娘》《睡美人》《美女与野兽》《长发公主》《小红帽》。这些故事中除了《美女与野兽》的作者常常不受人们重视或者被认为是由迪士尼创作的之外,其余的小说都由佩罗、格林兄弟、安徒生出版过。换句话说,我们对于经典童话故事的印象总是主要围绕着男性创作的故事。20世纪以及21世纪的一些童话故事作家,比如安吉拉·卡特[1]、玛格丽特·阿特伍德[2]、罗宾·麦金利[3]、艾玛·多诺霍[4],认为佩罗、格林兄弟、安徒生等男性作家确实

---

[1] 安吉拉·卡特(Angela Carter,1940—1992),英国小说家、短篇小说作家、记者。2008年,名列《泰晤士报》"1945年以来最伟大的50位英国作家"的第10位。
[2] 玛格丽特·阿特伍德(Margaret Atwood,1939—),加拿大诗人、小说家,代表作品有《使女的故事》。
[3] 罗宾·麦金利(Robin McKinley,1952—),美国魔幻与儿童作家。
[4] 艾玛·多诺霍(Emma Donoghue,1969—),加拿大女小说家、历史学家和剧作家。

定义了这些从古至今早已存在的童话故事最终的样子。然而，在经典童话的发展历程中，女性作家也发挥着不容忽视的作用，彪炳着经典童话故事的发展史，这让我们对于何谓"经典"、何谓"标准或模型"、何谓"恒久的利益或价值"有了不同于以往且令我们感到惊讶的认识。如果我们试图透过不同版本的经典童话故事的表象和线索深挖的话，我们会发现女性作家，尤其是女性主义作家，构建了这些经典童话故事的基础。

30多年前，我开始研究童话故事，法国女性童话故事作家给我留下了深刻的印象，人们一般称她们为"conteuse"[①]。这些作家中的杰出代表有玛丽-凯瑟琳·多尔诺瓦夫人、夏洛特-罗丝·德·拉福斯、亨利埃特-朱莉·德·缪拉、玛丽-珍妮·莱里捷、加布里埃尔-苏珊·巴博特·维伦纽夫夫人、让-玛丽·博蒙特夫人[②]。她们创作的童话故事，与当今20—21世纪的一些经典童话故事十分相像。然而，值得注意的是，这些版本的童话故事实则与我们现在耳熟能详的版本迥然不同。最重要的一点在于，在这些17、18世纪女性作家创作的童话故事中，女王们拥有管理自己国土的权力，亚马孙女战士们拥有军事战斗的能力，聪明绝顶的女主人公们拥有依靠自己打败邪恶的国王、仙女和魔鬼的智慧。从风格上来说，不同于佩罗或格林兄弟的简洁风格，这些童话故事的情节发展十分复杂，近似一篇中篇小说。

这些年来，我一直致力于研究这些女性作家是如何通过故事创作来挑战17世纪流行的性别观念以及促进男女平等的。这些故事

[①] "conteuse"为法语词汇，用来特别指代17世纪这群代表性的女性童话故事作家。
[②] 让-玛丽·博蒙特夫人（Jeanne-Marie Beaumont，1711—1780），法国18世纪具有代表性的儿童文学作家之一。

的大部分情节都基于意大利作家乔瓦尼·弗朗切斯科·斯特拉帕罗拉[①]和吉姆巴地斯达·巴西耳[②]的作品,他们笔下的女主人公要比我们今天在经典童话故事中看到的有权力得多。随着对这些女性童话作者研究的深入,我越来越明显地发现她们的影响力绝不是仅仅限于法国内部,也不只持续到了17世纪末。不得不承认,多尔诺瓦夫人的影响力遍布整个欧洲,她创作的童话故事一开始的目标读者是贵族青年,后来又在18世纪末改编成了适合资产阶级青少年阅读的版本,19世纪时还改编成了舞台剧在法国和英国两个国家上演。多尔诺瓦夫人的有些故事甚至还为了适应定居在美国的法国人的口语习惯而进行了改编,出现在了法属加拿大地区[③]及美国密苏里州。[1]

女性童话故事作家群体

关于这些女性童话故事作家及其社会地位,有许多用法语和英语撰写的研究。[2]尽管不知为何她们尚未在大众中得到人们的注意,但是民间传说及童话故事的学者却通过研究发现了许多有趣的事实:首先,这些女性作家曾写过许许多多人们交口称赞的童话故事,这些童话故事完美地融合进了口头语言及流行文化中;其次,这些女性作家都出身于贵族阶层,她们故事的目标受众及读者是精英阶

---

① 乔瓦尼·弗朗切斯科·斯特拉帕罗拉(Giovanni Francesco Straparola,1485—1558),《穿靴子的猫》最初版故事的作者。
② 吉姆巴地斯达·巴西耳(Giambattista Basile,约1575—1632),意大利诗人和童话故事搜集者。
③ 法属加拿大为法国在北美圣劳伦斯河地区建立的一个殖民地,是新法兰西发展水平最高的地区。法属加拿大分为3个地区:魁北克、三河、蒙特利尔。

级的群众;最后,在故事中,她们讨论了许多严肃深刻的话题,从怀孕分娩、包办婚姻到性别平等以及对君主制度的批判。那么,这些女性究竟是什么人呢?

17世纪90年代,法国兴起了一股出版童话故事的风潮,主导这股风潮的是一群出身于贵族阶层的女性作家,她们中的很多人都因为违反性别及社会规范而在王室遭到了边缘化。她们之所以这样做是因为拒绝接受自身在独裁的父权社会里被安排的位置。多尔诺瓦夫人是这场运动的领头人。多尔诺瓦夫人全名是玛丽-凯瑟琳·勒朱梅尔·德·巴内维尔·多尔诺瓦(Marie-Catherine Le Jumel de Barneville, d'Aulnoy),她出生在一个颇具威望的贵族家庭,13岁时被家族安排嫁给了大她30岁的弗朗索瓦·德拉莫特·多尔诺瓦男爵(Francois de la Motte baron d'Aulnoy)。这段充满着矛盾的不幸婚姻最终因多尔诺瓦男爵的经济问题及婚内不忠行为戛然而止,多尔诺瓦夫人因为这些问题与母亲以及两位情人密谋陷害男爵。她们试图以大不敬之罪控告多尔诺瓦男爵,指控他说了忤逆国王的话,当时这一行为可是会被视为叛国罪的。然而,他们的密谋最终以失败告终,两个情人被处以死刑,多尔诺瓦夫人及其母亲则可能逃往了英国和西班牙。到了大约1685年,多尔诺瓦夫人才被准许回到巴黎,随后就被路易十四[①]下令逮捕(也许是应多尔诺瓦男爵的要求)。她被扣押至布洛瓦(Blois)的一座修道院,随后又于1687年被转至巴黎的一所修道院,一直扣押到了1695年。[3]在所有的童话作家中,多尔诺瓦夫人是第一个成功将自己创作的童话故事出版的。她在自己

[①] 路易十四(Louis XIV, 1638—1715),或称"路易大帝"(le Grand)和"太阳王"(le Roi Soleil),是1643—1715年间在位的法国国王,在位长达72年110天,是有确切记录的在位时间最久的主权国家君主。

的小说《杜格拉斯县海波利特的故事》(*The Story of Hypolite, Comte de Duglas*)中收录了《快乐岛》这篇童话,并于1690年出版,后又于1697年和1698年出版了她的另外两本作品集,在所有女性童话作家中,论作品数量与影响力,她都是首屈一指的。

夏洛特-罗丝·德·拉福斯同样来自名门望族,她一开始是路易十四世宫廷里的未婚侍女,后来因为被指控拥有一本色情小说而失去了王室的青睐。并且,人们还认为她有很多情人。[4]在早期现代①的法国,没有父母的允许,子女不得擅自与他人成婚。然而拉福斯违反了这个规定,在1687年不顾男方家庭的阻挠嫁给了查尔斯·德·布里欧(Charles de Briou),随后这段婚姻被宣布无效。1697年,拉福斯的童话故事得以出版。然而就在同年,由于被指控创作讽刺歌曲,她被逐出宫廷,从巴黎被流放到位于法国北部的热尔西(Gercy)的一所修道院。需要注意的是,在早期现代的法国,修道院通常被认为是关押行为不端的女性的监狱。当时的丈夫有权以指控通奸的名义将自己的妻子无限期地关押在修道院内,甚至不需要出示任何证据。同样地,君王自然也可以对其宫廷里的女性处以监禁的惩罚。

亨利埃特-朱莉·德·缪拉和自己的堂妹拉福斯以及多尔诺瓦夫人殊途同归,走向了相似的命运。她同样出身于名门望族,在被指控包括女同性恋在内的行为不端之前,她一直可以频繁进出宫廷。最终,她于1702年被流放至洛什城堡②。1706年,她曾试图穿戴男性

---

① 早期现代(early modern period),又译"近世",历史学上的一种分期,指中世纪之后,狭义上的现代(modern,又译"近代")之前的这个时期。
② 洛什城堡(Château de Loches)是一座王室城堡,位于法国卢瓦尔河谷印德卢瓦尔省,建于9世纪。这座庞大的城堡主要以其宽大的广场而闻名。

的服装、帽子及假发从城堡逃跑,[5]但以失败告终。1709年,她获得了部分自由,但仍不被准许回到巴黎。在被流放前,她分别于1698年和1699年出版了自己的几本童话故事集。

玛丽-珍妮·莱里捷也许可以说是这群女性童话故事作家中最为彻底的反叛者,她终身未婚,并且没有任何关于婚姻方面的丑闻。她的导师是女性主义作家以及哲学家玛德琳·德·斯库德里(Madeleine de Scudery, 1607—1701)[6]。跟随导师的步伐,她也清楚明白地表达了自己对于女权运动的支持。莱里捷是佩罗的亲戚,还曾拜访过佩罗及其家人,并且专门写了一个童话故事献给佩罗的独生女。从送给缪拉的作品《聪明公主:芬妮特的冒险之旅》("The Clever Princess; or, The Adventures of Finette")可以看出,她也认识缪拉。这部作品还证明莱里捷十分熟悉缪拉的作品,她在书中写道:"您写的故事是世界上最好的诗歌。"[7]在第一章中,我们将会看到多尔诺瓦夫人对莱里捷的作品可以说是信手拈来,甚至还从莱里捷那里借用了"芬妮特"这个名字作为自己版本的灰姑娘故事的女主人公名。

这些女性彼此之间多多少少都有些关联,对于她们这个群体的具体性质,学者们也一直都在研究当中。我们前面已经提过,缪拉和拉福斯是堂姐妹。缪拉曾在日记中提到过她经常去多尔诺瓦夫人在巴黎圣贝诺瓦路(rue Saint-Benoit)举办的沙龙交流会(估计是在1695年之后),她这样写道:"我很熟悉多尔诺瓦夫人,有她在场,没人会感到无聊。她的谈吐甚至比她作品里表现出来的还要风趣幽默。和我一样,她没有认真学习研究过写作方法,创作故事只是纯粹出于兴趣罢了,并且她常常也需要在人声嘈杂的场合摒除干扰专心写作。"[8]布朗温·雷丹(Bronwyn Reddan)进一步发现:"有证据表明,在17

世纪90年代，多尔诺瓦夫人、凯瑟琳·伯纳德（Catherine Bernard）、拉福斯以及缪拉经常去朗伯侯爵夫人（Marquise de Lambert）每周举办的沙龙。"在导师斯库德里去世后，莱里捷继承了导师的传统，也继续举办这样的沙龙。[9]另一位女性童话故事作家凯瑟琳·伯纳德可能也参加过。在接下来的章节中，我们会看到，这些女性童话故事作家之间的联系使得她们对彼此的作品都烂熟于心，这一点从她们经常互相借鉴各自小说的元素中可以明显地看出来。[10]因此，她们结成了一个思想同盟，不仅是现实意义上的沙龙聚会，更是文学作品意义上的互相交流。

法国沙龙兴起于1610年，由凯瑟琳·德·维沃纳·朗布依埃侯爵夫人（Catherine de Vivonne, marquise de Rambouillet）发起。在这个空间内，女性可以对文学、哲学乃至科学问题发起探讨和辩论。无论是男性还是女性都可以频繁出入沙龙，但是每个沙龙的基调很大程度上是由举办沙龙的女主人决定的。参与这些沙龙的女性有玛德琳·德·斯库德里，她创作的许多小说都是在沙龙集会上成形的，还有玛德琳·德·苏弗尔·萨伯侯爵夫人（Madeleine de Souvre, marquise de Sable），她写了许多道德格言，与另一位知名的格言作家弗朗索瓦·德·拉罗什福科（Francois de La Rochefoucauld）是亲戚。知名的沙龙女主人还有安妮-特蕾莎·德·马格纳特·德·库尔塞勒斯·朗伯侯爵夫人（Anne-Therese de Marguenat de Courcelles, marquise de Lambert），她于17世纪60年代开始举办沙龙集会，许多童话故事的作家都经常去她的沙龙。[11]一方面，这些沙龙是个现实生活中的地点，许多成员都能够在这里面对面地交流，分享彼此的作品，以及探讨当下的文学及哲学潮流；另一方面，这些沙龙也具有文学意义，通信和文学作品被视为沙龙和社交关系的延伸，与这一特定

朗布依埃侯爵夫人举办的沙龙,由亚伯拉罕·博斯(Abraham Bosse, 1604—1676)所作

空间和一群知识分子有关的讨论和辩论也是如此。

虽然我们目前缺乏足够的史料证据来理解童话故事作者与她们频繁参与的沙龙之间的关系,但可以肯定的是,这些沙龙对她们而言的确有着重要的意义。在这些作者创作出的童话世界里,女性也拥有权力,也在不断地积极成长,就像许许多多的沙龙一样。这些沙龙提供的不是"一间只属于自己的房间"[1],而是"一间属于她们的房

---

[1]《一间只属于自己的房间》是弗吉尼亚·伍尔夫的作品。在书中,伍尔夫提出女性要认清自身的境遇,积极争取独立的经济力量和社会地位,独立思考,自由生活,发挥出女性的最大优势,成就自我。

间",在这间房间里,女性能够磨练自身的文学技巧,并且支持彼此创作出在17世纪90年代的法国畅销的诗歌、小说以及童话故事。尽管尚未得到公认,但这些作品在文学史上也有着重要的影响力,这一点我们会在接下来的章节中讨论到。

从对这些女性童话故事作家及其文化背景的简单介绍中,我们可以很明显地看出,我们对这些故事是由一群农妇讲述、由男性收集而成的印象是错误的,这是我们对在格林兄弟推动下形成的"真正的"童话故事的刻板印象。但是,很重要的一点是,格林兄弟经常在笔记中承认法国女性作家对他们收集童话故事起到了至关重要的作用,尽管在著名的1812年版的《儿童与家庭童话集》[1]中,他们逐渐淡化了这些女性的作用。实际上,给格林兄弟提供信息来源的多是中产阶级的女性,甚至有些还是信奉胡格诺派[2](新教教派)的贵族女性。这些女性都对女性童话故事作家创作的童话故事了如指掌,她们要么读过这些故事的法语原版或德语翻译版[多尔诺瓦夫人创作的童话故事德语版最早于1702年在德国的纽伦堡(Nuremberg)出版][12],要么因为这些故事从文学小说变成了通俗化的民间版本而对其有所了解,对于这一现象,第一章中会有更为详细的探究。

这些以多尔诺瓦夫人为代表的女性童话故事作家对19世纪德国女性童话故事作家产生了重大影响。受沙龙文化及这些作家创作的童话故事影响,德国女性作家也创作出了许多女主人公能力超群的小说。格林兄弟在其1812年版的童话故事集中收录了珍

---

[1] 《儿童与家庭童话集》(Children's and Household Tales),即《格林童话》的首版,于1812年出版,收录了86篇童话故事。
[2] 胡格诺派(Huguenot),16世纪至17世纪法国基督新教中信奉加尔文思想的一支教派。17世纪以来,胡格诺派是法国最有影响力的新教教派,在政治上反对君主专制。

妮特·哈森弗拉格[1]提供的《奥克洛》("The Okerlo"),而这个故事与多尔诺瓦夫人的故事《蜜蜂和橙树》("The Bee and the Orange Tree")之间存在一定联系。后来格林兄弟"考虑到这篇故事与多尔诺瓦夫人及法国传统之间的关系而将其删去了"。[13]格林兄弟曾收集过与路多维恩·冯·哈茨豪森(Ludowine von Haxthausen)有关系的一篇故事,名叫《美花、芬妮特及小耳朵》("Pretty flower, Finette and Tiny Ears"),这个故事是多尔诺瓦夫人的《芬妮特-仙度》的民间版(见第一章)。肖恩·贾维斯(Shawn Jarvis)认为,弗里德里克·海伦·昂格尔(Friederike Helene Unge,1751—1809)是她所处时代里最受欢迎且最有才华的作家之一,并且突出强调了多尔诺瓦夫人的小说《巴比奥莱》("Babiole")对这位德国作家产生了深刻的影响。[14]1818年,德国知名作家卡罗琳·斯塔尔(Karoline Stahl,1776—1837)出版了作品《埃尔米娜公主》("Princess Elmina"),该作品融合了多尔诺瓦夫人的《蓝色小鸟》("The Blue Bird")以及《金发女郎》("Beauty with the Golden Hair")两篇故事中的元素。[15]

贾维斯还研究了法国沙龙文化对"柏林咖啡会"(Berlin Kaffeterkreis),也就是"咖啡圈"的影响,这一文化沙龙由吉塞拉·冯·阿尼姆(Gisela von Arnim)、阿姆加特·冯·阿尼姆(Armgart von Arnim)以及马克西米利亚·冯·阿尼姆(Maximilia von Arnim)三姐妹创建,从1843年到1848年都在持续活动。她们的父母阿希姆·冯·阿尼姆(Achim von Arnim)和贝蒂娜·冯·阿尼姆(Bettina von Arnim)收集、撰写了许多民间故事以及童话故事,并

---

[1] 珍妮特·哈森弗拉格(Jeannette Hassenpflug,1791—1860),格林兄弟童话故事的重要贡献者之一。

且经常和格林兄弟去同样的圈子活动。就像法国的那些沙龙一样，柏林咖啡会形成了女性团体，并且鼓励女性创作故事，尤其是童话故事。要想说清楚18世纪末到19世纪法国女性童话故事作家与德国女性作家对彼此产生的影响，恐怕需要写一整本书的内容，准确记载女性童话故事作家跨越不同国家与历史时期组成的团体。尽管她们在社会地位、政治倾向等方面存在种种不同，但依然为了挑战各自社会在公共和私人领域规定的性别规范以及女性权利走到了一起。[16]

写给成人看的童话故事？

不同于人们的一般印象，几个世纪以来，成年女性和男性撰写和阅读的童话故事都含有更加成熟深刻的主题。斯特拉帕罗拉创作于16世纪的故事《白猪王子》("The Pig Prince")就是一个与《美女与野兽》有着同样精神内核的关于动物新郎的故事，在这篇故事中，男主人公小猪与自己的第三任妻子梅琳达（Melinda）同床，而梅琳达在新婚之夜后，在一张"满是粪便"的床铺上欣喜满足地醒来。[17]拉福斯对吉姆巴地斯达·巴西耳于17世纪创作的早期原版故事进行了一下修改，后将其翻译为德语，最终形成童话故事《长发公主》（详见第三章）。在这个故事中，作者描述了一位单身母亲，生下女儿后决定给予她自主选择伴侣的权利。无论是多尔诺瓦夫人、缪拉，还是18世纪以自己创作的《美女与野兽》版故事而闻名的作家维伦纽夫夫人和博蒙特夫人，这些女性作家都经常在故事中反映并批判包办婚姻这一对年轻女性而言十分具有压迫性的问题。甚至到了19世纪，儿童文学蒸蒸日上之际，法国的童话舞台剧（vaudeville feeries）

以及英国的圣诞童话剧（pantomime）和娱乐剧（extravaganza）依然对儿童和成人都具有十足的吸引力。在这些演出中，有许多妙语连珠的滑稽表演，我们可以在多尔诺瓦夫人小说的舞台剧版本中看到这些内容，比如《白猫》（第三章）以及《美人贝儿，骑士福图纳》（"Belle-Belle; or, The Knight Fortunio"）（第四章）。

在学术领域，对这一现象的传统解释是这样的：在早期现代，童话故事一开始是写给成年人看的，而到了18世纪后期以及19世纪，这些故事改编成了适合儿童阅读的版本，那是插画故事的黄金时代，也是儿童文学开始崛起的时代。然而，当我们开始重新检视那些以多尔诺瓦夫人为代表的影响力颇广的女性作家创作的小说时，我们会发现面向儿童的翻译版和改编版与面向成人的版本一直是同时存在的。女性作家们创作的那些与性相关、对性别角色发出挑战、角色性别流动的小说改编版依然对成人读者、听众和戏剧观众有着强烈的吸引力。这点最明显的佐证就是1874年8月1日《伦敦插画报》（*Illustrated London News*）对威尔士亲王夫妇举办的化装舞会所做的报道。[18]那些服饰的灵感不仅来源于历史、绘画、国家传统礼仪和卡牌，还来源于童话故事，自然也包括女性作家们创作的故事。格雷厄姆小姐（Miss Graham）和康诺特公爵（Duke of Connaught）将自己打扮得像维伦纽夫夫人和博蒙特夫人版本的《美女与野兽》里的主人公一般，说明这两位作者的作品在英国广为流传。还有许多人士把自己打扮得像多尔诺瓦夫人故事中的人物一般：玛格丽特·斯科特夫人（Lady Margaret Scott）和沃尔辛厄姆勋爵（Lord Walsingham）打扮成了星星公主（Princess Fair Star）和查理王子（Prince Cheri）的样子；弗洛伦斯·高尔夫人（Lady Florence Gower）和曼德维尔勋爵（Lord Mandeville）打扮成了白猫和菲尔利王子（Fairy Prince）的样子；特蕾莎·塔尔博特夫人（Lady Theresa Talbot）和伯克利·佩吉特勋爵（Lord Berkeley Paget）则打扮成了《带着金锁和阿维南特的好人》（"Fair One with the Golden Locks and Avenant"）中的人物。除此之外，给这些人士的服装提供了灵感来源的童话故事还有格林兄弟的《鹅女孩与国王》（"Goose Girl and the King"）、《小红帽》和《猎人》（"Huntsman"），穆特·福开①的《温蒂妮》（"Undine"）和《希尔德布兰德》（"Hildebrand"）；佩罗的《灰姑娘和王子》（"Cinderella and the Prince"）、《蓝胡子》（"Fatima and Bluebeard"）；英语童话中的《树林里的宝宝》（"Babes in the Wood"）；英国摇篮曲中的《波哔》（"Bo Peep"）和《蓝色的小男孩》（"Little Boy Blue"），以及英语儿歌和佩罗故事中都出现过的《不一样的玛丽》（"Mary Quite Contrary"）和《穿靴子的猫》。

  从有关这场舞会的报道中，我们可以看出以下几点：首先，在成人以及精英文化内部，童话故事的确占有一席之地，即使这些故事被改编成了儿童故事版本和舞台剧版本；然后，多尔诺瓦夫人、博蒙特夫人以及维伦纽夫夫人所创作的故事里的性爱程度并不亚于其经典程度，也不亚于佩罗和格林兄弟这些男性作家创作的故事。不得不承认的是，在这方面，多尔诺瓦夫人以代表性角色的数量胜过了其他作家，从这一点也可以看出在维多利亚时期的英国，星星公主、查理王子、菲尔利王子、白猫、带着金锁的好人和阿维南特这些人物和故事都达到了家喻户晓的程度。因此，这些在维多利亚时代的英国、早期现代的法国以及19世纪的德国被奉为"经典"的作品中不乏女性

---

① 穆特·福开（Friedrich Fouqué，1777—1843），德国作家，以浪漫主义风格著称，最著名的作品是《温蒂妮》。

作家创作的以实力强大的女性角色为特色的故事。

接下来的各章节将以某个特定类型的童话故事作为重点，我探索这些故事的既往历史，从早期现代到19、20世纪，从文学文本和小开本册子到民间故事、音乐、戏剧等改编版本。在第一章中，我们将追寻不同版本的灰姑娘故事，从巴西耳、莱里捷、多尔诺瓦夫人到多尔诺瓦夫人故事的民间版本，然后由女性主义作家鲍日娜·聂姆曹娃[①]改编的在捷克流行的民间版本，最终形成《灰姑娘的三个坚果》(*Three Hazelnuts for Cinderella*, 1973)。在第二章中，我想表达的是，多尔诺瓦夫人的故事《白羊》("The Ram")和《绿色巨蟒》("The Green Serpent")对于我们现在耳熟能详的故事《美女与野兽》的诞生具有非凡的意义，这个故事一开始的版本是由维伦纽夫夫人创作的，又由博蒙特夫人确定了它的经典版本，多尔诺瓦夫人的两个故事也有其自身的时代意义，这点在英国的成人和儿童文学以及法国音乐中表现得尤为明显。到了第三章，我则把重点放在多尔诺瓦夫人的作品《白猫》上以及这部作品对19世纪的英国和法国舞台剧作品产生的持续影响，这部作品的灵感来源是一些早期现代的与猫相关的故事以及拉福斯创作的《佩里内特》——《长发公主》故事的某个版本。我们会看到，这个故事在欧洲和南美洲颇受欢迎，甚至到了21世纪还被改编成了一部墨西哥喜剧。在第四章中，我将会探寻缪拉、莱里捷和多尔诺瓦夫人创作的女战士的故事，表明在早期现代的法国，这些故事曾被奉为圭臬，这一点会挑战我们过去对童话故事以及总处于被动状态的公主的普遍假设。多尔诺瓦夫人创作的女主人公

[①] 鲍日娜·聂姆曹娃 (Božena Němcová, 1820—1862)，捷克著名女作家，代表作品为长篇小说《外祖母》。

喜欢穿着男装并且拯救了王国的故事不仅被改编成了英国舞台剧,还在19世纪被改编成了一款桌面游戏,这足以说明这个故事在维多利亚时期英国的受欢迎程度。

当我们从语言和文化角度研究这些女性作家所创作的故事的不同版本时,我们会发现这些故事面向的是许多不同类型的观众,并且满足了不同的意识形态目标。多尔诺瓦夫人的故事在英法两国老少咸宜,就连奥诺雷·德·巴尔扎克[1]以及古斯塔夫·福楼拜[2]都读过她的故事,并且曾被莫里斯·拉威尔[3]改编为乐曲,甚至还被法国著名的龚古尔兄弟[4]和英国的詹姆斯·罗宾森·普朗什[5]改编为舞台剧。我们将会探寻不同女性童话作家对经典童话故事做出的贡献,但在这些作家中,玛丽-凯瑟琳·多尔诺瓦夫人仍会是我们叙述的中心和重点。她创作的故事在整个欧洲名流圈都占据着最为突出的地位。在英法两国,她的故事的受欢迎程度不逊于《麦布女王》和《邦奇妈妈》[6]。除此之外,她的影响力还拓展到了德国、捷克、墨西哥和

---

[1] 奥诺雷·德·巴尔扎克(Honore de Balzac, 1799—1850),法国19世纪著名作家,法国现实主义文学成就最高者之一,代表作为《人间喜剧》。
[2] 古斯塔夫·福楼拜(Gustave Flaubert, 1821—1880),法国文学家,代表作品为《包法利夫人》等。
[3] 莫里斯·拉威尔(Maurice Ravel, 1875—1937),法国作曲家和钢琴家。
[4] 龚古尔兄弟(the Cogniard brothers),即19世纪法国作家爱德蒙·德·龚古尔(Edmond de Goncourt, 1822—1896)和他弟弟朱尔·德·龚古尔(Jules de Goncourt, 1830—1870),两人对法国自然主义小说、社会史和艺术评论都有贡献,重要作品有《翟米尼·拉赛特》《少女艾尔莎》《亲爱的》等。
[5] 詹姆斯·罗宾森·普朗什(James Robinson Planché, 1796—1880),英国著名编剧、古董收藏家。
[6] 《麦布女王》("Queen Mab")是英国浪漫主义诗人雪莱最早的一首长诗。这部富于哲理性的长诗表达了他对于人类最终摆脱愚昧和专制统治,走向光明未来的憧憬和信念。《邦奇妈妈》("Mother Bunch")是英国16世纪时一个善于讲故事的老太婆的名字。

意大利等国。

通过追寻以多尔诺瓦夫人为代表的女性作家创作的故事的历史，我们得以对童话故事历史和女性历史有了更全面的认识。有的时候，想当然地认为被动的公主形象是童话故事的标准可能会使我们忽略了一段更加生动，也更具女性意识形态的历史，这绝不是一个21世纪的读者希望看到的。让我们穿越时光，回到迪士尼诞生之前的时代，当时，广泛流传着多个版本的《灰姑娘》《美女与野兽》以及与猫有关的故事，还流行着一些女主人公喜欢女扮男装的故事；当时，女性童话作家与佩罗、格林兄弟这些男性作家一样颇具盛名。让我们进入那片童话故事的王国，在那里，女主人公挥刀砍下妖怪的头颅、带着军队出生入死并且主动与自己所爱的男性定下婚姻契约，有时甚至能够拯救这些男性。

---

1. 关于美国人对多尔诺瓦夫人作品的口语改编版本，参见 Charlotte Trinquet du Lys, "On the Literary Origins of Folkloric Fairy Tales: A Comparison between Madame d'Aulnoy's 'Finette Cendron' and Frank Bourisaw's 'Belle-Finette'", *Marvels and Tales*, XXI/1 (2007), pp. 34−49。
2. 例如，参见 Mary Elizabeth Storer, *Un Épisode littéraire de la fin du XVIIe siècle: La Mode des contes de fées (1685−1700)* (Paris, 1928); Raymonde Robert, *Le Conte de fées littéraire en France de la fin du XVIIe à la fin du XVIIIe siècle* (Nancy, 1982); Lewis Seifert, *Fairy Tales, Sexuality, and Gender in France, 1690−1715: Nostalgic Utopias* (Cambridge, 1996); Patricia Hannon, *Fabulous Identities: Women's Fairy Tales in Seventeenth-Century France* (Amsterdam and Atlanta, ga, 1998); Anne Defrance, *Les Contes et les nouvelles de Madame d'Aulnoy (1690−1698)* (Geneva, 1998); Sophie Raynard, *La Seconde Préciosité: Floriason des conteuses de 1690 à 1756* (Tübingen, 2002); Holly Tucker, *Pregnant Fictions: Childbirth and the Fairy Tale in Early Modern France* (Detroit, MI, 2003); Charlotte Trinquet du Lys, *Le Conte de fées français (1690−1700): Traditions*

italiennes et origines aristocratiques (Tübingen, 2012); 更近一些的参见 Bronwyn Reddan, *Love, Power, and Gender in Seventeenth-Century French Fairy Tales* (Lincoln, NE, 2020), and Rori Bloom, *Making the Marvelous: Marie-Catherine d'Aulnoy, Henriette-Julie de Murat, and the Literary Representation of the Decorative Arts* (Lincoln, NE, 2022). 本书中关于这些女性童话作家的生平的大部分信息，参见 Sophie Raynard, ed., *The Teller's Tale: Lives of the Classic Fairy Tale Writers* (Albany, NY, 2012)。

3. 更多关于多尔诺瓦夫人生平的信息，参见 Volker Schroder, "Madame d'Aulnoy's Productive Confinement", *Anecdota* blog, 2 May 2020, https://anecdota.princeton.edu. 也可参见 Nadine Jasmin's biography in Raynard, ed., *The Teller's Tale*, pp. 61-68。

4. 关于拉福斯，参见 Lewis Seifert's biography in Raynard, ed., *The Teller's Tale*, pp. 89-93.

5. Allison Stedman, "Introduction", in *A Trip to the Country: By Henriette-Julie de Castelnau, comtesse de Murat*, ed. and trans. Perry Gethner and Allison Stedman (Detroit, MI, 2011), p. 8. 也可参见 Genevieve Patard's biography of Murat in Raynard, ed., *The Teller's Tale*, pp. 81-88。

6. 关于斯库德里的女权主义观，参见 Anne E. Duggan, Chapters 2 and 3 of *Salonnières, Furies and Fairies: The Politics of Gender and Cultural Change in Absolutist France*, 2nd revd edn (Newark, NJ, 2021); "Les Femmes Illustres, or the Book as Triumphal Arch", *Papers on French Seventeenth-Century Literature*, XLIV/87 (2017), pp. 1-20; and "Madeleine de Scudery's Animal Sublime; or, Of Chameleons", *Ecozon*, VII/1 (2016), pp. 28-42。

7. Marie-Jeanne L'Héritier, *Oeuvres meslées* (Paris, 1696), p. 229.

8. Henriette-Julie de Murat, *Journal pour Mademoiselle de Menou* (Paris, 2016), pp. 180-181.

9. Reddan, *Love, Power, and Gender*, pp. 30-31.

10. Ibid., p. 31.

11. 关于这些沙龙不太全面的清单，参见 Duggan, *Salonnières*, p. 16。关于沙龙的精彩历史，参见 Faith E. Beasley, *Salons, History, and the Creation of 17th-Century France: Mastering Memory* (New York, 2006)。

12. 关于沃尔克·施罗德所记录的多尔诺瓦夫人作品的早期德语版，见于 "The First German Translation of *Les Contes des fées*", *Anecdota* blog, 20 February 2022, https://anecdota.princeton.edu。

13. Julie L. J. Koehler, "Navigating the Patriarchy in Variants of 'The Bee and the

Orange Tree' by German Women", New Directions in d'Aulnoy Studies, *Marvels and Tales*, XXXV/2 (2021), p. 252.
14. Shawn Jarvis, "Monkey Tails: D'Aulnoy and Unger Explore Descartes, Rousseau, and the Animal-Human Divide", New Directions in d'Aulnoy Studies, *Marvels and Tales*, XXXV/2 (2021), p. 279.
15. 参见朱莉·科勒对斯塔尔作品的介绍, Julie L. J. Koehler et al., eds and trans., *Women Writing Wonder: An Anthology of Subversive Nineteenth-Century British, French, and German Fairy Tales* (Detroit, MI, 2021), pp. 203-204。
16. 科勒等人所著的《女性写作奇迹》(*Women Writing Wonder*)是一本关于19世纪英国、法国、德国女性作家创作的童话故事的选集,该书跨越国界和历史,将不同国家和历史阶段的女性童话故事作者联系在了一起。
17. Francesco Giovan Straparola, *The Pleasant Nights*, ed. and trans. Suzanne Magnanini (Toronto, 2015), pp. 95-96.
18. 詹妮弗·沙克(Jennifer Schacker)讨论过这个事件,参见 *Staging Fairyland: Folklore, Children's Entertainment, and Nineteenth-Century Pantomime* (Detroit, MI, 2018), pp. 47-50。以及 "Fancy-Dress Ball at Marlborough House", *London Illustrated News*, 1 August 1874, p. 114。

第一章
一个并不被动的灰姑娘

各位读者,不妨想象一下这样一个情节:灰姑娘杀死了继母,砍掉了食人魔的头,成功穿上那只著名的水晶鞋后,得意洋洋地将泥水溅到姐姐们的身上。在迪士尼诞生后的这个时代,当我们想到灰姑娘时,第一时间想到的并不是这些情节,但是曾经出现过这些不同版本的灰姑娘故事,并且受欢迎程度与迪士尼版本不相上下,时间跨度有几十年。在这些不同版本的灰姑娘故事中,有个名叫《芬妮特-仙隆》(Finette-Cendron)的故事,又名《芬妮特-仙度》,是由一位名叫玛丽-凯瑟琳·多尔诺瓦夫人的女性作家创作的,这个故事不仅在法国、英国和德国频繁地被改编成其他形式的作品,而且还在这些国家以及美国和捷克斯洛伐克口口相传。事实上,多尔诺瓦夫人这版灰姑娘故事还被有"捷克的乔治·桑"[①]之称的作家鲍日娜·聂姆曹娃所改编,改编后的作品为德国和捷克斯洛伐克在1973年发行的那部著名电影《灰姑娘的三个坚果》提供了灵感来源。(该电影名在捷克文中是"Tři oříšky pro Popelku",在德语中是"Drei Haselnusse

---

① 乔治·桑(Georges Sand,1804—1876),19世纪法国小说家、剧作家、文学评论家、报纸撰稿人。

fur Aschenbrodel", 在英语中则是 "Three Wishes [Hazelnuts] for Cinderella"。)

要说在当今世界哪个灰姑娘故事版本占据着主导地位,自然是沃尔特·迪士尼工作室于1950年制作的那个版本。这个版本还在2015年改编成了真人版电影,更加说明了时至今日这个故事依然十分受人们的欢迎。可能很少有观众注意到这部电影刚开始的一行字幕,上面写着:"灰姑娘,源自夏尔·佩罗的经典原作。"在佩罗的版本中,女主人公默默地忍受着虐待,既不感到愤怒和憎恨,也没有任何报复的想法,最终因自己的能力而得到了王子的青睐。这个故事十分经典,甚至西蒙娜·德·波伏娃[①]早在1949年就在《第二性》[②]中写道:"女人就是睡美人、灰姑娘、白雪公主,就是接受和忍受的那个人。"[1]在经典童话故事中,《灰姑娘》这个故事常常因女主人公缺乏主体性而受到批评,"就像睡美人一样,灰姑娘也在她的故事中扮演着被动的角色……灰姑娘只要安安静静地待在家里,等着王子的仆人上门来发现她的真实身份"。[2]女权主义者以及性别学者、评论家和作家一直都不认可佩罗和迪士尼版本的故事中描绘的那个被动的灰姑娘形象。在有些版本中,灰姑娘的形象更加积极且富有活力,一直以来也都受到人们的欢迎。佩罗版的灰姑娘故事被改编成了迪士尼电影,而多尔诺瓦夫人的《芬妮特-仙度》则取得了更大的成功,被改编成了由捷克导演瓦茨拉夫·沃利切克(Vaclav Vorliček)执导

---

① 西蒙·德·波伏娃(Simone de Beauvoir, 1908—1986),法国作家、存在主义哲学家、政治活动家、女权主义家、社会主义家、社会理论家。她的思想、学说等对女权主义式存在主义、女权主义理论都产生重大影响。
② 《第二性》(*Le Deuxième Sexe*)是一部关于存在主义和女性主义的散文,证明了女人如何作为"第二性"的根源所在。

的电影《灰姑娘的三个坚果》,这部电影时至今日依然在德国、捷克共和国和挪威等国家受到广泛欢迎。

本章将追溯这些不同版本的灰姑娘故事的历史,并将重点放在多尔诺瓦夫人的《芬妮特-仙度》的后续影响力上。一方面,人们需要认识到佩罗所创作的被动版本的灰姑娘故事并不是像今天这样一直在此类故事里占据着垄断性地位。另一方面,很明显的一点是,多尔诺瓦夫人版本的灰姑娘故事在21世纪的今天依然有着属于它自己的魅力。我们首先将追溯《芬妮特-仙度》在17世纪的诞生过程,探讨多尔诺瓦夫人是如何借鉴其他童话作家的作品,从而创作出自己独特版本的灰姑娘故事的,然后还会研究她在法国、美属法语区、德国和捷克等国的文学、口语和电影传统方面造成的持续性影响。许多学者和童话爱好者都认为多尔诺瓦夫人的影响已经是过去时,但是我们将看到她依然在当代童话文化中留下了自己的影子。

会杀人的灰姑娘

我们现在所熟知的这个版本的灰姑娘故事灵感来源于17世纪上半叶由意大利作家吉姆巴地斯达·巴西耳创作的故事,这个故事同时也是灰姑娘故事中女主人公的名字来源。佩罗和多尔诺瓦夫人都十分熟悉的故事《仙度瑞拉猫》(The Cinderella Cat)就发表于巴西耳的作品集《最好的童话故事,写给小朋友看的有趣故事》(*Tale of Tales; or, Entertainment for Little Ones*, 1634—1636)中。值得注意的是,这个欧洲最早版本故事里的灰姑娘形象与迪士尼工作室于二战后创作的宜室宜家的女主人公形象有着天壤之别。作者巴西耳给她取名叫泽佐拉(Zezolla),由于继母的到来,她在家庭里的地位直线下降。因为她常常坐在猫用来取暖的壁炉旁,她的家人都唤她"仙度瑞拉猫"(Cat Cinderella)。泽佐拉的父亲是个亲王,母亲已过世多年。故事开篇就交代了泽佐拉有个十分邪恶的继母,于是她就跟缝纫老师卡尔莫西娜(Carmosina)倾诉内心的想法,表示希望老师能够取代现在继母的位置。卡尔莫西娜教泽佐拉如何将继母杀死,泽佐拉也照做了,之后很快,泽佐拉的父亲娶了卡尔莫西娜为妻。但是,俗话说得好,知人知面不知心:婚后,卡尔莫西娜带着自己的六个女儿进入了新家,并且对待自己出身平民的女儿要比对待出身贵族的泽佐拉好得多,泽佐拉甚至还要被迫做最为低贱的家务活。

在巴西耳的故事中,女性人物常常有能力获得强大的外援。仙女养的一只信鸽给泽佐拉传信,告诉她如果想要什么东西,只需通过仙女们在撒丁岛[①]养的信鸽来传递,她的愿望就会得到满足。一次,泽佐拉的父亲因公事需要出发前往撒丁岛,继母的女儿们要求父亲给她们带些奢侈品回来,而泽佐拉则要求父亲答应代她向仙女们问好,并请求仙女送给自己一些东西。泽佐拉警告父亲,如果他忘记了传达自己的请求,他将动弹不得,无法前进也无法后退。然而不出所料,父亲还是忘了泽佐拉的请求,于是他的船卡在了港口,他这才想起自己违背了答应泽佐拉的事情。于是,他连忙寻求仙女的帮助,仙女给了他一棵枣树、一把锄头、一个金桶和一些丝绸布匹,让他带回给他的女儿。收到礼物后,泽佐拉将枣树种下,枣树长大后,一个仙女从中出现,满足了她参加宴会的愿望,泽佐拉骑着一匹白色的纯种

---

① 撒丁岛(Sardina),一个位于意大利半岛西南方的岛屿,是地中海的第二大岛,仅次于西西里。

马去参加了宴会——白马在多尔诺瓦夫人的故事《芬妮特-仙度》中是个频繁出现的意象。在宴会上,国王爱上了泽佐拉。后来,泽佐拉又参加了两次宴会,在第三次宴会结束后,泽佐拉匆匆离开时,将一只鞋子遗失在了宴会上。后面的情节我们也都知道了,国王发布了一道公告,邀请所有女性来试穿那只鞋子。当泽佐拉最终得到机会试穿鞋子时,那只鞋子非常合脚,简直像手套一样服帖,因此她成了王后,故事在描述了继母女儿们的愤怒后就结束了。那么寓意是什么呢?"那些否认恒星存在的人都是疯子"。童话应该以明确的寓意作为结尾这样的想法,在这个最早的"灰姑娘"故事版本中受到了挑战。

相比起后来的佩罗和迪士尼的版本,巴西耳故事版本中的灰姑娘因为得到了仙女力量的加持而强大得多。泽佐拉杀死了她的第一任继母,这使得她显然缺乏传统女性所具备的美德,毕竟天真单纯的少女们通常不会杀人,但是仙女们还是帮助她得到了国王的青睐。虽然后面两次去参加宴会时,她乘坐的是豪华马车,但第一次参加宴会时,她是骑着一匹美丽的白色纯种马去的,这为我们树立了一个敢于冒险的女主人公形象。并且,一开始举办宴会的目的并不是给国王或王子寻找配偶,国王只是爱上了那位神秘的女子,她在逃离宴会时一直尽力避免被国王的手下发现自己的身份,只是最后落下了鞋子。泽佐拉是一个敢通过杀人来改善自己境遇的灰姑娘,她能够通过仙女们的魔法帮助,战胜她那贵人多忘事的父亲,她的才智谋略甚至胜过国王的手下。在这个故事中,灰姑娘一样受到了继母以及继母女儿们的压迫,然而,正是她的主动性和坚定性使她获得了仙女这些强大女性的帮助,因此最终在故事结尾,她得以加冕为王后。

后来,佩罗根据巴西耳的作品在1697年改编、创作了自己的故事，名为《灰姑娘，小水晶鞋》("Cinderella; or, The Little Glass Slipper")，收录于《过去的故事与传说》(Stories or Tales of Past Times)中。他修改了原故事的意识导向，以符合他更为保守的性别观念。灰姑娘的父亲由亲王变为贵族，故事情节也简化了，只有一个继母和两个继姐，以及只举办了两次舞会。在故事中，佩罗强调了灰姑娘对家人们的虐待报以极大的宽容态度。当姐姐们准备参加王子（不同于巴西耳版本中的国王）举办的舞会时，她们要求灰姑娘帮她们打扮，因为她们十分认可灰姑娘的时尚品位。对此，故事是这样评价的："除了灰姑娘，没有人会披头散发。"[3]在姐妹们都去参加舞会后，灰姑娘一个人默默哭泣，那时才得到她的仙女教母的帮助，然后她在舞会上出现，十分光彩夺目，并且对姐姐们以礼相待，但是姐姐们没有认出她来。仙女教母给灰姑娘设定了一个宵禁时间，在一定程度上扮演了父母的角色，而在巴西耳的版本中，女主人公匆匆离开只是为了赶在继姐们回家前先回去。在故事的结尾，当发现灰姑娘就是那位舞会上现身的神秘女子，并且马上要和王子结婚时，继姐们才请求获得她的原谅。而灰姑娘不仅大度地原谅了她们，还邀请她们一同住到王宫中，甚至还为她们找到了出身贵族的婚配对象。

相比起巴西耳的故事，佩罗故事中的灰姑娘形象要温顺卑微得多。泽佐拉没有表现出任何特别的包容心，即使深受压迫，她也敢于对父亲提出命令，并且文中没有丝毫暗示泽佐拉愿意向她的继姐们屈服又或是原谅她们的内容。然而，在佩罗的版本中，故事主要赞美了女主人公的"美德"，这种美德表现为任劳任怨地为了某个人或某件事付出，而不要求任何回报。如果不加深究，这样的价值观可能的确值得称赞，但就这个故事反映的性别关系而言，这种价值观在暗示"好女人"就应该无私地付出，而不期待任何回报，并允诺长此以往，她们将得到王子的青睐。也就是说,如果她们能够默默忍受虐待,最终她们将得到补偿,获得王冠。这个信息在佩罗的另一个故事《葛丽索莉斯》("Griselidis")中得到了更加明显的传达。在这个故事中,为了凸显女主人公的包容和美德,女主人公遭受了丈夫的严重虐待。既然灰姑娘在婚前遭受了这样的磋磨,我们可以很容易想到在与王子的婚姻中,她将只会继续扮演恭敬顺从的角色。

我们不妨设想一下,对于巴西耳和佩罗这两个版本的故事,多尔诺瓦夫人都读过。[4]她并不赞同佩罗讲述灰姑娘故事的方式,并且思考应该如何以一种饶有趣味的方式来回击这个有点问题的故事。她也很熟悉佩罗的另一个《亨塞尔与格莱特》("Hansel and Gretel")类型的故事——《小拇指》("Little Thumbling"),在这个故事中,七兄弟中最年幼、最小的一个拯救了他的兄弟姐妹,使他们免受被父母遗弃以及被食人魔吞食的厄运。多尔诺瓦夫人还十分熟悉玛丽-珍妮·莱里捷于1695年出版的故事《芬妮特:聪明的公主》。这个故事在18、19世纪的英国十分受欢迎,多尔诺瓦夫人在创作自己版本的灰姑娘故事时显然从中汲取了灵感。有趣的是,莱里捷和比自己大36岁的佩罗因为母亲的关系是亲戚,可能是某种程度上的表亲。佩罗的母亲叫帕奎特·勒克莱尔(Paquette Le Clerc),于1652年去世,而莱里捷的母亲也姓勒克莱尔,名叫弗朗索瓦丝(Francoise),在1660年嫁给了尼古拉斯·莱里捷(Nicolas L'Heritier)。弗朗索瓦丝要比帕奎特年轻得多,可能是帕奎特的侄女,而非妹妹。莱里捷和佩罗都在文化行业工作,莱里捷还曾写过一篇女战士的故事给佩罗唯一的女儿玛丽-玛德琳(Marie-Madelein),名叫《玛莫伊桑》("Marmoisan")。然而,莱里捷的性别观念与佩罗不同,这一点在《聪明的公主》中表现得尤为明显。(在17—19世纪的大部分英译本中,"聪明"一词都被错译成了"谨慎",有意弱化女主人公的主体性。而在法语原版中,这个词为"adroite",意思是"聪明绝顶、技艺高超、才华横溢、思维敏捷"。)多尔诺瓦夫人给她故事的女主人公取名叫芬妮特 仙度,我们可以设想这是她在表示对莱里捷诠释女性方式的赞同,也许是为了突出佩罗与莱里捷之间暗藏的性别观念之争。

莱里捷的《聪明的公主》

莱里捷写这个故事是献给另一个童话故事作家——亨利埃特·朱莉·德·缪拉的。在其中,她主要传递了两个信息:一是懒惰是万恶之源,二是不信任是安全的根本。第二个信息主要是暗指那些在沙龙里花言巧语、对女人极尽奉承讨好之能事却没有丝毫真心的男人。莱里捷写的这个故事发生在十字军东征时期,一个寡居的国王一共有三个女儿,他正准备前往巴勒斯坦。但是较年长的两个女儿都让他特别担忧,大女儿懒惰邋遢,名叫漠漠[Nonchalant,在一些英译本中也叫德罗尼拉(Dronilla)],二女儿多嘴多舌,名叫喋喋[Chatterbox,又称普拉蒂利亚(Pratilia)]。小女儿芬妮特就要让人放心得多,她能歌善舞,还十分擅长演奏音乐,并且还能帮助父亲管理国家,时不时在政事上向父亲建言献策。这次准备出发去巴勒斯坦时,国王获得了三个被施了魔法的纺锤,能够帮助他知道在他离开期间女儿们能否做到自尊自爱,如果女儿们出现有失体统的行为,这些纺锤就会断裂。于是他将女儿们锁在了一座看似密不透风的塔楼上。

在百无聊赖之中,漠漠和喋喋被一位外号"钱骗骗"(Rich-in-

Ruse）的王子所愚弄，被乘虚而入。这名王子诱奸了她们，甚至还让她们怀了孕。当然，芬妮特既然有能力协调不同国家间的条约谈判，在聪明才智上自然也比王子强得多，她不仅没有受骗，还多次严厉惩罚了王子。在王子一开始闯入她房间时，芬妮特就拿起一把锤子来保护自己，"她轻松地挥舞着锤子，仿佛那只是一把时髦的扇子"。[5] 然后她还设下陷阱，使得王子掉进下水道，并且受了伤。最后，王子试图把芬妮特扔进一个满是小刀、刀片、钉子的水桶里时，却被芬妮特反制，推下了山坡。那位送给国王魔法纺锤的仙子惩罚两个大女儿去捡豌豆和除草，并且最终她们都早早死亡了。而芬妮特则嫁给了一个外号"美男子"（Beautiful-to-See）的英俊王子，他是钱骗骗的兄弟，曾在钱骗骗垂死之际发誓要为他报仇，芬妮特也巧妙解决了这个问题。

　　道德败坏、举止轻浮的姐姐与品行端正的妹妹之间的这种对立，是《灰姑娘》故事中典型的善良与邪恶女孩的对立。然而，在莱里捷创作的故事中，姐姐们并没有虐待芬妮特。对于芬妮特而言，她并不是被迫拼命做事，并且她做的事也不局限于家庭内部。她不只是家庭主妇而已，也涉足知识和政治领域。虽然芬妮特被人们认为是具有美德的女孩，但她的这种美德不是我们在佩罗故事中看到的那种被动的美德。她积极采取行动，保护自己免受男性的暴力和性侵害，准备伤害任何可能影响她美好状态的王子。她甚至试图保护未婚怀孕的姐姐。王子——"美男子"王子——并没有突然出现，出手拯救芬妮特。相反，因为自己对他那背信弃义的兄弟许下的誓言，他差点杀了芬妮特，而实际上是芬妮特拯救了他们，使他们免遭众人耻笑乃至死亡。从道德角度来说，莱里捷故事中的芬妮特要比巴西耳故事的泽佐拉更具正义性，同时她又懂得使用武力来保护自己，堪称具有美德的女主人公的典范。

在撰写自己版本的灰姑娘故事时，多尔诺瓦夫人分别取了莱里捷版本中的"芬妮特"以及巴西耳和佩罗版本中的"仙度"两个名字，融合成了"芬妮特-仙度"，作为自己故事主人公的名字。同样地，她也重新分配了佩罗版本"灰姑娘"故事中的权力状态，赋予女主人公更多权力。和莱里捷故事中的女主人公一样，多尔诺瓦夫人笔下的芬妮特-仙度聪明睿智，善于摆脱困境，有时候还懂得诉诸武力，并且始终保持着贞节，这难免使人想起巴西耳笔下的仙度瑞拉猫。就像将"芬妮特"和"仙度"融合而成"芬妮特-仙度"一样，多尔诺瓦夫人也将佩罗的《小拇指》中的一些元素融入她的灰姑娘故事的第一部分中。在佩罗的故事中，野心勃勃的小儿子拯救了自己的哥哥们，使他们免遭父母的遗弃和食人魔的折磨，是个非常典型的"亨塞尔与格莱特"类的故事。而在多尔诺瓦夫人的故事中，她给小拇指换了性别，让芬妮特-仙度扮演了这个野心勃勃的角色，帮助她的姐姐们免遭父母遗弃和食人魔折磨，而故事后期则发展到了她像灰姑娘一样惨遭虐待。通过将她故事中的女主人公与莱里捷故事中的芬妮特联系起来，并使女主人公成为女版小拇指，多尔诺瓦夫人挑战了我们有关灰姑娘故事中女主人公被允许做的事和不被允许做的事的概念。

多尔诺瓦夫人版的灰姑娘故事

《芬妮特-仙度》涉及一对失去领土后又被赶出王国的贫穷国王和王后的故事。他们有三个女儿：爱之花（Flower-of-Love）、夜之美（Night-beauty）和芬妮特。由于他们无力继续给自己从小娇生惯养的公主们提供奢侈的生活,王后就建议国王将她们遗弃在森林里。芬妮特还有个外号叫"千里耳"(Fine-Ear),她听到了父母的谈话,就给她的仙女教母梅露什(Merluche)带去了新鲜的黄油、鸡蛋、牛奶和面粉,打算给仙女教母做个蛋糕,然后向她求助。在路上,芬妮特累了,梅露什就送给了她一匹漂亮的西班牙马(这一情节也出现在了巴西耳的《仙度瑞拉猫》中);她还给芬妮特一团线,帮助她找到回家的路。在王后抛弃公主们时,尽管姐姐们对芬妮特又是打又是挠的,芬妮特还是帮助她们全部回到了家。后来,芬妮特再一次听到父母在谈论要抛弃姐姐和自己,这次她给梅露什带去了一窝小鸡、一只公鸡和几只兔子,梅露什也给了她一些灰烬来帮助她回家,暗示了她与灰烬①的联系。然而,这一次,教母警告她不要把她那两个恶毒的姐姐也带回来。当然,芬妮特没有听从教母的警告,再次救了姐姐。而到了第三次要被父母带到森林中去时,芬妮特因此害怕去见梅露什。于是在准备好华服美钻后,芬妮特选择在路上撒下豌豆,方便后面寻找回家的路。但是,正如我们猜想的那样,鸟儿吃掉了豌豆,这三姐妹在森林中迷了路。

后来,芬妮特找到了一颗橡子就种了下来,每天都对着橡子说:"美丽的橡子,请你快快长大!"于是橡子很快就长成了一棵参天大树,芬妮特每天都爬到树上遥望。有一天,她在树上看到了一栋美丽的城堡,认为那里可能住着王子。芬妮特把这个消息告诉姐姐们后,她们偷走了芬妮特之前带来的华丽衣服,精心打扮了一番,还让芬妮特装扮成洗碗工的样子(就像《灰姑娘》故事里写的一样)。结果她

---

① "灰烬"的英文是"cinder",芬妮特的姓"辛德"的英文也是"cinder",因此暗示了芬妮特与灰烬的联系。

们发现这座城堡里住着的原来是一对食人魔夫妇。三位公主受到了那位身高15英尺、腰宽30英尺[①]的食人魔妻子的热情款待。她想着把这几个女孩藏起来,然后独自享用。芬妮特最终成功将食人魔丈夫骗入了火炉,然后将其烧成了灰,这一点呼应了《亨塞尔与格莱特》故事中的火炉情节。随后,芬妮特在给女食人魔做头发时砍下了她的头颅。于是三姐妹就成了城堡的新主人。尽管芬妮特在此次事件中表现英勇,贡献突出,但是她的姐姐们还是让她打扫和清理房子,还不允许她一起去镇上参加舞会。

一天傍晚,芬妮特-仙度在壁炉旁的灰堆发现了一把钥匙,用它打开了一个装满华服、美钻和蕾丝的精致箱子,于是她穿上了"比日月还要耀眼"[6]的衣服去参加舞会。她以"辛德"(Cinders)这个名字现身舞会,所有参加舞会的客人都对这名神秘女子又羡又妒。在多尔诺瓦夫人的版本中,芬妮特的姐姐们长相并不丑陋,但是也很嫉妒这位吸引了众人目光的神秘女子。值得注意的一点是,芬妮特参加过很多次舞会,甚至为宫廷树立了时尚标准。她没有遇到王子,但是依然过得十分愉快。旁白还写道,芬妮特引得所有男人不再忠心于自己的情人,由此体现出这位灰姑娘十分精于世故。

一天晚上,芬妮特-仙度离开舞会的时间比以往晚了一些,在回家的路上丢了一只容易掉下来的没有后跟的单鞋。第二天,新出场的人物查理王子(Prince Cheri)在外出打猎的路上发现了芬妮特遗失的那只单鞋,从此竟然无法自拔地爱上了那只鞋子,整天茶不思饭不想。国王和王后心急如焚,赶紧派人从巴黎和蒙彼利埃[②]请来医

---

① 1英尺约等于0.3米,15英尺约合4.57米,30英尺约合9.14米。
② 蒙彼利埃(Montpellier),法国南部城市,该城市起源于公元10世纪,其医学院创建于12世纪,被认为是欧洲最早的高等医学教育机构。

生。最终,医生们诊断认为查理王子爱上了那只鞋的主人,即使彼此都没有见过面。查理王子也告诉父母他只会娶能穿上这只鞋的女人。后面的情节则和格林兄弟版本的情节一致,全国的女性为了穿上那只鞋子,开始节食,甚至不惜磨皮剥肉。在多尔诺瓦夫人的版本中,芬妮特主动找到王子,穿上了那只鞋子——没有人来主动找她试穿,她也没有被动地等别人来找她——她去找王子时身穿一件镶满钻石的蓝色缎子长裙,看起来气派非凡。她骑着一匹美丽的西班牙马前往宫廷,路上溅了姐姐们一身泥水,"她一边大笑一边跟她们说:'亲爱的,我鄙视你们,这一切都是你们活该承受的!'"[7]芬妮特的姐姐们这才意识到原来芬妮特和辛德是同一个人。芬妮特试穿了那只单鞋,查理王子情不自禁地吻了她的脚。王子、国王和王后都请求芬妮特嫁给他。但她要求他们先听自己讲完故事。听完芬妮特的故事,王子的父母欣喜地发现芬妮特原来是一位公主,后又意识到他们就是夺走芬妮特父母领土的人,芬妮特不会嫁给王子,除非他们归还本属于芬妮特父母的王国。故事以芬妮特和她的姐姐们都重获社会地位告终,实际上,这是有点道德嘲讽意味的:

> 你获得的所有礼物和享受到的所有服务
> 都是秘密的复仇者……爱之花和
> 夜之美
> 得到的是比被残忍的食人魔夺走生命还要残酷的惩罚
> 当芬妮特给予她们无尽的恩惠时[8]

多尔诺瓦夫人的《芬妮特-仙度》与佩罗的《灰姑娘》的不同之处体现在以下几大方面。首先,多尔诺瓦夫人通过展示女主人公的

Finette Cendron.

18世纪的一幅版画：在骑马去找回自己鞋子的路上，芬妮特溅了姐姐们一身泥水

智慧,从一开始就确立了芬妮特的主体性特点。虽然在这一过程中有仙女教母的帮助,但值得注意的是,芬妮特并不只是被动地接受梅露什的帮助。她主动给教母送去了各种各样的礼物,这实际上暗示了她们之间是一种互惠互利的关系。她的主动性还体现在她有能力策划对付食人魔夫妇,杀死他们两个,从而让人联想到巴西耳笔下的泽佐拉和莱里捷笔下的芬妮特,这两个人物都采取了暴力手段来反抗压迫她们的人,虽然这样的行为通常与社会规范的女性气质相距甚远,无论是在早期现代的欧洲还是在当代的美国。有趣的是,芬妮特在给女食人魔做头发时甚至砍下了女食人魔的头颅,这与佩罗笔下顺从被动的女主人公形象构成了鲜明的对比,后者单纯地为自己的敌人做头发,而没有任何报复的想法。

其次,就像莱里捷故事里的芬妮特一样,多尔诺瓦夫人笔下的芬妮特-仙度,用塔蒂亚娜·科涅娃[①]的话来说:"并不梦想着被动等待白马王子的拯救,即使最终嫁给了他。"[9]事实上,芬妮特一次又一次地主动采取行动来决定自己的未来。当她得知父母想要抛弃自己和姐姐们时,她向仙女教母寻求帮助。当姐姐们在树林里迷路时,是芬妮特找到了食人魔的城堡,并最终给她们带来了财富。后来,芬妮特-仙度找到了参加舞会所需的资源,还在时尚方面成了受人们崇拜的对象。丽贝卡-安妮·多罗萨里奥[②]认为,在那个时期,时尚品位代表着一个人的社会地位甚至是政治智慧。[10]在试穿鞋子这一情节上,芬妮特-仙度也不是在家里等着有人把鞋子送上门来,相反,她是

---

① 塔蒂亚娜·科涅娃(Tatiana Korneeva),意大利当代女作家、学者,主要研究内容包括性别文化研究以及儿童文学等。
② 丽贝卡-安妮·多罗萨里奥(Rebecca-Anne Do Rozario),澳大利亚莫纳什大学研究学者,曾出版过著作《经典童话故事中的时尚:灰姑娘穿的是什么》。

骑上她的西班牙马，奔向城堡去取回她的鞋子。而且，芬妮特-仙度并不是被王子拯救，而是拯救了查理王子，并且通过谈判缔结婚约的条件来重获自己家族的财富，这也不免让人想起莱里捷故事的芬妮特在君主之间进行条约谈判的情节。

最后，芬妮特-仙度并没有真正原谅姐姐们，即使她的确帮助她们恢复了社会地位，还通过谈判让家族重获以往的财富。实际上，在整个故事中，芬妮特都对她们进行了小小的调侃和挑衅，这凸显了她对局势的掌控。在姐姐们多次描述辛德的美丽时，芬妮特曾以她们几乎听不到的声音说道："我也是那样，我也是那样。"最重要的是，当她骑马去城堡试穿鞋子时，溅了她们一身泥水，弄脏了她们华丽的衣服，这种举动既俏皮，又是对她们的报复。多尔诺瓦夫人本人在13岁时也曾展现过这样的恶作剧倾向。沃尔克·施罗德[①]记录了她在自己的一本作品中的题词："再见，亲爱的读者，如果你有我的书而我不认识你，你又不欣赏书里的内容，那么我祝你患上环状蠕虫病、疥疮、发烧、瘟疫、麻疹和断颈。愿上帝在我对你的咒骂中对你施以援手。"[11]科涅娃认为，通过这种复仇行为，"多尔诺瓦夫人笔下的芬妮特扮演了通常由男性扮演的角色，特别是与（佩罗笔下的）被动原谅恶毒继姐的灰姑娘相对比"。[12]有趣的是，在佩罗的故事中，灰姑娘在舞会上表现得十分慷慨大方，主动与姐姐们分享水果；而在多尔诺瓦夫人的故事中，姐妹们在宫殿里主动给仙度奉上贡品，就像宫廷中的其他人一样。也就是说，她们向她表示由衷的敬意，似乎她已经是王后了一般。[13]虽然佩罗和多尔诺瓦夫人都在他们的故事中提

---

① 沃尔克·施罗德（Volker Schröder），美国普林斯顿大学副教授，主要研究现代文学和文化。

出"美德"这一概念,但在多尔诺瓦夫人的故事中,这更多的是一种贵族义务。也就是说,芬妮特是以一种高位者的姿态进行施舍,而不是以低位者的立场被迫付出。

我们必须明白的是,在多尔诺瓦夫人创作《芬妮特-仙度》这篇故事的那个年代,并没有确立任何撰写文学童话的规范。[14]她与佩罗的潜在争执并不是一个女性主义者在对抗一个广泛流传的名为《灰姑娘》的故事,因为他们创作的故事发表时间相差不过几个月,当时也没有任何一个故事已经占据了主导地位。此外,两位作者都对巴西耳故事中的狡猾女主人公进行了改编,佩罗的改编是让她的性格更加恭敬温顺了。也就是说,多尔诺瓦夫人创作的《芬妮特-仙度》不是我们今天所看到的某些作家从女性主义角度对经典童话故事进行的修订,比如塔尼斯·李[①]、艾玛·多诺霍以及更接近现代时期的玛丽莎·迈耶[②]做的那样,这些人的作品往往忽视了本章中所展现的原作更为复杂的历史。相反,当多尔诺瓦夫人对佩罗的《灰姑娘》做出回应时,她写的是与她的男性同行相反的新故事,从女性和性别角度提供了一个全新的叙事角度,并且他们之间的这种竞争并没有在17世纪90年代就结束。佩罗的《灰姑娘》经受住了时间的考验,成了迪士尼电影故事的来源,但是我们不知道的是,多尔诺瓦夫人的《芬妮特-仙度》也拥有自己的影响力,不仅成了民间传说,还被改编成了一部广受欢迎的电影。

---

① 塔尼斯·李(Tanith Lee,1947—2015),英国科幻及玄幻作家。
② 玛丽莎·迈耶(Marissa Meyer),美国小说家,代表作有《月球编年史》。

《芬妮特-仙度》的影响力

18、19世纪，《芬妮特-仙度》这个故事一般是以法语和英语的形式出版于多尔诺瓦夫人的作品选集中。整个18世纪，英国甚至出版了这个故事的30多个版本，故事的名字叫《芬妮特的故事，那个叫辛德的女孩》("The Story of Finetta; or, The Cinder Girl")。大多数情况下，这个故事都是和多尔诺瓦夫人的其他故事一起再版的。而1895年在马萨诸塞州的波士顿，语言学家查尔斯·霍尔·格兰杰特（Charles Hall Grandgent）出版了一本面向大一新生的法语教科书，名为《法语课程与练习》(French Lessons and Exercises)，书中所有的语法和词汇练习都取材自多尔诺瓦夫人的《芬妮特-仙度》。不过，大多数情况下，在法国、英国和美国，《芬妮特-仙度》受欢迎的程度都和多尔诺瓦夫人其他颇负盛名的故事不相上下，比如《金发女郎》《福图纳和他的七个天才奴仆》["Fortunio, and His Seven Gifted Servants"，又名《美人贝儿，骑士福图纳》("Belle-Belle; or, The Knight Fortuné")]、《白猫》以及《格拉西欧莎和佩西尼特》("Graciosa and Percinet")等。这些故事均在19世纪多次再版，并被改编为舞台剧。

《芬妮特-仙度》在法国、美属法语区、德国和捷克斯洛伐克都对民间传统产生了特别的影响。19世纪，捷克代表性作家鲍日娜·聂姆曹娃在她的作品《民族童话故事集》(Národní pohádky, 1845—1846)中收录了这个故事，由此这个故事在中欧地区流行起来，还成了电影《灰姑娘的三个坚果》的灵感来源。后来这个故事还被翻译成了德语和捷克语，并通过平价小册子得到广泛传播，许许多多的作家、出版商和记述者都通过各种媒介和传统渠道来宣传多尔诺瓦夫人的童话作品,尤其是《芬妮特-仙度》,使得她的作品被人们交相传阅、口口相传,并且其他国家的读者也都知道她的作品。生活在欧洲以及美属法语区的人们因此认识了能力更为强大的灰姑娘。

《芬妮特-仙度》的民间化过程

通常认为,文学童话是对民间传说的书面改编。然而,民间文化也会根据某些惯例来改编文学故事。这种对文学故事的所谓"民间化",也就是将文学故事改编为更适合人们口口相传的故事,涉及"改变原有故事结构以及弱化对剧情推动作用较小的情节",以达到简化情节和故事内容的目的。[15]同时,文学故事的民间化改编通常会保留原故事中的一些具体细节,比如非必要的人名及物品,原有文学故事的蛛丝马迹就体现在这些细节中。比如,《芬妮特-仙度》的某些版本就保留了女主人公的名字,或者只做了一点微小的改变。民俗传说收集家约瑟夫·梅达·卡里埃尔[①]于1937年出版了《芬妮特-仙度》的一个民间故事版本,该版本由密苏里州一名在矿业社区工作的法语使用者弗兰克·布里索(Frank Bourisaw)讲述,保留了"芬妮特"这个名字,以及双线剧情,即女主人公在前半部分故事中被父母遗弃后,打败了食人魔和他的妻子,以及在后半部分故事中设法参加舞会。

---

① 约瑟夫·梅达·卡里埃尔(Joseph Médard Carrière,1902—1970),法语文学研究家,以收集美国中西海岸的法语民间传说而闻名。

我们常会发现,这些故事的民间版本融合了佩罗版的《灰姑娘》以及多尔诺瓦夫人的《芬妮特-仙度》的许多元素。在历史学家莱昂·皮诺[①]于1891年在法国普瓦图(Poitou)地区收集的版本中,女主人公与书同名,名叫"拉·桑德隆斯"(La Cendrouse),可能是巧妙融合了这两位作家的法语版故事中的人名,即佩罗故事中的桑德瑞隆(Cendrillon)和多尔诺瓦夫人的芬妮特-仙隆。[16]与多尔诺瓦夫人故事中的女主人公一样,在普瓦图地区流传的故事版本中,女主人公也有两个亲姐姐,而不是佩罗版本中的继姐,但是没有多尔诺瓦夫人故事中被父母抛弃以及杀死食人魔夫妇这部分的情节。拉·桑德隆斯想去参加镇上举办的弥撒,从父亲送给自己的神奇坚果那里得到了许多华贵的服饰、两匹高头大马和一辆马车(这里也简化了佩罗故事中的由六匹骏马拉动的奢华马车和六个陪伴女主人公的随从)。当姐姐们跟拉·桑德隆斯讲述她们在弥撒中看到的神秘美女时,就像芬妮特-仙度不断呢喃着:"我也是那样,我也是那样"一样,桑德隆斯的回应也让姐姐们不明所以:"噢!她再怎么美丽,也比不上我!"[17]与佩罗故事中的情节一样,拉·桑德隆斯在第二次参加完弥撒后弄丢了一只高跟鞋,而非多尔诺瓦夫人故事中的单鞋。但是,与多尔诺瓦夫人故事中情节一样的是,国王也是在不认识鞋子主人的情况下发现了鞋子,并立刻希望迎娶鞋子的主人。

美国密苏里州这个版本的讲述者布里索的家族出自普瓦图地区。也许在普瓦图地区,佩罗的《灰姑娘》和多尔诺瓦夫人的《芬妮特-仙度》这两个版本同时并存,并且民间传说常常融合这两个故

[①] 莱昂·皮诺(Leon Pineau, 1861—1965),法国文学史学家和民俗学家,以收集普瓦图地区的故事和传说而闻名。

事中的情节。普瓦图地区的《拉·桑德隆斯》只讲述了《芬妮特-仙度》故事的后半部分,但是布里索讲述的《贝儿-芬妮特》("Belle-Finette")则与多尔诺瓦夫人的故事有更多相似之处,同时也融合了佩罗版本故事中的一些元素。故事的背景完全不同了:在多尔诺瓦夫人的故事中,芬妮特-仙度是国王和王后的女儿;在普瓦图地区版本中,女主人公的父母是富有的地主;但在密苏里州改编的版本中,女主人公则出身于一个贫穷的家庭。贝儿-芬妮特没有仙女教母,只是从教母那里获得了一团线(在多尔诺瓦夫人的故事中使用的是法语词组"pelote de fil",而布里索讲述的版本则是"pelote de corde",两者都是"一团线"的意思)以及灰烬和小麦粒,和多尔诺瓦夫人的情节如出一辙。后面的情节也跟多尔诺瓦夫人的故事类似,其他姑娘们藏在食人魔房内的铁桶里,贝儿-芬妮特则把食人魔推进了炉子,还砍断了他妻子的头颅。而在故事的第二部分,姐姐们都去参加舞会(在布里索讲述的北美法语版本中第一次使用了英语单词"party"),独独落下了贝儿-芬妮特,然后她的教母出现(没有说她是"仙女"),就像佩罗故事中一样,给了女主人公一个南瓜。于是南瓜被切开,成了一辆马车。教母要求女主人公必须在晚上9点前回家。贝儿-芬妮特一共去了三次舞会,每次穿的都是不同颜色的服饰,分别是黄色、红色和白色,第三个晚上她待到了11点,还搞丢了高跟鞋(不同于多尔诺瓦夫人版本中的单鞋),随后则是王子想要迎娶高跟鞋女主人的情节。在这个版本中,我们再次清楚地看到了佩罗《灰姑娘》故事中的元素(比如南瓜马车、高跟鞋和宵禁)与多尔诺瓦夫人故事中的大部分情节(比如佩罗《灰姑娘》中没有的类似故事《小拇指》的情节)相融合起来了。

至少可以明确的一点是,《芬妮特-仙度》这个故事即使没有在法国的其他地区融入民间文化,至少在法国普瓦图地区做到了口口相传,并且他们流传的故事版本有时还会融合佩罗版《灰姑娘》中的一些元素,这也证明了人们在流传故事的过程中也会对其进行一些改编。布里索讲述的《贝儿-芬妮特》的来源可能在加拿大的魁北克[1],他的家族是从该地区移居到密苏里州的。但是夏洛蒂·特兰奎特·杜里斯[2]认为,民俗学家们尚未收集到任何魁北克口音的版本。不过,在加拿大东部省份阿卡迪亚地区的确流传着多尔诺瓦夫人《芬妮特-仙度》的民间版本。并且,语言学家法兰丝·马丁诺[3]还发现了在新斯科舍的[4]雅茅斯(Yarmouth)收集到的一篇题为《桑德瑞隆斯、芬妮特和贝尔·达莫》("Cendrillouse, Finette and Belle-d'Amour")的文章,由90岁高龄的艾尔·埃米罗(Elie Amirault)在1961年所作。[18]

德国和捷克斯洛伐克

18、19世纪时,多尔诺瓦夫人的童话故事印刷版在法语使用者中流传甚广,因此她的故事会成功进入法国以及和说法语地区的民间文化中,并不令人感到意外。然而,实际上这个故事的传播范围并不局限于这些地区,而是要广得多。多尔诺瓦夫人的童话故事早在

---

[1] 魁北克(Quebec),位于加拿大东北部的一个省份,官方语言为法语。
[2] 夏洛蒂·特兰奎特·杜里斯(Charlotte Trinquet du Lys),美国当代研究学者。
[3] 法兰丝·马丁诺(France Martineau),教授、语言学家,专门研究加拿大地区的法语语言学。
[4] 新斯科舍(Nova Scotia),加拿大东南岸省份。

1702年就被翻译成了德语,收录在一个作品集中,后来又在1739年和1743年出版了两次修订版。[19] 1761年,历史学家弗里德里希·伊曼纽尔·比尔林(Friedrich Immanuel Bierling)开始出版包含九卷的《仙境之室》(Cabinet der Feen, 1761—1765)系列图书,囊括了多尔诺瓦夫人、佩罗、缪拉和夏洛特-罗丝·德·拉福斯等作家创作的故事,这些故事"为德国读者提供了重要的法国童话文本,许多作者开始竞相模仿"。[20] 1780年,柏林出版了一本面向儿童的故事书,名为《写给儿童看的童话》(Fairy Tales for Children),其中也收录了多尔诺瓦夫人的童话,不过并未写明收集者是谁。后来,查尔斯·约瑟夫·迈耶①更是出版了他长达41卷本的法国童话集《仙女的储藏柜》(Le Cabinet des fées, 1785—1789),其中在第2—4卷使用整整三卷内容收录了多尔诺瓦夫人的故事。从那时候开始,德国翻译和出版童话故事这一行业开始蓬勃发展。兼具作家、编辑和书商三重身份的弗里德里希·贾斯廷·贝尔图赫②于1790年到1797年出版了《国际蓝皮书系列》(International Blue Book Series)。这套图书是根据法国系列童书《蓝色图书馆》(Bibliothèque bleue)而设计的,多尔诺瓦夫人的童话在这套定期出版的系列童话故事中占据了重要地位。在同一时期,《多尔诺瓦夫人的童话故事》(Feen-Mahrchen der Frau Grafin von Aulnoy, 1790—1796)也得以出版,其中囊括了从德国《国际蓝皮书系列》的第3、4、9和10卷中选取的多尔诺瓦夫人创作的童话故事。[21]

和在法国一样,《芬妮特-仙度》等故事也在德国口口相传。事

---

① 查尔斯·约瑟夫·迈耶(Charles Joseph Mayer, 1751—1802),法国文学家。
② 弗里德里希·贾斯廷·贝尔图赫(Friedrich Justin Bertuch, 1747—1822),德国著名出版商及艺术品赞助商。

实上，一位为格林兄弟提供民间故事的贵族路多维恩·冯·哈茨豪森向他们讲述过一版《芬妮特-仙度》的故事，后来格林兄弟在1818年左右抄录了这篇故事，题为《美花、芬妮特及小耳朵》。然而，珍妮·布莱克威尔（Jeaninne Blackwell）发现，这个版本"一直待在格林兄弟所收集的故事中，未得到发表"。[22]在这个版本中，小耳朵扮演的是芬妮特-仙度的角色，而"芬妮特"的名字则移到了二姐身上。像多尔诺瓦夫人的故事一样，哈茨豪森把三个姐妹的父亲设定为国王，但王后是她们的继母，而不是亲生母亲。教母在故事中的身份不是仙女，而是巫婆或者女巫，要比密苏里州矿工讲述的那版拥有更多的魔力。哈茨豪森讲述的故事基本遵循了多尔诺瓦夫人的《芬妮特-仙度》的结构，只做了一些简化，孩子们在来到食人魔城堡之前只被抛弃了两次。在民间版本中，也有毛线、豌豆、橡子和金钥匙这些在多尔诺瓦夫人的《芬妮特-仙度》中出现过的物品，它们都在旅程中助了女主人公一臂之力。在骑西班牙马时，小耳朵也像多尔诺瓦夫人故事里一样溅起泥水，喊着"小耳朵在笑！"哈茨豪森版本中的一个重要不同之处在于，三姐妹是共同合作杀死了食人魔夫妇：二姐芬妮特将食人魔夫妇诱导进炉子，然后由她和大姐美花将他们推了进去；芬妮特杀死女食人魔的时候，小耳朵则只是在梳理自己的头发。在多尔诺瓦夫人的故事中，王子在没有见过芬妮特-仙度的情况下就爱上了她的鞋子，而在哈茨豪森的版本中，是王子陪着小耳朵去参加第一次舞会的，并在晚上结束时在路上铺上沥青来阻止她逃跑；小耳朵的鞋子被卡在了沥青中，但马上选择放弃，跑开了，后来再骑着马回来试穿鞋子，治愈了王子的相思病，这一点也和多尔诺瓦夫人的故事相呼应。

这只是19世纪上半叶受多尔诺瓦夫人童话影响的众多德国女

性作家和故事讲述者中的一个,无论是文学故事还是口头故事。与哈茨豪森活跃于同一圈子的珍妮特·哈森弗拉格的家庭拥有法国胡格诺派教徒的背景,她曾经向格林兄弟提供过多尔诺瓦夫人创作的《蜜蜂和橙树》,取名叫《奥克洛》,故事也聚焦在能力超群的女主人公身上。这个故事曾收录于格林兄弟的《儿童与家庭童话集》(1812—1815)的首版中,但由于与法国版文学童话太过相似而在随后的版本中被删除。[23]然而,尽管格林兄弟有意清除这些痕迹,但是多尔诺瓦夫人的影响力还是反映在了格林兄弟的故事集中。比如,鉴于多尔诺瓦夫人的故事流传范围之广,因此,很可能《亨塞尔与格莱特》这个故事中格莱特把女巫推进炉子这一场景借鉴了《芬妮特-仙度》。来自法国胡格诺派的多萝西娅·维尔德(Dorothea Wild)曾在1809年告诉过格林兄弟这个故事,后来她成了威廉·格林[①]的妻子。同样拥有胡格诺派背景的哈茨豪森家族曾讲述过一个名为《六个仆人》("The Six Servants")的故事,这个故事和多尔诺瓦夫人的《美人贝儿,骑士福图纳》以及《金发女郎》在诸多细节上一致。[24]

而到了19世纪,多尔诺瓦夫人的童话故事也在德国持续出版。继格林兄弟之后,德国诗人、编辑和童话收集家赫尔曼·克莱特克(Hermann Kletke)认为多尔诺瓦夫人的故事"构思精巧,语言平和,但在简单自然方面逊色于佩罗的故事"。[25]然而,他的著作《写给全世界年轻人和老人看的童话故事》(*Marchen aller Volker fur Jung und Alt*, 1845)第一卷讲述的法国童话,就以《芬妮特-仙度》这个故事作为开篇,并且在此卷总共收录的17篇故事中,有9篇出自多尔诺

[①] 威廉·卡尔·格林(Wilhelm Carl Grimm,1786—1859),德国作家与人类学家,格林兄弟中的弟弟,其哥哥是雅各布·格林。

瓦夫人之手，5篇出自佩罗，查韦尔·马尼[①]和莱里捷各一篇，还有一篇出自马赛地区作家玛丽·艾卡德[②]的民间故事集。克莱特克收集的三卷本故事集的重要性在19世纪末得到了认可，作家和收藏家安德鲁·朗格[③]在19世纪90年代从中选出了一些故事，收录在了他的彩色故事书系列中。玛格丽特·罗斯·格里菲尔[④]研究发现，芬妮特的故事在1830年登上了德国舞台，剧名为《芬妮特-仙度瑞拉、玫瑰与鞋》(Finette Aschenbrodel, oder Rose und Schuh)，还被改编成了集口语和歌曲于一体的舞台剧(Singspiel)，由尤利乌斯·里比克斯(Julius Ribics)撰写剧本。[26]

1902年，捷克文学历史研究专家扬·马查尔(Jan Máchal)提出，法国童话的影响力从法国内部蔓延到了德国，后又传入捷克斯洛伐克，特别谈到了《芬妮特-仙度》这篇故事。[27]1930年，作家兼评论家瓦茨拉夫·蒂勒(Vaclav Tille)发表了一篇关于多尔诺瓦夫人的《蜜蜂和橙树》和《芬妮特-仙度》的捷克版本概述，追溯了这些故事的传播路径，为马查尔的理论提供了进一步的证据支持。他强调了18世纪捷克出版商及作家瓦茨拉夫·马泰·克拉默留斯(Vaclav Matěj Kramerius)的重要成就，其创建了捷克调遣出版社(Czech Dispatch)，意在翻译和改编那些"对下层阶级能起到寓教于乐作用的作品"，为建立捷克文化传统、孕育捷克文化做出了突出贡献。克拉默留斯在1794翻译和出版了多尔诺瓦夫人的《蜜蜂和橙树》。[28]

[①] 查韦尔·马尼(Chevalier de Mailly, 1657—1724)，法国文学童话故事及幻想冒险小说作家。
[②] 玛丽·艾卡德(Marie Aycard, 1794—1859)，法国小说家和剧作家。
[③] 安德鲁·朗格(Andrew Lang, 1844—1912)，苏格兰著名诗人、小说家及文学评论家，在当代最为人熟知的是其对民间故事及童话的收集。
[④] 玛格丽特·罗斯·格里菲尔(Margaret Ross Griffel, 1943—   )，美国音乐学者和作家。

蒂勒认为可能早在1761年，波希米亚地区南部的因德日赫赫拉德茨（Jindřichův Hradec）就已经将德语版的《芬妮特-仙度》翻译成了捷克语，并在19世纪多次再版。蒂勒还发现，克拉默留斯的儿子瓦茨拉夫·罗多米尔·克拉默留斯（Vaclav Rodomil Kramerius）出版了另一部捷克语版的《芬妮特-仙度》，在这个版本中，三个女儿中最小的一个名叫"芬妮特"，她获得了女巫塔马琳德（Tamarinde）的帮助。女主人公设法杀死了食人魔后占领了他们的城堡，骑着塔马琳德送给她的白马前往王宫，遇到了王子奥特马（Otmar），并与之成婚。蒂勒还记录了以下几个《芬妮特-仙度》的其他民间故事版本：马图什·瓦茨拉维克[①]在19世纪出版的摩拉维亚[②]版中只讲述了全故事的第一部分；1888年被瓦茨拉夫·波佩尔卡[③]收录于《波利茨卡的童话》（Pohadky z Poličska）一书的版本修改了女食人魔腰宽15英尺这一设定，改为了有15只脚趾；而在由卡特琳娜·维德拉科娃（Kateřina Vidláková）讲述、贝内斯·梅索德·库尔达[④]收集和出版的摩拉维亚版本中，食人魔的妻子看到丈夫被杀死在火炉中时感到很高兴，而芬妮特骑着白马去参加的是弥撒，而不是舞会。

就像法国剧作家莫里哀[⑤]和马里沃[⑥]的戏剧作品一样，"尤其在

[①] 马图什·瓦茨拉维克（Matouš Vaclavek，1842—1908），摩拉维亚教师、历史学家、民族志学家和作家。
[②] 摩拉维亚（Moravia），通常指的是捷克的东南半部，是中欧一个工业非常强大的地区。
[③] 瓦茨拉夫·波佩尔卡（Vaclav Popelka，1866—1946），捷克作家、编辑、书籍印刷商和出版商。
[④] 贝内斯·梅索德·库尔达（Beneš Method Kulda，1820—1903），摩拉维亚的复兴主义者，爱国的牧师，民歌和童话的作家和收藏家。
[⑤] 莫里哀（Moliere，1622—1673），17世纪法国喜剧作家、演员、戏剧活动家，法国芭蕾舞喜剧的创始人，也被认为是西洋文学中最伟大的喜剧作家之一。
[⑥] 马里沃（Marivaux，1688—1763），法国小说家与剧作家，是18世纪最重要的法国剧作家之一，代表作品是《爱情与偶然狂想曲》。

19世纪40年代,以多尔诺瓦夫人的《芬妮特-仙度》为例,法国童话故事为捷克的改编作品提供了另一个灵感来源,同时也是捷克本土文学作品的重要灵感来源"。[29]多尔诺瓦夫人故事的德语版和捷克语版以及民间传说版在波希米亚广为流传,受此影响,鲍日娜·聂姆曹娃成了一名作家。聂姆曹娃是仆人和马车夫的女儿,在1837年与约瑟夫·涅梅克(Josef Němec)走进了不幸福的婚姻。后来她经常参加捷克民族主义沙龙,也因此将自己的名字从巴博拉(Barbora)改为更具捷克民族特色的鲍日娜(Božena)。[30]阿尔弗雷德·托马斯(Alfred Thomas)曾这样描述聂姆曹娃及其作品:"受法国小说家乔治·桑的影响,鲍日娜·聂姆曹娃是捷克文学中第一位女权主义作家。但她也是一位民族主义作家,深信捷克和斯洛伐克有权获得哈布斯堡帝国内的平等政治代表权。"[31]因此,她之所以热衷于收集民间故事,主要源于她心中的民族主义和民主主张的冲动,这一点也体现在格林兄弟的作品中。聂姆曹娃明确认同社会主义。在捷克民间学家卡雷尔·雅罗米尔·埃尔本(Karel Jaromir Erben)的敦促下,她出版了她的第一部故事集《民族故事和传说》[*Narodni bachorky a pověsti*,字面意思是"民族故事和传说",但英文译为"捷克和斯洛伐克民间故事"(Czech and Slovak Folk Tales),1845—1847],书中收录的故事有:《黑公主》("The Black Princess"),这篇故事带有种族歧视倾向,情节类似《美女与野兽》。在这个故事中,"野兽"本来是一位公主,拒绝了男人的求爱而被一个邪恶的魔法师变成了黑人,只有真心爱她的男人才能拯救她;《三姐妹》("The Three Sisters"),故事情节与格林兄弟版的《灰姑娘》类似;《辛德瑞拉的故事》("About Cinderella"),故事情节与《芬妮特-仙度》相似。聂姆曹娃后来继续在斯洛伐克收集民间故事。1855年,她出版了她最著名的作品《外祖母》(The Grandmother)。两年后,她又出版了一部故事集《斯洛伐克童话和传说》(Slovenske pohadky a pověsti, 1857),第三次收录了灰姑娘的故事,名字也还是《辛德瑞拉的故事》。

就像多尔诺瓦夫人一样,聂姆曹娃曾被迫进入一段不幸福的包办婚姻,最终与丈夫分开。两位作家都试图赋予她们的女主人公女性角色力量,无论是从社会历史角度还是从阶级角度,因此聂姆曹娃能够从多尔诺瓦夫人作品中芬妮特这样的角色身上获得灵感是顺理成章的。聂姆曹娃可能是从民间传说中听到了《芬妮特-仙度》这个故事的改编版,但是在她的故事里,某些细节非常具体,因此她也有可能是将多尔诺瓦夫人的故事改编为了德语或捷克语版。格林兄弟最初在1812年版的《儿童与家庭童话集》中收录了一些法语等非德语版文学作品,他们认为这些作品能够代表德国文学中的其他一些身份(尽管在后来的版本中,他们将这些故事的大部分都删去了)。聂姆曹娃也有一样的想法,她试图通过收集民间故事来建立捷克的民族身份,其中包括一些起源于法国的故事,比如她曾出版过的《额头上有金色星的公主》("The Princess with the Golden Star on her Forehead"),这一故事与佩罗的《驴皮公主》("Donkey Skin")有明显的联系。

与多尔诺瓦夫人故事的民间版本一样,聂姆曹娃将她的女主人公波佩尔卡(Popelka,或者叫"辛德瑞拉")设定为一对贫穷夫妇的女儿。他们为了避免沦落到乞讨的命运,计划抛弃自己的女儿,并且是父亲提出了这个计划,而不是母亲或继母。[弗朗西斯·格雷戈(Francis Gregor)认为聂姆曹娃在童年时期与父亲更亲近,而她之所以这么设定可能是因为父亲强迫她与涅梅克结婚。][32]聂姆曹娃还为故事创造了更加真实的背景,降低了故事的奇幻色彩,也就是让波佩尔卡寻求姑姑而非有魔力的仙女教母的帮助。就像多尔诺瓦夫人故事中的梅露什一样,聂姆曹娃的姑姑在给她一个线团之后,警告女主人公不要在父亲在森林中抛弃女儿们时将她的姐姐卡萨拉(Kasala)和阿德利娜(Adlina)带回家。父亲再次跟母亲讨论抛弃女儿这件事的时候,母亲请求他不要这样做。波佩尔卡再次找到了姑姑,姑姑给了她灰烬并再次警告。然而,在第三次事件中,姑姑因为波佩尔卡屡次不听警告去帮助她那两个邪恶的姐姐而感到生气,于是在明知豌豆会被鸟儿吃掉的情况下,还只给了她豌豆。波佩尔卡后来爬上树,看到了一栋美丽城堡以及城堡的主人——一个丑陋的女人,这个丑陋的女人提醒波佩尔卡和她的姐姐们要小心她那会吃人的丈夫。当食人魔准备学习如何做面包时,波佩尔卡备好了火,和姐姐们一起把他推进了火炉里,杀死了他;至于食人魔妻子的死亡,波佩尔卡则是把斧头交给了姐姐卡萨拉。聂姆曹娃之所以对故事做出这些改编,可能是出于减轻女主人公在故事中呈现出的暴力属性的考虑,也可能是为了展现女性在关键时刻的团结互助。

在故事的第二部分,卡萨拉和阿德利娜让波佩尔卡负责新家城堡中的所有家务,并计划参加王子举办的盛宴。像芬妮特一样,波佩尔卡找到了一个金钥匙,用它打开了地下室的一扇门,这扇门通往一个装满银器、宝石和华服的房间,在那里,她还找到了一匹白色小马,可以带她参加三次宴会。在第一次宴会上,波佩尔卡穿着一件漂亮的白色裙子和一双金色高跟鞋;第二次穿的是一件红色裙子和一双银色高跟鞋;第三次则穿上了一件蓝色裙子和一双银色高跟鞋,还戴上了璀璨夺目的珍珠。就在第三次宴会上,女主人公匆匆离开宴会,在回家之前与姐姐们道别时,她的鞋子被王子设下的松木油卡住了。与《芬妮特-仙度》不同,在《辛德瑞拉的故事》中,女主人公和王子在第一次宴会上就相爱了，王子在第二次宴会上承诺服从她的意愿，希望她在第三次宴会上成为自己的妻子。当她得知王子正在寻找能穿上鞋子的女人时，波佩尔卡出现在城堡里，两人最终成婚。尽管她在去试鞋时没有把泥水溅到姐姐们身上，但她最终报了仇。波佩尔卡知道只能从城堡的地窖里取出三次宝物。在和王子会面了三次后——蒂勒认为这些神奇的财富其实就是波佩尔卡的嫁妆——女主人公告诉了姐姐们地窖里藏着宝物的事情。于是，卡萨拉和阿德利娜试图取走一些珍宝，却被两只黑猫袭击而毁容，她们拿走的珍宝则变成了石头。结局就是，姐姐们因为贪婪而受到惩罚，而波佩尔卡和王子"过上了幸福平和的生活，并且善待他们的臣民，因此收获了上天的保佑"。[33]

尽管聂姆曹娃版本的《芬妮特-仙度》从严格意义上而言并不能算是一个社会主义童话，但是它确实涉及了财富的重新分配，波佩尔卡和她的姐姐们设法从他们杀死的城堡主人食人魔那里获得了财富，而波佩尔卡聪明地通过金钥匙获得了财富，通过这种方式，穷人的女儿和国王的儿子之间建立了平等的关系。重要的是，波佩尔卡不是通过嫁给王子来摆脱了低贱贫困的地位，而是通过自己的智慧获得财富，从而赢得了能够与王子的财富相匹敌的嫁妆。尽管这可以说仍然是父权制婚姻传统中的一种女性交换，但是波佩尔卡可以说是在她自己选择的婚姻中将自己的财富与对方的财富进行了交换，而不是她父亲和她未来丈夫将她进行交换（这一点与聂姆曹娃本人的现实生活经历相吻合，她也经历了一段不幸的婚姻）。在故事中，三个姐妹在城堡主人邪恶夫妇家里工作了相当长的一段时间，直到某个时刻，她们才决定一起杀死"主人"。这一点也十分有趣，因为聂姆曹娃的父母本身就在贵族威尔海明·扎哈内斯卡（Wilhelmine Zaháňská）

家里做佣人。聂姆曹娃本人与扎哈内斯卡关系很好,还在《外祖母》中将她描绘成了一个公主。然而,她的故事还是描绘了恶劣的主人压迫仆人导致暴力冲突的紧张关系。聂姆曹娃从多尔诺瓦夫人的"自己为自己争取利益,而不是等待王子的拯救"这种灰姑娘模式中汲取灵感,通过描述财富的重新分配、贫民对食人魔的压迫的反抗(考虑到城堡住所,食人魔暗指的可能是贵族阶层)以及平民和王子之间结成的跨阶层婚姻(至少他们在经济上是平等的),挑战了多尔诺瓦夫人实际上在故事中试图维护的阶级等级制度。

聂姆曹娃的作品《捷克和斯洛伐克民间故事》深受人们欢迎。蒂勒认为,聂姆曹娃收集的民间故事对于说捷克语的人群产生过广泛的影响,因此也就不奇怪为什么那么多人都能对她的故事做到信手拈来了。[34]他举了一个来自克尔科诺什北部山区(Krkonoše)的年轻女子的具体例子,这位女子讲述了一个故事,虽然这个故事在某些方面与聂姆曹娃的故事有所不同,但是也涉及一位名叫波佩尔卡的女主人公、禁止带姐姐回来的命令以及两只杀死了姐姐们的黑猫等内容。然而值得注意的是,多尔诺瓦夫人的民间传说版本似乎也在捷克斯洛伐克持续流传。1923年,民俗学家约瑟夫·塞凡·库宾(Josef Šefan Kubin)收集到一个关于女主人公菲内塔(Fineta)的故事,她有一位教母梅鲁西(Merlusi),并被一匹名叫金迪达(Jindydad)的马带到了教母家中,金迪达这个名字应该是"绅士达达"(gentil dada)或"玩具马"(toy horse)的变形,法国版"芬妮特"的故事中用后两个名字指代芬妮特的仙女教母送给她的西班牙马。无论是多尔诺瓦夫人的《芬妮特-仙度》的民间传说版本,还是聂姆曹娃的《辛德瑞拉的故事》,都证明了灰姑娘的故事在捷克斯洛伐克受到了广泛欢迎。

灰姑娘故事的其他版本

作为一名美国人，我很难想象还有一部与灰姑娘故事相关的电影竟然能与迪士尼那部堪称全球级现象的电影不相上下，尤其是这部电影的根源还要追溯到17世纪的一位法国女作家，这部电影就是导演瓦茨拉夫·沃尔利切克执导的《灰姑娘的三个坚果》。2012年11月20日至12月26日，这部电影在德国的10个电视台上重复播放了17次，成为德国电视史上重播次数最多的童话电影。[35]而在德国、捷克、挪威、波兰、斯洛伐克和瑞士等地，它也是人们在圣诞节必看的电影之一。这部电影的40周年庆祝活动于2013年在拍摄地之一德累斯顿（Dresden）附近的莫里茨堡城堡（Moritzburg Castle）举行，并且挪威与捷克在2015年共同出资修复了该电影。[36]这部电影是东德国有电影制片公司（Deutsche Film-Aktien-gesellschaft，即DEFA，成立于1950年，制作了许多面向儿童的社会主义童话电影）和捷克布拉诺夫电影工作室（Filmové Studio Barrandov）的合作作品，由捷克导演瓦茨拉夫·沃尔利切克和捷克作家帕夫利切克（Pavliček）联合创作。在参与这部电影的创作之前，帕夫利切克已经写过一部关于聂姆曹娃的传记以及《外祖母》的电视剧本。[37]

在创作《灰姑娘的三个坚果》的剧本时，帕夫利切克借鉴了聂姆曹娃的三个与灰姑娘相关的故事，分别是她第一部童话集中的《辛德瑞拉的故事》和《三姐妹》以及第二部童话集中的《辛德瑞拉的故事》。[38]专业影评人倾向于主要关注帕夫利切克是如何对《辛德瑞拉的故事》进行改编的，因为这个故事为电影提供了一个虐待女主人公的继母和继姐形象的框架。事实上，聂姆曹娃后面创作的《辛德瑞拉的故事》更像是《三姐妹》的缩略版本。在这两个故事中,女主人公参加的都是弥撒,而不是舞会;《三姐妹》中描写了两个和女主人公作对的姐姐,其中一个叫多洛特卡(Dorotka),而在后一版的《辛德瑞拉的故事》中,则只保留了一个姐姐,名叫多拉(Dora),名字与多洛特卡相似;在两个故事中,受迫害的女主人公都从父亲那里得到了三个神奇的坚果,从而获得了华丽的服装。因此,尽管继姐们对女主人公不好,她仍然能够去参加弥撒,并与王子相遇。(我们前面提到了,在有些民间版本中,女主人公去的是教堂而不是舞会或宴会。)

尽管在聂姆曹娃的这两个故事中,灰姑娘的形象都显得相当被动,但是《辛德瑞拉的故事》中的女主人公明显更有活力,这也为帕夫利切克的创作提供了一个更富有精神活力的灰姑娘的模板。在研究这部电影时,斯科帕尔(Skopal)认为格林童话中的灰姑娘形象和聂姆曹娃的灰姑娘形象之间存在一定区别:"与格林童话中的故事相比,鲍日娜·聂姆曹娃的灰姑娘(指《辛德瑞拉的故事》中的灰姑娘)要更加积极,帕夫利切克在电影中进一步强调了这个角色的独立性。"[39]而从另外两个故事中,帕夫利切克借鉴了三个坚果的设定以及女主人公亲近动物的形象。

虽然《灰姑娘的三个坚果》这部电影中斗志满满的女主人公形象的灵感来源于聂姆曹娃的故事以及灰姑娘故事的其他民间版本,但是它删去了《辛德瑞拉的故事》中抛弃儿童以及与食人魔斗智斗勇这些情节,专注于讲述"灰姑娘"故事的相关情节。电影开头展示的是一个美丽的小村庄,波佩尔卡与继母以及继母的女儿一起在这里生活,后来电影告诉我们女主人公的父亲在三年前去世了。电影的第一个场景就展示了继母是如何虐待仆人的。后来,当继母因为一名在厨房工作的伙计弄丢了东西而准备鞭打他时，波佩尔卡主动站出来为他承担了责罚。从电影的一开始，女主人公就是家中仆人的盟友，试图保护他们，让他们免受继母和继姐的残酷虐待。作为回报，这些仆人都发自内心地爱着波佩尔卡。事实上，为波佩尔卡提供华丽服装的三个坚果来自家中的车夫，他想为受虐待的波佩尔卡带回一些东西，而波佩尔卡只要他的鼻子碰到的第一件东西，这一点与《三姐妹》和《辛德瑞拉的故事》中的情节相呼应，只不过在这两个故事中，是父亲给女主人公带来了坚果。我们看到波佩尔卡在庄园里有两个能够庇护她的地方：一个是谷仓，那里还放着她美丽忠诚的白马尤拉舍克（Jurašek）；另一个是小屋，里面放着一个装满各种象征着情谊礼物的小箱子，还有能够给予她安慰的猫头鹰罗西（Rosie）。电影中，白雪皑皑的平原和森林这样的大自然场景也建构起了一个自由的空间。在与格林童话《灰姑娘》和聂姆曹娃《辛德瑞拉的故事》相呼应的情节中，继母要求波佩尔卡将豌豆从灰烬中分离出来，以阻止她在贵族家庭来到他们的乡间城堡时见到王子，但是女主人公得到了鸽子的帮助。在后来的一场戏中，她必须将玉米与扁豆分开，也是这些鸽子帮助的她。

有了这些鸽子的帮助，波佩尔卡得以骑着尤拉舍克奔向森林，她碰巧撞到了王子，本应该去与村民会面的王子那时正在森林中打猎。为了阻止王子射杀小鹿，波佩尔卡朝他扔了个雪球，之后王子和他的朋友们试图抓住她，波佩尔卡利用自己的聪明才智逃脱了。第二次，王子又没有履行官方职责而是到森林里去打猎。于是，波佩尔卡打开了第一个坚果，得到了一套漂亮的打猎服装，最后她和王子的手下争相杀死一只猛禽。（她显然保护了脆弱的小鹿，但也准备杀死捕猎者。）身着男性服饰，手持十字弓，波佩尔卡最后不可思议地击败了所有男人,赢得了一枚戒指;她跑开了,并且为了戏弄王子,还爬上了一棵树,这一幕让人想起芬妮特的攀树能力。在第三次相遇时,波佩尔卡打开了第二个坚果,发现了一件漂亮的舞会礼服。她跳上白马说:"爸爸总是笑说我会骑着尤拉舍克去参加我的第一场舞会,就像个马仔一样。"

即使穿着女性服装,波佩尔卡也从不完全遵守压抑的女性行为模式。当然,在舞会上,王子立即爱上了这位神秘女子,她玩笑般地拒绝透露自己的身份,并拒绝服从她所爱之人的意志:

> 王子:告诉我你是谁!
> 波佩尔卡:你自己看不出来吗?
> 王子:那就摘下面纱吧。至少给我个提示。
> 波佩尔卡:你为什么要知道呢?
> 王子:因为我刚刚选择了一位新娘,但我不知道她是谁。
> 波佩尔卡:别这么大声,他们在听着呢!
> 王子:我要向世界大声宣布我坠入了爱河,准备结婚。
> 波佩尔卡:但你忘了一件事!
> 王子:什么?
> 波佩尔卡:问问新娘是否愿意!

波佩尔卡给王子出了一个谜语,提到了与他的三次相遇,分别是作为一个灰姑娘、一个猎人和她现在的样子,然后她在舞会上溜走了,丢了一只鞋子,之后骑上白马。王子和他的朋友们带着鞋子跟踪她来到庄园,不久,继母和继姐回到了家。为了阻止波佩尔卡去试穿鞋子,继母将她绑了起来并锁在一个房间内。继母让多拉以面纱遮脸,让王子看不到她的真容,还让多拉不要试穿鞋子,试图哄骗王子迎娶多拉。所幸,王子没有中计。见此情景,继母抓起鞋子,和多拉乘着雪橇离开了。王子在后面追赶他们,继母和多拉连人带着雪橇摔进了河里。意识到这一切都是继母的诡计,王子只从河里抓起了高跟鞋,任凭两个女人在水中挣扎。与此同时,我们聪明的女主人公设法挣脱了绳索,并巧妙地逃离了那间上锁的房间,在罗西的催促下,她打开了最后一个坚果,得到了一件美丽的婚纱。王子闷闷不乐地带着鞋子回到了庄园,突然看到波佩尔卡穿着婚纱出现在眼前。当王子走近时,她微笑着说:"你带回我的高跟鞋了吗?"接着她重复了一遍谜语,王子在这时给出了答案。听到王子的答案后,仆人们欢呼着喊道:"我们的波佩尔卡!"王子这时表现得要比在舞会上谦卑了很多:"以及我的波佩尔卡……如果你愿意的话。"在电影的结尾,他们骑着马,奔向雪白的地平线。

可以看出,电影的故事情节似乎与聂姆曹娃对多尔诺瓦夫人故事的改编有很大的不同,但就主题以及整体意义而言,电影与故事在呈现女主人公方面存在一些明显的联系。《芬妮特-仙度》中反复出现的一个主题是西班牙马或白马,女主人公通常是从她的仙女教母那里得到这匹马;而在聂姆曹娃的故事中,女主人公是在地窖的秘密房间里发现了包括白马在内的许多宝物。在《芬妮特-仙度》中,白马的出现是为了强化父亲与波佩尔卡的关系:父亲在去世之前经常教她骑马和打猎。白马在这里象征着女主人公的自由意志和主体性,这点在故事的许多版本中都明显表现了出来,但在这部电影中得到了进一步的强化,女主人公骑着马独自一人去参加舞会,也骑着马主动去见王子,主动去试穿高跟鞋。电影中藏有猫头鹰、宝箱和马鞍的小屋的作用就类似《辛德瑞拉的故事》中藏有秘密房间和宝箱的地窖。波佩尔卡在与猫头鹰打招呼时甚至询问它:"可否帮忙照看一下我的珍宝?"虽然在电影中,这个箱子相当小,与其说是箱子,倒不如说是珠宝盒,里面放着过世的母亲留给她的玫瑰贝壳(电影中有这样一个场景,波佩尔卡拿着这个贝壳回想母亲说到第一次去参加舞会时应该穿什么)。后来,她把三个魔法坚果和其他"宝物"都放进了小箱子里。最后,故事中芬妮特在去试穿鞋子的路上把泥水溅到姐姐们身上的场景在电影中似乎有了新的形式,也就是羞辱和嘲笑落入水中的继母和继姐,这一场景没有出现在聂姆曹娃版的《芬妮特-仙度》中,但在1923年库宾收集的捷克民间故事中有所提及,这说明帕夫利切克颇为熟悉《芬妮特-仙度》的其他版本。

在波佩尔卡和王子相遇的场景中,女主人公往往占据上风。在第一次见面时,她戏弄般地向他扔雪球,而当王子和他的随从在树林里试图抓住她时,她则利用自己的聪明才智逃脱了。在第二次相遇时,波佩尔卡表现出了自己优秀的捕猎能力。即使在舞会上穿着女性化的服装,她也通过王子那时还无法解开的谜语表现了自己的机智,并向他表达了他不能预设自己一定会愿意嫁给他,必须考虑她的想法。当波佩尔卡的继母把她绑起来并锁在房间里以阻止她去试穿鞋子时,观众十分期望看到王子来解救她,但她并不是一个在困境中只能被动等待救援的少女,而是十分擅长依靠自己的力量逃跑。后来她自己设法解开了绳索,穿上了她从最后一个坚果那里获得的婚纱,骑着马去找王子,索要她的高跟鞋。当与格林童话中的灰姑娘进行对比后,瓦茨拉夫非常清楚地意识到了这一形象与具有主体意识的波佩尔卡的不同之处:"在大众的印象中,灰姑娘一直以来都十分被动,不懂得保护自己,整日被她邪恶的继母和善妒的姐姐们折磨,最终在鸽子的帮助下被迷人的王子所解救。而在我们的故事中,灰姑娘更像一个现代女孩,她积极活跃、大胆勇敢、热爱运动,并且依靠自己的力量摆脱了不幸的境遇。"[40]在电影刚刚上映时,斯科帕尔引用了《东德日报》(East German)的评论,盛赞了女主人公的独立性、解放的思想和为自由而战的能力。尽管一些影评家和电影观众意识到了电影与聂姆曹娃这个故事之间存在一定联系,但很可能没有人意识到这位勇敢、独立的灰姑娘最早诞生于17世纪法国贵族多尔诺瓦夫人创作的《芬妮特-仙度》这一故事中。

另外,这部电影还挑战了社会规范中的男性气概。虽然在某些方面,王子的确表现出了具有主导性的男性气质,他十分渴望狩猎,但是他也十分抗拒王室礼仪和王子教育的规范。此外,他在电影中也成长了,从最初认为波佩尔卡理所当然会嫁给他发展到在电影结束时询问她是否愿意嫁给自己。在传统观念中,男性是狩猎者,而女性则是猎物,这部电影挑战了这种观念:首先,波佩尔卡可以像王子一样外出狩猎,甚至比他更擅长此道;其次,电影甚至还将王子描述成了猎物。当他与国王和王后讨论计划中的舞会,得知父母希望他能够从出席的女性中选择结婚的对象时,他是这样说的:"我本以为这是一场舞会,但现在看起来更像是一场狩猎行动!"实际上,王子和波佩尔卡都被他们所处的环境所困扰,家人们总是试图算计和控制他们,于是他们都转而在自然中寻求慰藉。在电影结束时,他们像两个顽皮的孩子一样,愉快地融入了白雪皑皑的森林和草地中。

关于这部电影,沈钦娜(Qinna Shen)认为,这个"别具一格的女性形象符合社会主义性别关系的观念",这是一个平等的观念;在东德国有电影制片公司制作的许多电影中,"女主人公都是能力超群、聪明自信的形象"。[41]虽然帕夫利切克和瓦茨拉夫对灰姑娘的塑造确实符合更广泛的性别平等愿景,但他们也从聂姆曹娃那里受到了多尔诺瓦夫人作品中精神内核的启发。多尔诺瓦通过创作不同以往的人物形象，挑战了女性和男性的性别规范。就像波佩尔卡和王子一样，她笔下的情侣通常无论在美貌、智力，还是武力上都是平等的，并试图摆脱父母和社会的约束。而在捷克版故事中，芬妮特-仙度则进一步成为挑战阶级等级制度的社会主义理想的化身。

似乎，灰姑娘走向了两条截然不同的发展道路。这个故事源自巴西耳，发展为了两个方向：一个源自佩罗，最终发展成为迪士尼版故事中性格保守的灰姑娘；另一个则源自多尔诺瓦夫人，经由捷克作家的改编，最终成为帕夫利切克和瓦茨拉夫的电影《灰姑娘的三个坚果》中奉行社会主义和平等主义的灰姑娘。我并不是说这个故事只能按照这两条路进行演变，但我认为《芬妮特-仙度》吸引了许多人的注意，包括女性讲述者和作家以及像布里索这样的男性讲述者和那些具有女性主义思想的男性编剧和导演。哈茨豪森向格林兄弟讲述了《芬妮特-仙度》，卡特琳娜·维德拉科娃完善了贝内什·梅索德·库尔达收集的摩拉维亚版故事，提供另一个民间故事版本，然后再经由鲍日娜·聂姆曹娃的改编，这个故事在某种程度上成为捷克民族主义民间文化的代表，后来，这一故事被改编成《灰姑娘的三个坚果》，这部电影也成为捷克和德国文化中一部具有代表性的电影。在灰姑娘故事的一个发展版本中，女主人公性格被动，总是等待着王子来拯救她、帮助她脱离被压迫的境遇；而在另一个发展版本中，灰姑娘则十分具有自主意识，她能够拯救王子，杀死怪物，最终掌握自己的命运。

就像一点点拾起面包屑一样，我们追随着《芬妮特-仙度》这一故事的发展脉络，从多尔诺瓦夫人的故事追溯到口头和书面故事，最终发展到电影，这一发展过程错综复杂，因此许多影评家都未能意识到多尔诺瓦夫人的故事对灰姑娘故事和媒体所造成的文化影响。虽然在巴西耳的故事中早已引入了马这一元素,但是多尔诺瓦夫人将这一元素贯穿全文,使其成为芬妮特-仙度的主体性以及自由意识的象征,这一点在电影《灰姑娘的三个坚果》中表现得尤为明显。多尔诺瓦夫人给我们提供了唯一将《小拇指》或《亨塞尔与格莱特》这一在森林中被遗弃的孩子的主题融入《灰姑娘》的版本——这一点我们可以在密苏里州版、德国版和捷克斯洛伐克版的故事中看出——突出了芬妮特的聪明才智以及保护自己和他人的能力。只有在多尔诺瓦夫人的版本中,仙女教母(或者某些版本中的姑姑)禁止芬妮特-仙度带着姐姐们回去,并提供了具体的物品——线团、灰烬和豌豆——来帮助女主人公找到回家的路。芬妮特-仙度找到了能打开箱子的金钥匙,拥有了能参加舞会的金钥匙,金钥匙这个元素在克莱特克翻译的德语版、哈茨豪森讲述的德语民间版以及聂姆曹娃改编和库宾收集的捷克版中都有出现。这些主题在法国、北美、德国和捷克斯洛伐克的民间和书面版中都能找到,由此说明了多尔诺瓦夫人的《芬妮特-仙度》在长达3个世纪内对民间故事和书面故事所产生的影响力。

　　几个世纪以来,《芬妮特-仙度》与《灰姑娘》这两个故事一直都同时存在,为读者和听众提供了截然不同的女性主体性观念。从莱里捷的《芬妮特:聪明的公主》汲取灵感,多尔诺瓦夫人向她的读者展示了一个即使受到压迫但仍然保有进取心的灰姑娘形象。在最靠近现代的版本中,芬妮特-仙度化身成波佩尔卡,她聪明机智,多才多艺,擅长射箭、骑马,在包括心爱之人的所有人面前,都保持着独立性。有趣的是,没有研究学者发掘出《灰姑娘的三个坚果》这一故事的发展历程,其实它可以追溯到多尔诺瓦夫人和聂姆曹娃。在历史上的某个时间、某个地点,这根线被切断了,灰烬被吹散了,豌豆被吃掉了——也许由于学术和文学传统,女性作家以及讲述者的作品才被压制、忽视乃至边缘化。但是多尔诺瓦夫人依然发挥着她的影响力,尽管这一点并不为大众所知。

---

1. Simone de Beauvoir, *The Second Sex* (New York, 1989), p. 291.
2. Marcia R. Lieberman, "'Some Day My Prince Will Come': Female Acculturation through the Fairy Tale", *College English*, XXXIV/3 (1972), p. 389.
3. Charles Perrault, *Contes* (Paris, 1981), p. 172.
4. 露丝·博蒂格海默(Ruth Bottigheimer)认为佩罗的《灰姑娘》在1695年就已经广为流传,并且要比多尔诺瓦夫人的《芬妮特-仙度》早几个月出版。详见 "Cinderella: The People's Princess", *Cinderella across Cultures: New Directions and Interdisciplinary Perspectives*, ed. Martine Hennard Dutheil de La Rochère et al. (Detroit, MI, 2016), p. 36, 即使佩罗的故事当时只以手稿形式流传,但多尔诺瓦夫人也很有可能在其出版前就已经听说了故事的某个版本。
5. Marie-Jeanne L'Héritier, *Les Caprices du destin* [1717] (Paris, 1718), p. 265.
6. Marie-Catherine d'Aulnoy, *Contes* I [1697], intro. Jacques Barchilon, ed. Philippe Hourcade (Paris, 1997), p. 378.
7. Ibid., pp. 382–383.
8. Ibid., p. 384.
9. Tatiana Korneeva, "Rival Sisters and Vengeance Motifs in the Contes de fees of d'Aulnoy, Lheritier and Perrault", *Modern Language Notes*, CXXVII/4 (2012), p. 735.
10. Rebecca-Anne C. Do Rozario, *Fashion in the Fairy Tale Tradition: What Cinderella Wore* (New York, 2018), p. 19.
11. Volker Schröder, "The Birth and Beginnings of Madame d'Aulnoy", *Anecdota* blog, 29 March 2019, https://anecdota.princeton.edu.
12. Korneeva, "Rival Sisters", p. 747.
13. D'Aulnoy, *Contes I*, p. 379.
14. Korneeva, "Rival Sisters", p. 745.
15. 参见 Charlotte Trinquet du Lys, "On the Literary Origins of Folkloric Fairy Tales:

A Comparison between Madame d'Aulnoy's 'Finette Cendron' and Frank Bourisaw's 'Belle-Finette' ", *Marvels and Tales*, XXI/1 (2007), p. 38.
16. 在《民间故事》(*Le Conte populaire*, 法国, 1984)一书中, 米歇尔·西蒙森 (Michèle Simonsen)也提到拉桑卓与多尔诺瓦夫人的故事和佩罗的灰姑娘故事存在相似之处。
17. 选自莱昂·皮诺所著《普瓦图的民间故事》(*Les Contes populaires du Poitou Paris*, 1891) p. 199。佩罗笔下的灰姑娘也有这样的言论: "她真有那么漂亮?"但没有像多尔诺瓦夫人以及普瓦图讲述者的故事中那样直接暗示自己就是那位神秘的公主。
18. 关于新斯科舍版, 参见 France Martineau, "Perspectives sur le changement linguistique: aux sources du francais canadien", *Canadian Journal of Linguistics/ La revue canadienne de linguistique*, l/1-4 (2005), p. 206。
19. 参见 Volker Schröder, "The First German Translation of Les Contes des fees", *Anecdota* blog, 20 February 2022, https://anecdota.princeton.edu。
20. Jack Zipes, *Why Fairy Tales Stick: The Evolution and Relevance of a Genre* (New York, 2006), p. 79.
21. 关于多尔诺尔夫人所创作的故事的德语版, 参见 Bottigheimer, "The People's Princess", *Cinderella across Cultures*, p. 38; Manfred Gratz, *Das Marchen in der deutschen Aufklarung: Vom Feenmarchen zum Volksmarchen* (Stuttgart, 1988), p. 19.
22. Jeannine Blackwell, "German Fairy Tales: A User's Manual. Translations of Six Frames and Fragments by Romantic Women", in *Fairy Tales and Feminism: New Approaches* (Detroit, MI, 2004), p. 85.
23. 关于哈茨豪森及其作品《奥克洛》的背景故事, 参见 Introduction, above; Jack Zipes, ed., *The Golden Age of Folk and Fairy Tales: From the Brothers Grimm to Andrew Lang* (Indianapolis, IN, 2013), p. xxiv; and Julie L. J. Koehler, "Navigating the Patriarchy in Variants of 'The Bee and the Orange Tree' by German Women", New Directions in d'Aulnoy Studies, *Marvels and Tales*, XXXV/2 (2021), pp. 252-270。关于《芬妮特-仙度》和《亨塞尔与格莱特》之间的关系, 以及关于后一部作品的更多信息, 参见 Zipes, *Golden Age*, p. 121; 齐普斯 (p. 453)也指出了多罗特娅·菲曼(Dorothea Viehmann)所讲述的《这六个人员如何穿越世界的》("How Six Made their Way through the World")与多尔诺瓦夫人的《美人贝儿》之间的相似性, 格林兄弟对此也很熟悉。
24. 朱莉·克勒(Julie Koehler)认为: "虽然格林兄弟将多尔诺瓦夫人带来的

影响视为对德国民间文化的腐蚀,但是现在我们可以看出,他们故事集中的许多童话故事都是将法国文学童话故事再度融入德国民间故事而成的。"("Navigating the Patriarchy", p. 188)。
25. Hermann Kletke, *Märchensaal: Märchen aller Völker für Jung und Alt* (Berlin, 1845), p. 361.
26. Margaret Ross Griffel, *Operas in German: A Dictionary* (New York, 2018), p. 153.
27. Jan Machal, "Počtky zabavne prosy novočske", in *Literatura česká devatenáctého století* (Prague, 1902), p. 328.
28. Vaclav Tille, "Les Contes francais dans la tradition populaire tchèque", in *Mélanges d'histoire littéraire générale et comparée offerts a Fernand Baldensperger* [1930] (Geneva, 1972), p. 285.
29. Zuzana Rakova, *La Traduction tchèque du francais* (Brno, 2014), p. 15.
30. Jiřina Šmejkalová, "Něcova, Božna (born Barbora Panklová) (1820?-1862)", in *Biographical Dictionary of Women's Movements and Feminisms: Central, Eastern, and South Eastern Europe, Nineteenth and Twentieth Centuries*, ed. Francisca de Haan, Krassimira Daskalova and Anna Loutfi (Budapest, 2006), pp. 366-367.
31. Alfred Thomas, "Form, Gender and Ethnicity in the Work of Three Nineteenth-Century Czech Women Writers", *Bohemia*, XXXVIII (13 December 1997), p. 281.
32. 参见Francis Gregor, "Biographical Sketch of the Author", in Božna Něcová, *The Grandmother: A Story of Country Life in Bohemia* (Chicago, IL, 1891), p. 5.
33. Božena Němcová, "'Cinderella' by Božna Něcová", trans. Rebecca Cravens, New Directions in d'Aulnoy Studies, *Marvels and Tales*, XXXV/2 (2021), p. 368.
34. Tille, "Les Contes", p. 293.
35. 关于这部电影的放映,参见Claudia Schwabe, "The Legacy of DEFA's *Three Hazelnuts for Cinderella* in Post-Wall Germany: Tracing the Popularity of a Binational Fairy-Tale Film on Television", *Marvels and Tales*, XXXI/1 (2017), pp. 81, 86-87。
36. 关于此次40周年庆祝活动,参见Qinna Shen, *The Politics of Magic: DEFA Fairy-Tale Films* (Detroit, mi, 2015), p. 158;关于此次修复的相关内容,参见Schwabe, "The Legacy", p. 89.我想对妮可·塞兹(Nicole Thesz)表示感谢,她早在2009年就告知了我此次展览的日期,参见www.dreihaselnuessefueraschen

broedel.de/ausstellungen/dauerausstellung-in-moritzburg。
37. 保罗·斯科帕尔认为"1962年,帕夫利切克就已经根据聂姆曹娃的传记《真诚的心》(Horoucf srdce)写了一个脚本,并在《灰姑娘的三个坚果》诞生两年前,根据聂姆曹娃最广为人知的作品《外祖母》写了电视改编版的剧本"。参见"The Czechoslovak-ast German Co-Production *Tři oříšky pro Popelku/Drei Haselnüsse für Aschenbrödel/Three Wishes for Cinderella*: A Transnational Tale", in *Popular Cinemas in East Central Europe: Film Cultures and Histories*, ed. Dorota Ostrowska, Francesco Pitassio and Zsuzsanna Varga (London and New York, 2017), p. 193。
38. 参见Pavel Skopal, "Přbě uspěšne koprodukce: Národni, mezinárodní a transnârodní prvky *Tři oříšky pro Popelku*", in *Tři oříšky pro Popelku*, ed. Pavel Skopal (Prague, 2016), pp. 36-55;关于帕夫利切克如何将三版灰姑娘故事化为自己的剧本所用的讨论,参见"To Whom the Shoe Fits: Cinderella as a Cultural Phenomenon in the Czech and Norwegian Context", MA diss., Masaryk University, Brno, 2020, pp. 42-44。
39. Skopal, "Czechoslovak-East German Co-Production", p. 189. 在写给我的回复邮件中,斯科帕尔表达了他的确认为聂姆曹娃笔下的灰姑娘是个主动积极的人这一观点。
40. 引自Skopal, "Czechoslovak-East German Co-Production", p. 190。
41. Shen, *Politics of Magic*, pp. 155, 216.

第二章
美女、野兽以及多尔诺瓦夫人的影响力

20、21世纪,在西欧和北美广泛流传的经典童话故事一般都是由男性创作、收集、编辑、撰写的,而《美女与野兽》则是一个例外。让-玛丽·博蒙特夫人以加布里埃尔-苏珊娜·德·维伦纽夫夫人于1740年出版的《美女与野兽》为蓝本,将其改编、缩减成了一篇新故事,于1756年刊登在《少女杂志》(*Le Magasin des enfants*)上。[1]到了20世纪,博蒙特夫人创作的这个动物新郎故事由让·科克托(Jean Cocteau)于1946年拍摄成电影,又于1991年被迪士尼工作室拍摄成了动画片,后来还在2017年改编成了真人电影,确立了这一版本的故事在童话故事行业的地位。然而实际上,从17世纪末到19世纪,甚至进入20世纪初,在法国和英国流传甚广的是多尔诺瓦夫人创作的《白羊》(1697)和《绿色巨蟒》(1697),即维伦纽夫夫人和博蒙特夫人所创作的《美女与野兽》的前身。本章节将探寻多尔诺瓦夫人的作品在我们如今熟知的《美女与野兽》中留下的蛛丝马迹,以及多尔诺瓦夫人自己创作的动物新郎故事在法国和英国造成的持续影响力。

在第一章中,我们讨论了灰姑娘这个故事的两条截然不同的发展路径,佩罗创作的《灰姑娘》因被迪士尼工作室拍成动画片而广为人知,而多尔诺瓦夫人创作的《芬妮特-仙度》也因被东德国有电影制片厂拍摄成电影而流传甚广。探寻《美女与野兽》的创作历史后,我们发现多尔诺瓦夫人创作的两个故事在今天21世纪读者所熟悉的那个经典童话故事的诞生过程中起到了至关重要的作用,而后这两个故事也继续按照自己的发展路径,以不同形式问世,比如小开本册子、童书以及音乐作品。在接下来的内容中,我们会看到《白羊》这篇故事的内容与维伦纽夫夫人的《美女与野兽》最为接近,同时这篇故事也从《绿色巨蟒》中借鉴了一些元素。通过追溯多尔诺瓦夫人、维伦纽夫夫人和博蒙特夫人创作的这些不同故事之间的联系,我们会发现这一经典故事在不同时代背景下的演变和改编过程。而且,在《美女与野兽》诞生并被奉为圭臬后,《白羊》和《绿色巨蟒》并没有消失。《白羊》在英国出版界颇受欢迎,在维多利亚时代不断以多种创意十足的方式重新出版和改编,而《绿色巨蟒》则对许多著名作家和作曲家都具有启发意义,包括奥诺雷·德·巴尔扎克和莫里斯·拉威尔。

在1994年出版的《作为神话的童话 作为童话的神话》(*Fairy Tale as Myth/ Myth as Fairy Tale*)中,学者杰克·齐普斯[1]认为多尔诺瓦夫人十分迷恋民俗学家所称的动物或怪物新郎故事,比如《美女与野兽》。多尔诺瓦夫人特别喜欢丘比特与赛姬这类型的故事,特别是让·德·拉封丹[2]根据阿普列尤斯[3]在公元2世纪创作的拉丁

---

[1] 杰克·齐普斯(Jack Zipes, 1937—),文学学者和作家,以其在童话和民俗学等方面的研究而闻名。
[2] 让·德·拉封丹(Jean de La Fontaine, 1621—1695),法国诗人,以《拉封丹寓言》(*Fables choisies mises en vers*)留名后世。
[3] 阿普列尤斯(Apuleius,约124年—约189年),古罗马作家、哲学家,代表作为《金驴记》。

语故事所改编的版本——《丘比特与赛姬之爱》(The Loves of Cupid and Psyche, 1669)。在这两个版本的故事中，丘比特都不让新娘看他的真身，并且被赛姬的姐姐们说成是怪物。多尔诺瓦夫人也熟悉乔瓦尼·弗朗切斯科·斯特拉帕罗拉①创作的《白猪王子》(1550)，这是另一种模式的动物或怪物新郎故事，她将其改编成了《野猪王子》("The Boar Prince")。在包括《金枝》("The Golden Bough")、《白羊》和《绿色巨蟒》在内的多个童话故事中，多尔诺瓦夫人都对拉封丹改编的阿普列尤斯的故事以及斯特拉帕罗拉故事中的主题进行了重新想象和构思。齐普斯特别指出了多尔诺瓦夫人的《白羊》和《绿色巨蟒》对《美女与野兽》故事发展过程的影响："我必须强调的是，是多尔诺瓦夫人为《美女与野兽》的文学版本铺平了道路，而不是佩罗。"[2]虽然民俗学家和童话研究学者倾向于将所有动物或怪物新郎故事归为一类，从创作于公元前2世纪的《丘比特与赛姬》("Cupid and Psyche")到格林兄弟于1812年出版的《青蛙王子》("The Frog King")，但很少有学者仔细研究过这些作品从多尔诺瓦夫人故事中获取的灵感元素，这些元素可以帮助我们找到多尔诺瓦夫人的作品与维伦纽夫夫人以及后来的博蒙特夫人所创作的经典故事《美女与野兽》之间的联系。

　　本章追溯了多尔诺瓦夫人在《美女与野兽》这一故事诞生过程中扮演的重要角色，并说明了她的故事起到的基础性作用，并没有随着这种新型动物或野兽新郎故事的出现而简单消失。在探讨完维伦纽夫夫人和博蒙特夫人从多尔诺瓦夫人的《白羊》和《绿色巨蟒》中

---

① 乔瓦尼·弗朗切斯科·斯特拉帕罗拉(Giovanni Francesco Straparola, 1485—1558)，意大利诗歌作家、短篇小说收藏家和作家。

借鉴的具体元素后，本章将转而论述多尔诺瓦夫人这两个故事自身造成的影响，从其贵族起源到资产阶级背景，从成年读者到儿童文学，从文学到音乐。从多尔诺瓦夫人到维伦纽夫夫人再到博蒙特夫人，我们还可以看到女性人物在社会观念中的演变，多尔诺瓦夫人刻画了更具贵族气质、受人们喜爱和积极主动的女主人公，维伦纽夫夫人描写了贵族、世俗女性的"沦落"过程，而博蒙特夫人则引入了资产阶级家庭内部女性的形象模型，这一演变符合西欧总体的历史和文化趋势。这些对女性人物的改编还表明，一个试图赋予其女主人公力量的女性作家所创作的故事也可能演变成女性自我牺牲，甚至是成为情欲客体化的故事。

《美女与野兽》的诞生

可以这么说，《美女与野兽》借鉴了《白羊》的内容，并且谨慎地融合了《绿色巨蟒》中的元素。多尔诺瓦夫人创作的这些怪物新郎故事为《美女与野兽》的诞生贡献了重要的叙事要素。就像赛姬的故事以及后来的《美女与野兽》一样，《白羊》与《绿色巨蟒》这两个故事都写到了女主人公与家人的分离，并在怪物新郎自己的领地内处于孤立无援的状态。《白羊》讲述了野兽之所以变形的原因，并且交代了如果女主人公离开男主人公太久，后者就可能会死。《绿色巨蟒》中的男主人公具有双重性，这在维伦纽夫夫人版的《美女与野兽》中可以看到，在科克托和迪士尼的电影中也通过阿凡纳特（Avenant）和加斯顿（Gaston）这两个角色得到了体现。接下来我们将看到，《美女与野兽》的前身没有维伦纽夫夫人在撰写野兽新郎故事中强调的两大重要元素：一是姐妹之间的明显敌对关系，二是美女在野兽城堡中近乎被囚禁的境况。

从白羊到野兽

《白羊》的开篇与《李尔王》(King Lear)类似，国王怀疑自己三个女儿中最有爱心的小女儿曼维斯(Merveilleuse，音同"marvellous"，意思是"不同凡响的")不够爱他，也不够忠诚。国王之所以这样怀疑有两个原因，一方面是因为当他从战场返回后看到小女儿穿着白色礼服，问她为何这么穿时，小女儿一开始的回答令他不满，另一方面，小女儿做了一个梦，梦到父亲在姐姐的婚礼上为自己洗手。国王将这个梦误解为不祥之兆，于是命令卫队队长把曼维斯带到森林里杀掉，并要求队长取回她的心脏和舌头。自然，卫队队长十分可怜公主，而曼维斯的猴子、摩尔仆人和狗都自愿牺牲，献出了自己的舌头和心脏，交给队长用来替代曼维斯的舌头和心脏。[3]于是，曼维斯逃走了，后来她看到一只有着闪闪发光的羊角的帅气白羊。白羊用南瓜马车(致敬佩罗版的《灰姑娘》)把曼维斯带到了他位于山洞里的领地，里面有豪华的花园，还有摆满各种美味佳肴的盛宴，堪比凡尔赛宫。(虽然佩罗在多尔诺瓦夫人发表《白羊》的同一年发表了他的《灰姑娘》，但在此之前佩罗的故事可能就已经以手稿形式流传了。而多尔诺瓦夫人在此处参考了一点佩罗的故事，我认为她是在拿佩罗的故事打趣。)白羊跟曼维斯解释说自己曾是一个最富饶的王国的国王，拥有着忠心爱他的臣民。然而，年老丑陋的仙女拉戈特(Ragotte)要求自己娶她，而他拒绝了，于是他失去了一切。拉戈特因为感到耻辱而对他施加诅咒,把他变成了一只羊,惩罚他对自己的冷落,让他以这身皮囊"苦修"五年。之后,他遇到了其他因被拉戈特怀恨在心而遭受诅咒的羊。

当得知大姐即将结婚时,曼维斯希望以匿名身份参加(因为她父亲必定认为她已经死了),并请求白羊允许她去。白羊告诉她,她可以随时离开,但必须及时返回,否则他就会死在她脚边。在大姐的婚礼上,曼维斯以自己的美丽惊艳众人,随后还是回到了白羊身边。后来,当得知二姐要结婚时,她又再次请求白羊王子允许她参加婚礼,并且再次承诺会回来。而在第二次婚礼上,当曼维斯想要回到白羊身边时,却发现宫殿所有的门都被锁上了,只因国王,也就是她的父亲,想知道这个神秘女人是谁。他给她端来一个水盆,为她洗手,从而印证了那个带有预言性质的梦。当得知曼维斯的身份后,她的父亲和姐姐们都欣喜若狂,父亲随后为她戴上了王冠。与此同时,白羊已经无法忍受没有曼维斯的陪伴,于是走到她父亲城堡的大门口,却被拦着不允许进入城堡,因为大家害怕曼维斯会再次离开他们。于是白羊死在了城门的大门口,只为了曼维斯乘坐马车经过城中向臣民表明自己新统治者的身份时能够发现他的尸体。故事的结尾这样写道:"万念俱灰中,她认为自己也该一同死去。所以说,即使地位至高之人,在面对命运之神时,也不得不臣服,人们往往是在认为自己将要实现所有梦想时经历人生中最大的悲剧。"[4]

这个《美女与野兽》故事的前身与当代流传的那版经典童话故事相比,既有相似之处,也在某些方面有所不同。首先,《白羊》可能给维伦纽夫夫人和博蒙特夫人故事中的美女与她父亲之间的关系提供了一些灵感,这在其他同类故事中并没有出现。虽然研究学者们普遍都认同《丘比特与赛姬》对《美女与野兽》存在影响,但是这个拉丁语故事并没有暗示赛姬是她父亲最喜爱的女儿,尽管她的确是三个女儿中最美丽的;而在另一个影响多尔诺瓦夫人的故事——斯特拉帕罗拉的《白猪王子》中,也没有说到这一点,这个故事讲述的是一个贫穷妇人的女儿嫁给了一只猪的故事。[5]在《白羊》中,曼维斯是最受父亲宠爱的女儿,并且在故事结束时获得了父亲的王位。而在维伦纽夫夫人的《美女与野兽》中,贝儿在父亲有经济困难时悉心安慰他,甚至愿意为了父亲牺牲自己的生命,其他女儿也因父亲只关心贝儿而对其颇有怨言。博蒙特夫人进一步强调了贝儿对父亲的爱:与姐姐们不同,贝儿为了陪在父亲身边,不想结婚。因此,虽然在多尔诺瓦夫人的《白羊》中,父亲曾试图杀死美女,但这个故事还是为美女与父亲之间的亲密关系提供了一个模板。

其次,也许这点更为重要,多尔诺瓦夫人设置了因女主人公没有及时返回,动物新郎付出了生命的代价这一情节。在《丘比特与赛姬》和拉封丹的版本中,隐身的丈夫(丘比特)预料到赛姬的姐姐们会利用她,诱骗她违反他设下的禁忌,于是警告赛姬不要信任她的两个姐姐,她们不值得信任。而赛姬本就担心丈夫是怪物,姐姐们出于嫉妒心理又进一步加剧了赛姬的这种恐惧。于是她偷偷点亮一盏灯,窥视她英俊的丈夫。发现丈夫是丘比特本人后,赛姬在激动之中不小心把灯油滴在了他的后背上,丘比特发现赛姬违背禁忌,十分受伤,这一切导致了他们的分离以及后来赛姬经历的种种考验。而在《白羊》中,多尔诺瓦夫人修改了这个禁忌,不同于《丘比特与赛姬》,男女主人公的分离不是因为赛姬怀疑并偷窥自己未曾见过面的丈夫,而是因为曼维斯未能及时回到白羊身边,也就是白羊死于对曼维斯的爱。而在《美女与野兽》中,贝儿的离开与野兽的死亡之间则遵循了《白羊》中的这一情节。维伦纽夫夫人以及后来的博蒙特夫人显然修改了多尔诺瓦夫人原先故事中的结尾,以一个幸福的结局结束了故事:就在野兽临死之际,贝儿及时赶回来,救活了他。而她们的这一改编虽然让野兽新郎免于悲惨的命运,但同时也削弱了女主人公的主体性:在多尔诺瓦夫人故事的结尾,曼维斯有权独立统治国家,而在后·版故事中,贝儿则成了野兽的妻子,生活在他的领地里。如果从女性的婚后权利来解读《白羊》的话,我们可以认为作者有意让女主人公得以拥有自由"统治"全国的权力(这里有必要了解的一点是,多尔诺瓦夫人的丈夫经常违背她的意愿把她关进修道院)。那么,曼维斯的命运是否代表了早期现代的女性无法拥有属于自己的财产呢?

梅琳达(Miranda)遇到了美丽的白羊,出自安德鲁·朗格改编的《蓝色童话》(*The Blue Fairy Book*,伦敦,1930)

第二章　美女、野兽以及多尔诺瓦夫人的影响力

最后,《白羊》为国王为什么会变成羊提供了背景故事以作为解释,维伦纽夫夫人也将这一点运用在了《美女与野兽》的故事中,而博蒙特夫人改编时则简化了这一点。在曼维斯离开白羊参加大姐的婚礼前,白羊跟她说了自己的故事:他因拒绝接受仙女拉戈特的爱而变成了羊。维伦纽夫夫人扩充了这一情节,将其命名为"野兽的故事",男主人公解释说他那身为亚马孙女战士的母亲把他交给了一个年老又丑陋的仙女,随着时间的推移,那位仙女对他的感情从母亲般的关怀变成了难以启齿的爱恋。在王子成年时,老仙女提出想嫁给他,而他拒绝了,并因此被老仙女变成了野兽,除去这个诅咒的方法就是一个女人在他披着这幅野兽的皮囊时依然爱上他并且愿意嫁给他。值得注意的是,在《美女与野兽》中,只有当贝儿同意嫁给野兽,并且野兽重新幻化成人时,他才能讲述自己的故事。维伦纽夫夫人显然从多尔诺瓦夫人故事中一个年老丑陋的仙女诅咒一个英俊的王子变为野兽这一情节中汲取了灵感,并进一步拓展了这个情节,而博蒙特夫人则只是简单交代读者,一个恶毒的仙女把王子变成了野兽,而没有提供关于任何动机的说明。这一故事情节的修改说明故事的受众改变了:多尔诺瓦夫人和维伦纽夫夫人创作故事时面向的受众是成年读者,他们可能能够理解仙女对王子怀有那种不当甚至近乎乱伦欲望这一有问题的情节,而博蒙特夫人的创作对象则明确是儿童,于是她删去了这个背景故事,使得仙女的行为显得动机不够,也减少了性的因素,使得她的行为显得更加武断。

多尔诺瓦夫人的《白羊》和维伦纽夫夫人的《美女与野兽》都立足于贵族生活的背景。事实上,多尔诺瓦夫人故事中的许多场景都不免让人想起了凡尔赛宫。[6]多尔诺瓦夫人笔下的曼维斯和维伦纽夫夫人笔下的贝儿在装修豪华的建筑物内见到的美酒佳肴和享受

到的奢侈娱乐活动,都可以在这两位作者的生活中见到,比如多尔诺瓦夫人参加过的音乐会、宴会和打猎聚会以及维伦纽夫夫人看过的戏剧、歌剧和圣日耳曼集市。多尔诺瓦夫人在描写白羊的王国时,提到了由西班牙葡萄酒汇集成的河流、美酒、烤鹧鸪和鹅肝酱;维伦纽夫夫人的贝儿欣赏到了由猴子和鹦鹉出演的悲剧,并且通过野兽住所上的玻璃窗户饶有兴趣地观看巴黎歌剧,几乎就像在看电视一样。而博蒙特夫人大大减少了对食物和环境的华丽描述,只是简单交代了野兽城堡里的餐桌上布满了美酒佳肴,宫殿"富丽堂皇"。博蒙特夫人笔下的贝儿的娱乐活动也不是观看戏剧和歌剧,而是读书和弹琴,这可能是因为她的读者群体是中产阶级的年幼读者,对他们来说,这些活动可能更合适。

维伦纽夫夫人和博蒙特夫人的《美女与野兽》主要对《白羊》做了以下两个方面的修改:一个是强调了姐妹之间的竞争关系,另一个是改变了原有的结局。多尔诺瓦夫人的故事主要借鉴了两个文本:拉封丹的《丘比特与赛姬》和斯特拉帕罗拉的《白猪王子》。有趣的是,这两个故事中姐妹间的关系是不同的。在拉封丹(和阿普列尤斯)的故事中,赛姬的姐姐们十分嫉妒和怨恨她们最小的妹妹。在斯特拉帕罗拉的故事中,姐姐们则丝毫没有表现出嫉妒的情绪,两个姐姐被白猪王子杀死,只有最小的妹妹幸存了下来。而多尔诺瓦夫人在她的故事中选择不让姐妹陷入明显的竞争关系,这一点也反映在她的另一个故事《绿色巨蟒》中。另外,维伦纽夫夫人和博蒙特夫人在故事中让动物新郎活了下来,而不是悲剧性地死去。原来故事的结局在今天可能看起来十分令人震惊,因为我们无法在已经接受《美女与野兽》结局的前提下再去阅读《白羊》的结局。然而,对于17世纪和18世纪的读者而言,《白羊》的结局不一定令人惊讶,因为《美女与野兽》直到1740年才出现，并且直到19世纪，这个故事都与《白羊》和《绿色巨蟒》一样受到读者的认可。

巨蟒与野兽

在1697年，多尔诺瓦夫人出版了含有四卷内容的《童话故事》（*Contes des fees*）。在西班牙小说《唐·加布里埃尔·蓬斯·德·莱昂》（*Don Gabriel Ponce de Leon*）中，《白羊》是第三卷中的第一个故事，而第四卷以主要人物多恩·费尔南德·德·托莱多（Don Fernand de Tolede）讲述的《绿色巨蟒》作为结尾。《白羊》与《美女与野兽》的故事更为相似，《绿色巨蟒》则更接近《丘比特与赛姬》，尤其是拉封丹的改编版。事实上，拉封丹经常将赛姬称为"贝儿"，受此影响，维伦纽夫夫人也将其故事的女主人公取名为"贝儿"。《白羊》是维伦纽夫夫人创作《美女与野兽》时的重要借鉴来源，同时她也从《绿色巨蟒》中汲取了一些元素，特别是对男主人公的设定（既是令人恐惧的绿色巨蛇，又是令人愉悦的隐形情人）——而博蒙特夫人在故事中省略了这一点——并使女主人公居住的地方由家中转移到了野兽新郎的住所。

《绿色巨蟒》的开场会让人联想到佩罗的故事《睡美人》：愤怒、年老且丑陋的仙女玛戈蒂娜（Magotine）闯入了一场宴会，其他仙女都受邀来赐予国王和王后的双胞胎新生女儿礼物，独独她没有得到邀请。因此玛戈蒂娜诅咒大女儿越长大越丑。于是父母最终将被诅咒的公主取名为"莱德罗内特"（Laideronnette，寓意"丑小鸭"），而给妹妹取名为"贝洛特"（Bellotte，寓意"小美人"），这也可能为维伦纽夫夫人后来将她的女主人公取名为"贝儿"或"美人"种下了种子。意识到自己长相丑陋,莱德罗内特退出了宫廷,选择到一座名为"孤独之城"(the Solidary Ones)的城堡中生活,这可以解读为修道院的象征——多尔诺瓦夫人曾被强迫拘禁在修道院中,因此她对这里非常熟悉。[7]在一次外出活动时,莱德罗内特看到了一条绿色的大蛇。当莱德罗内特的船只从岸边漂走时,大蛇想要帮助她,但是她十分害怕这只怪兽男主人公。后来船翻了,大蛇将莱德罗内特救起来后,带她去了他的豪华宫殿,那里其实是一座宝塔,到处刻着栩栩如生的中国小动物雕像。

在这座宫殿里,莱德罗内特观看了著名的法国剧作家皮埃尔[①]和莫里哀创作的戏剧,还参加了舞会,并且读了很多书。而让她最为高兴的是她与一位未曾谋面的情人进行的交谈,那位情人实际上是绿色巨蛇。因此,男主人公具有双重设定:一方面莱德罗内特十分害怕绿色巨蛇,但是另一方面,她依然从这位未曾谋面的情人那里感受到了慰藉。于是,这位未曾谋面的国王跟莱德罗内特讲了仙女玛戈蒂娜对他施以诅咒、让他承受长达七年惩罚的故事,现在已经过去了五年。他请求莱德罗内特嫁给他,但她不能看到他的真容,否则他将不得不重新开始七年的惩罚,而莱德罗内特也会一起受罚。莱德罗内特同意了,但是后来她读到了赛姬的故事(从内容可以看出是拉封丹写的那版),产生了探望家人的愿望。在看望家人的时候,莱德罗内特告诉了家人——就像赛姬一样——她从未见过自己的丈夫,于是母亲和妹妹出于对她的担心,而不是嫉妒之心,劝她还是看看丈

---

① 皮埃尔·高乃依(Pierre Corneille, 1606—1684),17世纪上半叶法国古典主义悲剧的代表作家,法国古典主义悲剧的奠基人,与莫里哀、拉辛并称"法国古典戏剧三杰"。

夫的真容,害怕她的丈夫可能是一个怪物。因为读了赛姬的故事,莱德罗内特告诉母亲和姐姐,她丈夫很可能是丘比特。回到城堡后,受到"致命好奇心"的驱使,她忍不住偷偷看了丈夫,希望能看到丘比特,然而看到的却是一只绿色的巨蟒,她惊恐地尖叫起来。后来的情节就是莱德罗内特也经受了几次冒险和考验,就像《丘比特和赛姬》中写的那样,玛戈蒂娜则扮演了维纳斯的角色。最终,莱德罗内特成了"谨慎女王"(Discreet Queen),而绿色巨蟒也恢复了他最初英俊潇洒的形象。

从以下几个方面可以看出,《绿色巨蟒》是《丘比特和赛姬》和维伦纽夫夫人的《美女与野兽》之间的过渡。首先,与白羊王子不同,绿色巨蟒让女主人公感到十分恐惧,就像维伦纽夫夫人和后来的博蒙特夫人故事中的野兽一样。在赛姬的故事中,女主人公嫁给了自己不能见到真容的丈夫,并且一直生活在一起,莱德罗内特也一样嫁给了自己不能亲眼看到的国王。然而,绿色巨蟒仍然是野兽,他的外貌一开始还是吓到了莱德罗内特——就像野兽最初吓到了贝儿一样——他必须向莱德罗内特保证自己不会伤害她。而不同于多尔诺瓦夫人将男主人公分裂为两个形象,在维伦纽夫夫人创作的版本中,女主人公在梦中看到的野兽的"真实"样貌是十分帅气的(原文中用了法语"inconnu"一词,意为"帅气的");与多尔诺瓦夫人故事中直接将绿色巨蟒等同于隐形国王不同的是,在维伦纽夫夫人的故事中,野兽与贝儿梦到的那位帅气的陌生人是两个人。而在科克托的故事中,这种双重化身份以新的形式出现,让·马莱[①]扮演了阿凡纳

[①] 让·马莱(Jean Marais, 1913—1998),法国演员兼导演,曾出演让·谷克多导演的几部电影,其中最有名的是《美女与野兽》和《奥菲斯》。

特和野兽两个角色,而在迪士尼动画片中,加斯顿和野兽则是敌对的关系。在某些方面,怪物新郎的双重性格让女主人公放心,她的丈夫或追求者虽然外表丑陋,但实际上是一个可以接受的甚至堪称理想化的伴侣。而多尔诺瓦夫人则对《丘比特与赛姬》这个故事做了颇具讽刺意味的改编,莱德罗内特希望看到的是丘比特,结果看到的却是野兽巨蟒,这确实为《美女与野兽》的改编扫清了道路。

奥罗拉·沃尔夫冈(Aurora Wolfgang)在她对维伦纽夫的《美女与野兽》的详细翻译和研究中探讨了这个故事与《绿色巨蟒》之间存在的其他联系。在多尔诺瓦夫人的故事中,莱德罗内特定期通过宝塔了解世界上发生的新事件;维伦纽夫夫人故事中的贝儿同样凝视着一扇窗户,书中说这为她提供了"一种可靠的方式来了解世界上发生的事情"。[8]后来,仙女(Lady Fairy)讲述了贝儿的背景故事,并提到了被迫以蛇的形态生存下去的考验,沃尔夫冈认为这与多尔诺瓦夫人的《绿色巨蟒》中的元素存在一定联系。莱德罗内特和贝儿都喜欢读书,女主人公的这项活动甚至在迪士尼的《美女与野兽》中也得以保留,在迪士尼动画中,野兽宫殿内的图书馆需要得到特别允许才能进入。因此,多尔诺瓦夫人的《绿色巨蟒》代表了《美女与野兽》创作中的另一个重要环节,影响了情节元素(尤其是男主人公的双重设定)和另外一些小细节,比如贝儿消遣时间的方式以及对于书籍的强烈兴趣。

在多尔诺瓦夫人的《绿色巨蟒》中,女主人公和男主人公都是怪物,这种设定也出现在她的另一篇童话《金枝》中。通过让女主人公和男主人公都变得丑陋,多尔诺瓦夫人在他们之间建立起一种"相同"或者平等的关系,消除了性别之间的分野,即女性要想获得一个丈夫,哪怕是一个怪物丈夫,自身都必须美丽(莱德罗内特在变美前就已经嫁给了绿色巨蟒）。另外通过这个设定，多尔诺瓦夫人还表达了男性美也是男性气质不可或缺的一部分。我们有必要了解的是，在17、18世纪，男性中流行涂抹白粉和点上人造的美人痣（法语为"mouches"，字面意思是"苍蝇"，实际指小块的黑色塔夫绸或天鹅绒），目的是衬托出面部的白皙。男性中还流行戴假发和穿高跟鞋（鞋跟应该能突出男性的小腿形状）。因此，在早期现代，美丽也是构成男性气质的一个重要因素，即使有些作家过去认为美只是一种女性特质。与《绿色巨蟒》相反，《美女与野兽》又回到了性别的分野，认为美是女性特有的品质，再次强调了父权制下的性别观念。而多尔诺瓦夫人的故事正是挑战了这种性别分野，使得美丽成为理想中女性气质和男性气质都不可或缺的一样品质，而男女主人公要想重新获得美貌都必要经历类似的考验。

还需要注意的一点是，莱德罗内特在与绿色巨蟒分开后，监督宝塔精灵与玛戈蒂娜及其领导的牵线木偶部队作战。虽然最终胜利方是玛戈蒂娜，但是这个情节中最重要的是要记住这是两位女王之间的战斗。有趣的是，在维伦纽夫夫人交代的野兽的背景故事中，野兽的母亲将儿子交给仙女照顾，为的是亲自领导王国的军队，并且多年来在这一方面她做得十分成功。但是，在维伦纽夫夫人的笔下，亚马孙女王似乎只是过去的遗物，另一位更加温顺的女性贝儿走向的是一条更加有利于家庭的女性之路，这一点在博蒙特夫人的故事中得到了更加充分的体现。博蒙特夫人在故事中完全没有提及那位身为亚马孙女战士的王后。甚至可以说，维伦纽夫夫人版的《美女与野兽》其实在暗示正是因为母亲没有亲自照顾孩子才导致了灾难的发生，而她的儿子也因此变成了野兽。从写过几部女性统治自己王国的故事［比如《快乐岛》、《善良的小老鼠》（"The Good Little

Mouse")、《白羊》和《白猫》]的多尔诺瓦夫人,到认为未来绝对不会是亚马孙女战士那种模式的维伦纽夫夫人,我们可以发现法国社会的变化趋势,即(精英)女性越来越多地与家庭联系在一起,而不是宫廷或沙龙这样更加公开的场所。

  《白羊》和《绿色巨蟒》这两个故事中都有一个重要元素,这个元素的灵感来源于《丘比特与赛姬》,后又融入了《美女与野兽》中,那就是女主人公从家族领地的现实空间转移到了野兽新郎的魔幻空间。在以斯特拉帕罗拉的《白猪王子》和后来格林兄弟的《青蛙王子》为代表的其他动物新郎故事中,身为野兽的男主人公与某个可以满足女主人公所有愿望的魔幻空间不存在关系,这些故事中的场景都发生在一个空间平面内,即一个王国内。女主人公从一个现实空间(父亲的王国)转移到一个魔幻空间(白羊和绿色巨蟒的凡尔赛宫),说明《美女与野兽》的故事中最终出现了一个新的形式,即出现了不同的空间平面。

  我们可以看到,《白羊》和《绿色巨蟒》这两个故事是《丘比特与赛姬》过渡到《美女与野兽》的中间地带。《白羊》提供了男主人公变形的原因:身为王子的他拒绝了仙女的求婚,这点也体现在了维伦纽夫夫人的《美女与野兽》中,但是博蒙特夫人随后删除了这一动机,她为儿童读者重新构思、创作了自己的故事版本。曼维斯与父亲之间的关系也为维伦纽夫夫人以及后来的博蒙特夫人提供了一个关系模型,在她们的故事中,贝儿特别依赖她的父亲。《绿色巨蟒》中男主人公的双重身份——王子既是可怕的巨蟒,又是未曾谋面的心爱丈夫——在维伦纽夫夫人的故事中表现为了另一种形式,有了新的形式,维伦纽夫夫人就在野兽与贝儿梦中那位英俊的陌生人之间建立起了强烈的对比,通过暗示表面之下隐藏着更为美丽和令人满意的现实，女主人公更加轻松地进入了与怪物新郎的爱情关系。而博蒙特夫人在她的故事中消除了这种双重身份，她没有暗示野兽对女主人公而言可能也有外表上的吸引力，这在某种程度上为她创造了一个更加具有戏剧效果的情境，她面临的是可能要与野兽共度终生。[9]

虽然今天几乎没有人读过《白羊》和《绿色巨蟒》，但在维伦纽夫夫人和博蒙特夫人的《美女与野兽》出现的时候，这两个故事并没有消失。多尔诺瓦夫人的影响力是毋庸置疑的，这一方面体现在她对《美女与野兽》这个故事的形成产生了一定影响，另一方面也体现在英语和法语成人和儿童文学领域以及英国童话和法国古典音乐领域，在这些领域中，她的原型故事仍然一直受到人们的喜爱。过去的经典童话与迪士尼诞生后的"经典"童话概念完全不同，多尔诺瓦夫人的《白羊》这个悲剧故事与维伦纽夫夫人和博蒙特夫人得到拯救的野兽的故事共同存在，影响了几代人。

影响之一：英语版的《白羊》[①]

在18世纪的法国，《白羊》这个故事重版了至少12次，均收录于多尔诺瓦夫人的作品集中。这些作品集中最负盛名的要数41卷本的《仙女的储藏柜》（1785—1789）。此外，这个故事在1790年还以小开本的形式出版过，并且在1833年又以单行本的形式出版了。但

---

① 根据曾经多次将多尔诺瓦夫人创作的故事改编成舞台剧的编剧詹姆斯·普朗什（James Planché）的说法，《山羊王子》和《美女与野兽》是同一类型的故事。

无论是哪个版本,都没有对多尔诺瓦夫人的原作做太多改动,基本上原汁原味地保留了原作的语言风格。而到了19世纪,虽然《白羊》这个故事在法国依然广为流传,但是热度开始逐渐消退。然而,就在同一时期的英吉利海峡对岸——英国,这本书却慢慢得到了更多人的关注。

在18世纪,收录《白羊》的英文版多尔诺瓦夫人作品集至少出版了28个版本。接下来,我会侧重于分析18世纪末至19世纪不断再版的这个有关法国贵族的故事,对其在英国成人和儿童两大目标读者群之间所做的不同改编加以比较。[10]近来在英国,人们开始逐渐关注到儿童文学这一新兴的图书市场,也因此以为《白羊》这个故事刚开始的目标读者就是儿童群体。但无论是詹姆斯·罗宾森·普朗什于1855年改编的舞台剧版,还是安德鲁·朗格于1889年收录的版本,或是安妮·麦克唐纳(Annie Macdonell)于1892年翻译的版本[①],所有这些版本都表明这篇故事一开始的目标群体是成年读者。多尔诺瓦夫人创作的所有故事的儿童版,包括《白羊》在内,一开始并没有直接取代成人版的位置,二者在19世纪的英国图书市场上可谓平分秋色。有趣的是,面向成年读者的版本与原著内容基本一致,没有做太多改动,儿童版却出于多种因素考虑在许多地方都做了重要改动,其中的一个考虑因素就是让最终呈现的版本适合儿童阅读。

这个故事的英文版标题通常是《白羊》或者《梅琳达和白羊》("Miranda and the Royal Ram"),"梅琳达"是这个故事儿童版女主的英文名。我们可能以为这个时期凡是受过教育的成年人,都能够

---

① 英国著名作家安妮·萨克雷·里奇(Anne Thackeray Ritchie, 1837—1919)为这一版本撰写了篇幅较长的引言。

看得懂法文原版人名"曼维斯",有些翻译家和改编者也选择了保留法文名,比如上文所提到的詹姆斯和安妮。但是在受众更广的小开本中,使用的都是"梅琳达"这个名字,比如《邦奇妈妈讲童话:为了逗笑那些小公主和小王子》(Mother Bunch's Fairy Tales: Published for the Amusement of All Those Little Masters and Misses)。"邦奇妈妈"是个营销标签,从1773年到1830年,编辑们都会使用这一标签来出版多尔诺瓦夫人创作的故事集,而这其实抹杀了多尔诺瓦夫人作为真实作者的身份。

这个故事改编版的区别还体现在结尾处。在儿童版中,男女主人公最后要么都活了下来,要么都死了。而在1923年出版的由安德鲁负责编撰、安妮负责翻译和古斯塔夫·滕格伦[①]负责插画的版本中,保留了作者多尔诺瓦夫人原先设定的悲剧结局。在《邦奇妈妈》(1773、1795、1802、1830)、《童话故事:法国作家多尔诺瓦夫人故事译本》(Fairy Tales: Translated from the French of the Countess d'Anois, 1817)、《小杰克传:写给孩子看的童话》(History of Little Jack .. Tales for Children)以及菲律宾版的《孩子们自己的标准童话故事书》(The Child's Own Book of Standard Fairy Tales, 1868)这些童话版故事书中,米兰达在看到死去的白羊后,自己也伤心得昏了过去,并最终选择了和自己的挚爱同样的结局。威廉·莱恩[②]一共编纂了两本收录这个故事的童话故事集:一本是《暖心陪伴:有助培养意志的童话故事集:那些关于少年儿童道德观念和道德实操的故事》(The Pleasing Companion: A Collection of Fairy Tales, Calculated

---

① 古斯塔夫·滕格伦(Gustaf Tenggren, 1896—1970),是迪士尼工作室的核心画师之一,也是"小黄金"系列图书的插画负责人。
② 威廉·莱恩(William Lane, 1861—1917),英国著名作家、记者。

to Improve the Heart: The Whole Forming a System of Moral Precepts and Examples, for the Conduct of Youth through Life，约1790），另一本是《巫师：完美的故事讲述者，为了逗乐、指导、培养孩子的系列冒险故事》(*The Enchanter; or Wonderful Story Teller: In Which Is Contained a Series of Adventures ... Calculated to Amuse, Instruct, and Improve Younger Minds*, 1795）。在这两个版本的故事中，编纂者威廉没有采用原作的悲剧结局，而是创造了一位名叫劳伦蒂娜（Laurentina）的仙女——她复活了男主人公，并让他变回了人形，从而赋予了这个故事一个圆满的结局。而在《甘德爸爸欢乐童话故事集》(*Daddy Gander's Entertaining Fairy Tales*, 1815）中，这个故事则改编成了由一位没有名字的邪恶仙女施咒，男主人公本该变成一只野兽，并且会受此诅咒长达20年之久；但此时另一位善良仙女偷偷地改动了邪恶仙女施下的咒语，将男主人公变成了一只羊。[11] 男主人公和米兰达相遇的时候，正好是他受诅咒的最后一年，但米兰达对男主人公不离不弃，男主人公最终也变回了原先帅气的模样，于是两人步入了婚姻的殿堂。后来，米兰达和父亲重逢，懊悔不已的父亲请求米兰达原谅自己。至于米兰达在姐姐婚礼上惨遭驱逐的情节则被完全删去，也没有米兰达继承父亲王位的情节。在《甘德爸爸》这个版本中，邪恶仙女并没有确切的名字，但扉页上的插画称她为"拉各斯"（Ragoth），说明创作者对于这个故事的各个版本都十分熟悉。

至于为什么有些版本给女主米兰达或曼维斯设定了死亡的结局，对此也有别的说法。原作中法语原文的意思是"万念俱灰中，她认为自己也该一同死去"。[12] 有没有可能这里是译者误解了这句话，以为女主真的死了呢？而在前文所说的由作家威廉负责出版的两个版本中，对第一场婚礼场景的翻译存在错译之处。故事情节是这样的：在姐姐的婚礼上，曼维斯留给姐姐一个宝盒，上面写着"献给新娘的珠宝"。而当宝盒被打开后，众人发现上面写着一行法语，意思是："这个宝盒里你找不到什么呢？"在威廉编纂的两个版本中，这句话也被错译为："当他们打开宝盒的时候，发现里面空空如也。"然而，这两个故事都没有以米兰达的死亡作为结局，而是让那个叫劳伦蒂娜的仙女复活了白羊王子，并使之恢复人形。

也存在这样一种可能，译者和编辑因为自身对于婚姻、恋爱以及性别规范的观念而改变了结局，他们试图让米兰达的故事成为一个警醒世人的故事。在我查阅到的改编版本中，只有三个版本男主人公得以复活或者一开始就没有死。然而，无论是18、19世纪多个不同版本的《邦奇妈妈》，还是多尔诺瓦夫人在1830年、1840年和1868年出版的故事集，均以米兰达在看到白羊去世后也马上死去作为结局。既然存在白羊要么得以复活要么一开始就没有死的三个版本，那么也许《美女与野兽》这个在英国主要通过博蒙特夫人在《年轻女郎》(*Young Misses' Magazine*)杂志以及单行本出版的故事实际上已经对多尔诺瓦夫人的故事造成了影响。[13]又或者，多尔诺瓦夫人的故事被修改与维伦纽夫夫人和博蒙特夫人重写这个故事都是出于同一种原因：救活野兽以获得一个大团圆的结局。

有些学者认为，《美女与野兽》《丘比特与赛姬》等这些动物新郎的故事都传递了关于婚姻和性缘关系中的焦虑以及教训。[14]可能有人会将《美女与野兽》解读为一个关于女主人公学会如何发现配偶身上的价值、接受包办婚姻以及处理婚姻关系中的性焦虑的故事，野兽可能是对男主人公性方面的一种投射。如果《美女与野兽》的寓意与女主人公学会如何在婚姻中妥协有关（根据不同的解读，也可以理解为包办婚姻），那么在故事结束时男主人公就有必要得以继续存活。因此,那些以劳伦蒂娜仙女的介入作为结局的《白羊》故事的版本可以说是试图在求爱和婚姻的语境中平衡男性和女性双方的关系,这点与《美女与野兽》大致相同。

那么我们应该如何理解那些米兰达和野兽双双死亡的版本呢?大多数面向儿童的故事版本结尾都是这样,就像我们前面分析的,造成这种情况的原因之一可能是翻译不佳。然而,也有可能是刻意为之。相比起多尔诺瓦夫人的原版故事,让米兰达在看到白羊去世后一同死去这个结局更加悲剧和浪漫。它的结局是典型的罗密欧和朱丽叶式的结局,确实加强了男主人公和女主人公之间的情感联系。然而,如果我们将其解读为一则具有教育意味的故事,那么《白羊》想告诉我们的是,女主人公不能在放弃了心爱的白羊王子后,不受到任何伤害地得到王位,即使这一切并不完全是她的错。在多尔诺瓦夫人的故事中,当曼维斯找到白羊王子时,"她跑向他,呜呜地哭泣,她知道自己没有按时回来导致了白羊王子的死亡"。[15]而在几个英语儿童改编版中,都强调女主人公"因为此前忽视白羊而感到懊悔不已"[16],指出了她在去世之前的内疚心情,突出了曼维斯对白羊王子的死亡负有道德上的责任。

这些不同的结局传递了不同的信息。多尔诺瓦夫人的版本更加具有哲学意味:"即使地位至高之人,在面对命运之神时,也不得不臣服,人们往往是在认为自己将要实现所有梦想时经历人生中最大的悲剧。"[17]这句警句跟在结局之后,但没有再次强调曼维斯对白羊王子的死亡负有责任。它所想传达的是,曼维斯在即将实现自己最高欲求之时——继承父亲王位而成为女王——痛失所爱。而在前面所提的《暖心陪伴》以及《巫师》这两本书中,均选择了复活白羊,强调了故事的寓意在于在灾难之中保持"美德"和"毅力"的重要性,

"如果我们做一个好人，终将获得幸福"。这淡化了曼维斯的责任，最终获得一个大团圆的结局。《邦奇妈妈》的版本中没有附加道德寓意，但正像我们前面说的那样，它引入了"懊悔"的概念，强调了女主人公对白羊王子的死亡感受到的内疚，之后便去世了。

我们还可以通过另一种方式来理解对《白羊》所做的这些修改，那就是性别的视角。无论是复活白羊，还是让米兰达死去，男女主人公终究都以相同的命运结束（只是原因不同），这说明对一些译者、编辑和改编者而言，他们很难接受一个女主人公踩着所爱之人的尸体上位。用学者帕特里夏·汉农（Patricia Hannon）的话说就是："曼维斯选择遵从自己作为女性的野心，即使代价是白羊王子遭遇悲惨的命运。"[18]然而，对男性角色而言，出于野心而抛弃所爱之人（这一主题也是多尔诺瓦夫人发表的第一个童话故事的主题）则符合社会主流对于男子气概的期望，但是女性角色的相似行为则有违传统的女性气质。男性应该统治国家，并且把公共事务置于私人爱情之上——这是早期现代法国文学中常出现的一个主题，尤其是在古典悲剧和歌剧中。男性被认为应该为国家或个人野心而牺牲爱情或家庭。然而，女性应该将与丈夫和子女的关系（也就是与私人和家庭有关的关系）置于她们自己的欲望，甚至她们自己的幸福之上。[19]

正是出于这个原因——女性与家庭以及家庭内部的关系，曼维斯的女王地位成了问题：她独自统治着国家，只是为了实现自己的愿望和抱负，而不是为了满足她未来的丈夫白羊的愿望。而在维伦纽夫夫人或博蒙特夫人的《美女与野兽》中，女主人公及时赶回，救了野兽一命，最终住在他的城堡里，并为他的慷慨感激涕零。因此，在这两个版本的《美女与野兽》中都出现了一个重要的主题——感激：出于感激，女主人公应该回到野兽身边，并且与之成婚。那么，就出现了一个新的问题,她究竟应该感激什么?感激他没有因为父亲摘了他的玫瑰而杀死自己或父亲?还是感激他为了得到自己的身体以及让自己成为他的妻子而给她和她的家人提供的财富?在许多方面,多尔诺瓦夫人没有让自己的女主人公死于对白羊王子的爱(尽管后者死于对女主的爱),这揭开了爱情和婚姻的真相。相反,多尔诺瓦夫人让曼维斯得到了奖赏,她将作为女王独立统治国家。通过结尾哲学意味更浓的警句,多尔诺瓦夫人向我们呈现了一个关于爱情和生活的复杂故事,它可以一手给予,一手索取。也许这个信息对于孩子来说有点太晦涩难懂了,又或者这种观点过于挑战18世纪末到19世纪的社会性别规范,因此这个故事的英文版进行了一定的修改。

  作品集里针对儿童读者做的其他修改则与意识形态不太相关。多尔诺瓦夫人的童话故事中穿插着诗歌,而大多数英语版本将其删除了(更忠于原著的普朗什则在自己的译本中重新恢复了这些诗歌)。除此之外,情节也常常被压缩。例如,在多尔诺瓦夫人的故事中,曼维斯的姐姐们经历了父亲的两次"考验":第一次是关于她们选择礼服的原因,第二次则是关于她们各自的梦境,后一次考验导致父亲下令处死曼维斯。而在《邦奇妈妈》《甘德爸爸欢乐童话故事集》《写给孩子看的童话》《孩子们自己的标准童话故事集》这些书中,与礼服相关的情节都被删去了,仅保留了故事开头的重要情节。与贵族文化相关的细节也被弱化或干脆被删去了。在多尔诺瓦夫人的故事中,当曼维斯第一次遇到白羊王子和其他白羊时,她看到它们有的在喝咖啡和柠檬水,有的在吃冰沙、冰淇淋、草莓和奶油,还有的在玩纸牌游戏,所有这些都是贵族的活动。而这个场景在《邦奇妈妈》版中被简化成了女主人公看到白羊们"有些在享用最美味的食物,有些则玩得很开心"。[20]在多尔诺瓦夫人的故事中,南瓜马车变成了葫芦壳,而把曼维斯送到大姐婚礼的骏鹰①则在1802年出版的《邦奇妈妈》版中变成了"半狮鹫",在1830年的版本中变成了"一群军官"。

1894年,牧师和学者萨宾·巴林-古尔德(Sabine Baring-Gould)在他的作品集《萨宾·巴林-古尔德重说童话故事》(*A Book of Fairy Tales Retold by S. Baring Gould*)中收录了《米兰达与白羊》这篇故事。巴林-古尔德是一位英国圣公会牧师,如今他为人所知可能是因为撰写了《前进吧,基督徒战士》("Onward, Christian Soldiers")这首圣歌的歌词,但在19世纪的英国,他还是一位高产的小说家和民俗学家。威廉·海登(William Hyde)指出,巴林-古尔德广为人知是因为他的小说,而安德鲁·瓦恩(Andrew Wawn)则认为巴林-古尔德对北欧,尤其是冰岛民俗学做出了重要贡献。[21]在《萨宾·巴林-古尔德重说童话故事》一书中,巴林-古尔德明确将多尔诺瓦夫人定位为一位经典作家,宣称大部分他收录到此书中的故事"在儿童的世界里是众所周知的"。[22]而在他后一部作品——1895年出版的《英语古老童话》(*Old English Fairy Tales*)一书中,他写道:"为了让他们高兴,我们已经出版了多个版本的故事,包括佩罗和多尔诺瓦夫人撰写的法语童话以及格林兄弟收集的德语故事,但是我们自己的本土源头的故事却被忽视了。"[23]因此,他对《白羊王子》的改编在19世纪英国的文学领域应该读得到,那时,多尔诺瓦夫人的故事为人所熟知,至少不逊于佩罗和格林兄弟的故事。

---

① 骏鹰(hippogriff),也叫鹰马,是西方的神话生物,是狮鹫和母马杂交的后代,它的前腿、翅膀和脑袋像巨鹰,但身体、后腿和尾巴则像一匹马。

巴林-古尔德在第一本书的书名中加入了"重说"一词,提醒读者他会对这些收录的故事进行改编。从他在改编时使用的一些法语词汇中可以发现,他的《白羊王子》是根据《邦奇妈妈》的某个版本改编的。在风格上,巴林-古尔德进行的改编与其他面向儿童读者所做的改编是一致的,特别是通过删去复杂的描述或不必要的情节元素来简化叙事。他还让故事更具真实性,比如将曼维斯/米兰达带到王子领地的坐骑由白羊所拉的南瓜车或葫芦车改为了四驾马车。他还删去了所有对曼维斯去往大姐婚礼所乘车辆的描述。在多尔诺瓦夫人的故事以及其他英语版本中,女主人公的马车是由骏鹰所拉。白羊王子也被描绘得更加具有人类的特征。例如,《邦奇妈妈》遵循了多尔诺瓦夫人的原版,当曼维斯从大姐婚礼回来时,白羊开始"像绵羊一样跳跃和蹦跶,亲吻她的手",这融合了动物的行为和人类的行为。而在巴林-古尔德的故事中,白羊王子只是"朝她跑去,表达了满满的热情",这一行为更加具有人类的特征。[24]

除了让故事更具有真实性外,巴林-古尔德还修改了结局,让故事以大团圆结尾的同时,还比其他版本夺去了更多女主人公的权力。当向米兰达讲述自己为何变形为白羊的故事时,他的解释是说因为"老妇人"仙女拉格塔(Ragotta)的诅咒,要想变回原形,只能等到有一位国王允许他坐上自己的王位,并且从自己的杯子里喝水。与其他版本一样,当二姐的婚礼结束时,国王给曼维斯带了一个脸盆,让她在里面洗手,使得米兰达那个具有预言意义的梦成真了。

在巴林-古尔德的故事中,当米兰达表露自己的真实身份时,国王没有把王位传给她,而是问她:"我能做什么来弥补我过去对你所做的不公平之事?"[25]米兰达回答说:"请让白羊坐上您的王位,从您的杯子里喝水吧。"与此同时,白羊也来到了宫殿门口,但被禁止进入,直到曼维斯出现并将他带入父亲王座所在的房间,在这个房间里,白羊坐上了国王的王座,还从他杯子里喝了水,因此结束了诅咒。然后变回原形的王子就与米兰达结婚了。尽管巴林-古尔德的故事中删去了米兰达所犯的过错,她一直在积极拯救白羊王子,但作者也未让她得到王冠。而在多尔诺瓦夫人以及其他大部分版本中,父亲之前差点杀死了女儿,因此通过给她戴上王冠作为补偿。可以说,女主人公宽恕了父亲,因此得到了王冠。然而,在巴林-古尔德的版本中,女主人公宽恕了父亲,得到的收获是白羊得以延续生命。在巴林-古尔德对《白羊王子》的改编中,女主人公失去了王国,而得到了丈夫,暗示着父亲会继续统治。一个最初由女性作者创作并在故事结局为女主人公戴上王冠的故事,在巴林-古尔德手中成了一个关于女性自我牺牲的故事,在这个故事中,女主人公的所求所愿皆与自己无关,而全部变为关乎身为野兽的男主人公的。

如果我们仔细阅读《米兰达与白羊王子》(1844)这首匿名作者创作的逸趣横生的诗歌,就可以明显看出多尔诺瓦夫人的《白羊》在当时广为人知,只有十分熟悉这篇童话故事的人才能充分欣赏到其中的幽默。[26]这首诗以一个喜欢饮酒的国王和一个爱吃羊肉的王后开头,王后还劝告丈夫要节制。在这样混乱失序的家庭中,他们没有承担起作为父母的责任,好好教育他们的女儿米兰达,使得米兰达虽有一副美丽的皮囊,脑袋却空空如也,连字都不认得。一次,米兰达收到了一封信,为了知道信里写了什么,便带给女巫姑姑看。原来,这封信来自米兰达钟爱的弗里希王子(Prince Fleecy[①])。读完这封信,姑姑明白了王子更喜欢米兰达而不是自己的女儿。愤怒之下,她

[①] "fleecy"在英文意思是"羊毛似的",与白羊王子呼应。

拿起魔杖,试图改造那位"贪杯的国王",将他变成了白羊国王,理由是"羊很少会想喝酒,一旦喝醉就会畏畏缩缩"。[27]女巫姑姑认为米兰达就是"一名刁妇",然后把她变成了一只羔羊,希望"过去常常打她"的母亲现在会"吃了她"。[28]

　　突然,一个仙女出现,修改了姑姑的咒语。米兰达要想变回原形,必须找到这样"某个"白羊国王,"没有羊角/没有母亲/黑白相间/尾巴长长,又特别/起初独自被关在围栏里/现在被关在了羊圈中。/背上有金色的标记"。当弗里希王子出现时,仙女和女巫立即消失了——他不是一只白羊,但他的名字与之相关——他发誓要和米兰达在一起,并意识到大家讨论的那个白羊指的并不是米兰达的父亲,而是一本书,也就是我们正在读的这本书:《白羊》没有羊角,里页白纸黑字(墨水和纸),故事很长(此处是一个双关语)①,一开始写在作者笔下②,后来又被折叠③(这首诗是一本8页的书)。于是在仙女的帮助下,"王子想要的书找到了!当这本书写好、装订成册之时,米拉达将会被王子紧紧地抱在怀里"。[29]到这里,这首诗变成了未来时态,预测了米兰达学会阅读以及国王恢复原形的时间。

　　要想读懂这个佚名版《白羊》中的幽默之处,读者需要之前就了解这个童话故事,这说明多尔诺瓦夫人的故事此时在英格兰是家喻户晓的。在《白羊》中,多尔诺瓦夫人滑稽地模仿了田园牧歌式文本,比如奥诺雷·德·杜尔菲(Honore d'Urfe)的小说《阿丝特蕾》(*L'Astree*),在这些故事中,其中有许多英俊的牧羊少年和美丽的牧羊少女,他们伪装成了贵族,男主人公则变成一只白羊。[30]在这首佚

---

① 在英文中,"尾巴"的单词"tail"和"故事"的单词"tale"同音,故而此处是双关语。
② 在英文中,"pen"既有"围栏"的意思,也有"笔"的意思,此处运用了一词多义。
③ 在英文中,"fold"既有"羊圈"的意思,也有"折叠"的意思,此处运用了一词多义。

名诗歌中,这种滑稽的模仿得到了进一步的发挥,人物们在变形后马上就发出了"咩咩"的叫声,还设置了女主人公害怕她那爱吃羊肉的母亲这样的情节。另外,这首诗歌也和《美女与野兽》这个故事存在联系。在米兰达变身成羔羊后,旁白这样写道:"哦,天哪!这么美的一个人居然成了野兽!"说明这位匿名作者也看出了《白羊》和《美女与野兽》之间存在的联系。只不过在这个版本中,人物的设定互换了,变身为动物的是米兰达而不是王子。有趣的是,王子过去曾是野兽这一点暗含在他的名字中:尽管这次他没有被变成白羊,但是"弗里希"王子这个名字仍然保留了他最开始曾是一只羊的过去。而"白羊"其实是一本书的想法也十分幽默,它有着长长的尾巴/故事,当前正在阅读的是某一本"特定"的《白羊》,这表明可能还存在其他版本。

当然,的确存在其他版本。多尔诺瓦夫人的《绵羊》("Le Mouton")广受男女老少的欢迎,被改编成了英语儿童版和成人版。从这些改编的文本中,我们可以看出译者和编辑为适应目标阅读群体和迎合英国中产阶级的性别观念而对原文所做的取舍。女主人公在她的爱人去世后想要独自统治一个国家,这在那些撰写儿童文学的作家看来似乎是有问题的,但是在维多利亚时期末期,巴林-古尔德同样修改了他的改编版。不过很清楚的一点是,在《美女与野兽》大获成功的时候,《白羊》并没有消失,而是仍然在被重印和改编。

影响之二:文学及音乐作品中的巨蟒形象

当《美女与野兽》在英国出版界大受欢迎之时,《绿色巨蟒》在法国文学界、英国的童话剧和法国古典音乐中留下了自己的痕迹。就像多尔诺瓦夫人的许多故事一样,《绿色巨蟒》也因为广受欢迎的英文版和法语版多尔诺瓦夫人故事集而得到广泛流传。[31]欧诺黑·德·巴尔扎克、古斯塔夫·福楼拜和不如前两位那么知名的罗伯特·德·邦尼埃(Robert de Bonnieres)在他们的信件和作品中都提到了《绿色巨蟒》这篇故事。这个故事在音乐方面的影响力主要体现在20世纪初莫里斯·拉威尔的作品中,它曾被改编成集戏剧、音乐和芭蕾于一体的圣诞童话剧出现在英国舞台上。

尽管包括詹妮弗·沙克在内的许多专业学者都发现了多尔诺瓦夫人对很多作家产生了一定的影响,比如安·拉德克利夫[①]、玛利亚·埃奇沃思[②]和安妮·萨克雷·里奇,他们中却很少有人看到多尔诺瓦夫人对法国文学的影响不仅仅局限于童话领域。[32]然而,只要仔细深挖一下,就会发现有许多值得注意的案例证明了多尔诺瓦夫人造成的影响甚至比我在这本书中所说的还要广。例如,巴尔扎克在他的早期作品《最后的仙女》(*The Last Fairy*, 1823)中特别提到了多尔诺瓦夫人的《仙女的储藏柜》。在多尔诺瓦夫人所有的故事中,她最小的孩子阿贝尔(Abel)十分喜欢《绿色巨蟒》《格拉西欧莎和佩西尼特》以及《蓝鸟》,母亲为他制作了一套以帅气王子为原型的服装,称赞他"比格拉西欧莎的爱人佩西尼特还要好看一千倍"。[33]

在巴尔扎克的代表作《人间喜剧》(*La Comédie humaine*)中,有一篇名为《波希米亚王子》("A Prince of Bohemia", 1946)的短篇小说,这篇故事专门借鉴了《绿色巨蟒》的内容框架。在这个故事里,

---

① 安·拉德克利夫(Ann Radcliffe, 1764—1823),英国作家,哥特小说先驱。
② 玛利亚·埃奇沃思(Maria Edgeworth, 1768—1849),英国—爱尔兰作家,她是欧洲早期现实主义儿童文学作家之一,但也创作成人文学作品。

一个名叫内森（Nathan）的人物在专心倾听拉波德莱夫人（Madame de La Baudraye）讲述一位伯爵和一位歌剧舞者之间的婚外情时这样说道："我听你说这些，就像听一个母亲在给孩子讲《巨型绿色蟒蛇》（"The Great Green Serpent"）的故事一样。"[34]对此，艾伦·帕斯科（Allan Pasco）认为，多尔诺瓦夫人的故事"得到了改写"，《绿色巨蟒》和《波希米亚王子》这两部作品存在一定的联系，都与"婚姻破裂后又很快得到修复有关"，还都谈到了妻子与丈夫分开后出现在她们身上的困境以及由此而得的利益。[35]正如帕斯科所言，巴尔扎克根据《绿色巨蟒》这个非凡的故事构建起了他那篇现实主义短篇小说的内容，这表明他对多尔诺瓦夫人的作品非常熟悉。在风格上，多尔诺瓦夫人将她的童话故事与现实主义中篇小说结合了起来，构建起"现实主义小说"的叙事框架与"奇幻"童话之间的关系。[36]巴尔扎克似乎采取了相反的方式，通过借鉴莱德罗内特历经考验最终获得成功，并且与丈夫团聚这一奇妙故事，构思了一个现实主义故事的结构。

在19世纪的作家中，巴尔扎克不是唯一欣赏多尔诺瓦夫人作品的作家。其他作家也在自己的作品中直接或间接地参考了《绿色巨蟒》，只是参考的部分不像《波希米亚王子》那样完整。在自传《我毕生的故事》（*Histoire de ma vie*，1854）中，乔治·桑回忆起她曾花费许多时间阅读佩罗的作品，也读了很多多尔诺瓦夫人创作的童话故事，包括《蓝鸟》《美人贝儿，骑士福图纳》《绿色巨蟒》《巴比奥莱》以及《善良的小老鼠》等。[37]1853年，创作《包法利夫人》时，福楼拜写了一封信给自己的诗人朋友路易斯·布埃耶①，从信中可以看出福

---

① 路易斯·布埃耶（Louis Bouilhet，1821—1869），法国诗人和戏剧家。

楼拜会读一读多尔诺瓦夫人的童话故事,帮助自己从这项显然有些枯燥的工作中分分心,他写道:"前天我读了《蓝鸟》(作者是多尔诺瓦夫人)。写得太好了!谁没读过这个故事真是遗憾!相比起写关于医生的故事,这个故事要有趣得多!我现在正在艰难创作一本反映中产阶级卑鄙无耻的小说,心情总是低落郁闷。"[38] 就在写这封信的三天前,他在写给自己的缪斯和爱人路伊丝·高莱(Louise Colet)的信中已经表达了对多尔诺瓦夫人故事的喜爱:"我现在正在读多尔诺瓦夫人的儿童故事,是一本旧版本,我六七岁的时候就把书的页码都涂过颜色。龙是粉红色的,树是蓝色的;有一页,所有东西都是红色的,甚至连海也是。这些故事真的很有趣。"[39] 他在回忆中提到的将所有东西都涂成红色的故事很可能就是《绿色巨蟒》,因为在丹妮尔·吉拉德(Danielle Girard)创建的鲁昂大学(University of Rouen)网站上可以找到福楼拜小时候涂过色的四张多尔诺瓦夫人故事的图片,还有一张是《绿色巨蟒》故事的扫描图片。[40] 福楼拜的这些信件表明《绿色巨蟒》等多尔诺瓦夫人创作的童话故事在《包法利夫人》的创作过程中扮演了一个有趣的角色:多尔诺瓦夫人创造的那个无与伦比的贵族世界与《包法利夫人》中沉闷的中产阶级世界构成了鲜明的反差,并且提供了某种慰藉。

福楼拜回忆起童年时期对多尔诺瓦夫人童话故事的喜爱时,表达的是个人怀旧情感,而龚古尔兄弟表达的则是对于她所创作的前革命时代故事的更广泛意义上的文化怀旧。在1854年首次出版的《法国大革命时期的社会历史》(*Histoire de la societe francaise pendant la Revolution*)中,著名的学者、小说家和历史学家爱德蒙·德·龚古尔和朱尔·德·龚古尔讨论了多尔诺瓦夫人的故事是如何成为革命者对贵族社会反击的目标的。在悲叹革命者对歌剧的拒绝态度后之后，兄弟俩又对童话故事表达了相似的感受："1792年，童话故事被'污名化'为贵族阶层的笑话。不再有国王、王后、美丽的公主或勇敢的骑士！《绿色巨蟒》现在成了《三色巨蟒》（"The Tricolored Serpent"），因为绿色是贵族的颜色。"[41] 三色当然是指革命旗帜上的蓝色、白色和红色这三个颜色。可以看出，《绿色巨蟒》这个故事在18、19世纪的法国文化中非常受欢迎。[42]

在19世纪后期，小说家、记者和诗人罗伯特·德·邦尼尔[①]于1881年出版的童话诗集开头是一篇短小的引言，这篇引言预设所有读者都十分熟悉他提到的故事：

> 那时候有白马国王（King Charming）
> 绿色巨蟒和我亲爱的佛罗琳（Florine），
> 她在自己的宝塔里沉睡了一百年
> 现在还在沉睡中，真是一位睡美人。
> 那是童话宫殿的时代，
> 是《蓝鸟》《水晶鞋》的时代，
> 漫长的冬夜里有这些长篇小说陪伴着。

"白马国王"和"佛罗琳"都是多尔诺瓦夫人的《蓝鸟》中的人物。当提及《绿色巨蟒》时，邦尼尔态度鲜明地指出多尔诺瓦夫人的故事与佩罗的故事不分伯仲。这首原创诗歌显然受到了多尔诺瓦夫人和佩罗的深刻影响，强大的女性形象贯穿其中。尽管如今不太为

---

① 罗伯特·德·邦尼尔（Robert de Bonnieres, 1850—1905），法国诗人、作曲家、小说家、旅行作家。

人所知，邦尼尔是居伊·德·莫泊桑[①]的终生挚友，他还结交了许多印象派艺术家和作家，比如阿纳托尔·法朗士[②]和安德烈·纪德[③]。19世纪的作家们频繁提及多尔诺瓦夫人的故事，这说明她创作的这些故事在当时是家喻户晓的，那么，多尔诺瓦夫人的《绿色巨蟒》最后会被谱写成乐曲这件事也就十分自然了。

我找到的关于多尔诺瓦夫人的《绿色巨蟒》被改编成乐曲的最早记录出现在英国，是由普朗什创作的，他在童话娱乐剧中将戏剧、音乐和舞蹈融为一体，并因此而闻名，是19世纪舞台剧史上最重要的人物之一。[43] 普朗什精通法语，于1856年翻译了22个多尔诺瓦夫人的故事。除了曾经将夏尔·佩罗的《穿靴子的猫》和《蓝胡子》改编成了舞台剧外，他也将多尔诺瓦夫人创作的许多故事改编成了舞台剧，比如《白猫》（1842）、《美人贝儿，骑士福图纳》（1843）、《带着金锁的好人》（1843）、《格拉西欧莎和佩西尼特》（1844）以及《绿色巨蟒》（1849）。他精心制作的童话剧《珠宝之岛》（The Island of Jewels）就是以《绿色巨蟒》为基础的，并且让莱德罗内特成了主人公，该剧于1849年12月26日在皇家兰心剧院（Royal Lyceum Theatre）首演，连续演出了135个晚上，在他所有童话音乐剧中，这部剧的知名度可谓数一数二，这也说明了维多利亚时代的观众对多尔诺瓦夫人的这个故事十分熟悉。[44]

就像创作英国圣诞童话剧和法国童话舞台剧一样，普朗什创

[①] 居伊·德·莫泊桑（Guy de Maupassant，1850—1893），19世纪法国小说家、作家，作品以短篇小说为主，被誉为"短篇小说之王"。
[②] 阿纳托尔·法朗士（Anatole France，1844—1924），法国小说家，1921年诺贝尔文学奖获得者。
[③] 安德烈·纪德（André Gide，1869—1951），法国作家，1947年诺贝尔文学奖得主。

第二章　美女、野兽以及多尔诺瓦夫人的影响力　101

SCENE FROM THE EXTRAVAGANZA OF "THE ISLAND OF JEWELS," AT THE LYCEUM THEATRE.

在兰心剧院上演的童话剧《珠宝之岛》，插图出自《伦敦插画报》，1849年12月29日

作自己的故事时采用了一种有趣好玩的方法，即将诗歌作为基础内容，然后穿插进音乐曲调，并且将英语故事融入剧中。例如，在为葛塔诺·多尼采蒂[1]的《贝特利，瑞士小木屋》(Betly; or, The Swiss Chalet, 1836) 这部歌剧的咏叹调《在这个简单的……》(In questo semplice) 填写歌词的时候，普朗什认为莱德罗内特和鲁滨孙·克鲁索[2]处于相同的境地。剧本引用了《李尔王》以及英国童谣《杰克和吉尔》("Jack and Jill") 的内容。剧中还融合了以《丘比特和赛

---

[1] 葛塔诺·多尼采蒂 (Gaetano Donizetti, 1797—1848)，意大利著名的歌剧作曲家。
[2] 鲁滨孙·克鲁索 (Robinson Crusoe) 是英国作家丹尼尔·笛福创作的长篇小说《鲁滨孙漂流记》的主人公。

姬》为故事背景的芭蕾舞。因此，普朗什没有让女主人公仅仅阅读故事（如多尔诺瓦夫人故事中所写的那样），而是在剧中配以音乐和舞蹈。

普朗什对《绿色巨蟒》的重新演绎可能受到了多尔诺瓦夫人的《白羊》和维伦纽夫夫人的《美女与野兽》的影响，他曾翻译过这两个故事，并将它们收录在《24个童话故事》(Four and Twenty Fairy Tales)中，并于1858年出版。他为玛戈蒂娜将王子变成绿色巨蟒提供了一个动机，这部分没有出现在多尔诺瓦夫人的故事中。与多尔诺瓦夫人的《白羊》和维伦纽夫夫人的《美女与野兽》这两个故事中的仙女一样，在普朗什的故事中，玛戈蒂娜爱上了男主人公，却遭到了对方的拒绝，于是玛戈蒂娜将他变成了一头绿色巨蟒以作为惩罚。普朗什还删除了莱德罗内特的宝塔精灵和玛戈蒂娜的牵线木偶打斗这一情节，而是让绿色巨蟒帮助莱德罗内特完成最后一次任务，最后莱德罗内特要在自己变美和给王子幸福间做出选择（当然，她选择了后者），这些情节的删改都降低了女主人公的主体性。

而在法国，《绿色巨蟒》则对音乐史产生了不同于在英国的影响力。虽然在19世纪，巴黎上演了一些根据多尔诺瓦夫人的故事改编的童话舞台剧，其中最受欢迎的是龚古尔兄弟改编的《白猫》（1852），但据我所知，《绿色巨蟒》并没有被改编成法国音乐舞台剧。但还是有几首音乐作品的灵感来源于这个故事。1860年，巴黎音乐学院的教授勒内·巴约（René Baillo）出版了一本名为《绿色巨蟒：钢琴舞曲》(The Green Serpent: Dance Air for the Piano)的谱子。然而，毫无疑问，该故事最著名的音乐改编作品归莫里斯·拉威尔的《鹅妈妈》(Mother Goose Suite, 1910) 莫属，这部作品中囊括了多个童话故事中的场景，包括佩罗的《睡美人》和《小拇指》、多尔诺夫

第二章　美女、野兽以及多尔诺瓦夫人的影响力　　103

人的《绿色巨蟒》和维伦纽夫夫人的《美女与野兽》。紧随拉威尔的脚步，作曲家和钢琴家让·米歇尔·达马斯在1958年录制了音乐作品《仙女》(Féeries)，一共将16个法国童话改编成了音乐作品，其中有7首的灵感来自多尔诺瓦夫人的作品，有一首作品名就叫《绿色巨蟒》，另外还有8部作品基于佩罗的故事而创作，剩余的一部作品的内容则来源于维伦纽夫夫人的故事。

拉威尔组曲的创作过程十分有趣。1908年初秋，他在法国南部瓦朗斯(Valvins)待了几天，负责照顾两个小孩美美(Mimi)和尚恩(Jean)。[45]他们的父母爱达(Ida)和塞比安(Cipa)都是拉威尔的好朋友。这对来自波兰的夫妇住在雅典街，那里聚集了当时许多著名的音乐家，比如作曲家克洛德·德彪西(Claude Debussy)、曼努埃尔·德·法雅(Manuel de Falla)和伊戈尔·斯特拉文斯基(Igor Stravinsky)。对于拉威尔给他们讲童话故事这件事，美美后来是这样回忆的：

> 在我父母的朋友中，我特别喜欢拉威尔，因为他经常给我讲我喜欢的故事。我爬到他膝盖上，而他就会开始给我们讲故事，丝毫没有倦怠的神色："很久很久以前……"故事的主人公有莱德罗内特，还有美女与野兽，我还记得一只可怜的小老鼠的冒险故事，那是他特地编给我听的。听这些故事的时候，我常常笑得前仰后合，但同时心里又觉得有些愧疚，因为我知道这些故事实际上是非常悲伤的。[46]

在1908年到1910年期间，拉威尔一共创作了5首钢琴二重奏，形成了《鹅妈妈》钢琴组曲，内容都是根据美美和尚恩最喜欢的童话故事创作的,于1910年4月首次在巴黎演出。1911年,他将钢琴组曲改编成了管弦乐组曲,取名为《鹅妈妈:5首孩子爱听的音乐》(*Mother Goose: Five Children's Pieces*)。这部作品的开篇是佩罗故事的第一部分,接着就是根据《绿色巨蟒》改编的情节,描绘莱德罗内特来到绿色巨蟒王国后的情节,伴着"宝塔精灵们(pagodes and pagodines)演奏的管弦乐"(有些弹奏的是用核桃壳做成的低音大鲁特琴,而有些用的是杏仁壳做成的小提琴,会根据他们的体型分配适合的乐器),她好好洗了个澡。组曲以《美女与野兽》的结局作为结尾,描述了"野兽假死后,神奇地变成英俊王子"的情节。[47]这部组曲最终被改编成芭蕾舞剧《鹅妈妈,一幕芭蕾:五个场景和一个降神》(*Mother Goose, One-Act Ballet: Five Tableaux and an Apotheosis*),于1912年1月29日在巴黎艺术剧院(Theatre des Arts)首演,导演是雅克·鲁什(Jacques Rouche),舞台设计师是雅克·德雷萨(Jacques Dresa),编舞是珍·休加德(Jeanne Hugard)。在创作这部芭蕾舞剧时,拉威尔收录了一首序曲和四首插曲,共同构成了整个故事。此外,叙事顺序也被修改了,《美女与野兽》这首曲子被放在了《绿色巨蟒》之前。作品的结尾是一场精彩绝伦的封神典礼。

多尔诺瓦在故事中十分明显地运用了东方情调,比如容易使读者联想到中国文化的宝塔精灵绕着莱德罗内特跳舞,而拉威尔带领的作曲团队更加强调了这一点。这不仅体现在德萨(Desa)为莱德罗内特设计的服装上,也体现在音乐本身中。拉威尔在乐曲中融入了中国和爪哇国的传统元素,比如亚洲音乐的典型特征五音音阶以及受爪哇国加美兰乐队传统打击乐启发而来的节奏。[48]多尔诺瓦夫人那带着一丝亚洲风味的法国故事,经由拉威尔的创作变得更加"具有东方意味"。

钢琴组曲大致描绘了莱德罗内特沐浴更衣的场景，芭蕾舞曲则重点描绘了这一场景（此处引用了多尔诺瓦夫人故事中对这一场景的简单描绘："她宽衣解带，然后走到浴缸中去"），散发出情色的气息。由于这个故事讲述的是一个丑陋的公主的故事，因此对这一点进行描述显得尤为特别。当时，流行一项名为"东方主义"的艺术运动，即将东方女性客体化以供西方男性消费。是否出于这个原因，而将女主人公描绘得更加性感呢？除了莱德罗内特服装的设计外，目前没有获得与这场演出相关的图片。然而，在钢琴谱中，拉威尔是这样描述莱德罗内特的："她打扮得就像弗朗索瓦·布歇①所画的中国女性一样，用黑色天鹅绒面罩遮住了脸，手中拿着一朵郁金香。"[49]此处提及弗朗索瓦·布歇这位以绘画女性胴体闻名的画家，更加突出强调了这一场景的香艳之感，暗示莱德罗内特虽然面容丑陋，但是身材则像布歇画中的女性一样令人赏心悦目。我们可以想象，观看演出时，观众们会怎样注视着那位扮演沐浴中的莱德罗内特的芭蕾舞者的身体，由此可以更加明白这一场景的意义。

1910年，在这出芭蕾舞剧出现的两年前，该时期重要的音乐评论家勒内·查鲁普特②创作了一首诗，灵感就来源于拉威尔的《绿色巨蟒》舞曲，并且根据拉威尔的舞曲名取了类似的名字《莱德罗内特，宝塔精灵的女王》（"Laideronnette, Empress of the Pagods"）。这首诗充分展现了原作组曲中隐含的性感气氛。事实上，第一部分读起来简直像是脱衣舞表演：

---

① 弗朗索瓦·布歇（François Boucher, 1703—1770），18世纪法国画家，洛可可风格的代表人物。
② 勒内·查鲁普特（Rene Chalupt, 1885—1957），法国诗人和音乐评论家。

莱德罗内特,宝塔精灵的女王啊
她宽衣解带,爬进浴缸;
首先褪下的是连衣裙,
那是缎子做成的美丽连衣裙
长长的裙尾
拖在后面
落在楼梯和草木丛生的小径上
远远地落在她身后
一个黑人小女仆抱着这条裙子
远远看着仿若一个小圆点。
然后,她脱掉了天鹅绒束腰,
接着是刺绣衬裙
最后是蕾丝内衣,
赤身裸体而颤抖不已,
她粉红色的赤足如花朵一般,
她伸出脚探了探
水晶浴缸中
装满的水
接着沉入其中,感受袭来的清香。[50]

经由拉威尔和查鲁普特二者的创作,我们会觉得很难想象女主人公丑陋到她的家人会将她从妹妹的婚礼上赶走。此外,多尔诺瓦夫人在故事中实现了丑陋的男女主人公的配平,随着故事的发展,他们两个人最终都成了外表美丽、内心善良的人,从而在外表、品行、思想等方面实现了女性和男性之间的平等。然而,拉威尔和查鲁普特重新将故事的重点独自放在了女性的美丽上，故事背景设定得更具东方主义的意味，也正因如此，他们对于《绿色巨蟒》的改编催生了许多东方主义画作，比如让·奥古斯特·多米尼克·安格尔①的《土耳其浴女》(*The Turkish Bath*, 1852—1859)和让-莱昂·热罗姆②的《布尔萨大浴池》(*The Great Bath at Bursa*, 1885)，这两幅画作中都有裸体女郎和为她们服务的女性黑奴形象。芭蕾舞剧的乐谱还写道："绿色巨蟒在她（莱德罗内特）身边蠕动着，一副爱意绵绵的样子。"[51]考虑到这个故事具有东方主义的背景——热罗姆还绘制了《迷人的毒蛇》(*The Snake Charmer*, 约1880)，因此包括约瑟夫·布恩(Joseph Boone)在内的一些研究学者都认为这一场景具有同性恋情色的含义，在拉威尔的作品中，蛇更具有性暗示的意象，这一点在多尔诺瓦夫人的原作中并不突出。拉威尔的组曲和查鲁普特虽然致敬了多尔诺瓦夫人的影响力，但是他们又让莱德罗内特变得性感，使得女性身体变得客体化，这削弱了她作品中对于性缘关系的诠释。

《绿色巨蟒》这部作品最后的音乐版本体现在法国作曲家让-米歇尔·达马斯的作品中。达马斯在20世纪中期非常出名，曾与雷蒙·格诺③共同创作芭蕾舞剧《钻石粉碎机》[*La Croqueuse de diamants*, 1950；后来收录于1960年的电影《黑色丝袜》(*Black Tights*)中]；与奥森·韦尔斯④共同创作芭蕾舞剧《冰上女郎》(*The*

---

① 让·奥古斯特·多米尼克·安格尔(Jean Auguste Dominique Ingres, 1780—1867)，法国画家，新古典主义画派的最后一位代表人物。
② 让-莱昂·热罗姆(Jean-Léon Gérôme, 1824—1904)，法国历史画画家。
③ 雷蒙·格诺(Raymond Queneau, 1903—1976)，法国诗人小说家，乌利波的创始人之一，他也是让法国当代著名作家帕特里克·莫迪亚诺走上文学道路的领路人。
④ 奥森·韦尔斯(Orson Welles, 1915—1985)，美国电影导演、编剧和演员。

Lady in the Ice,1953）；还曾与让·阿努伊①合作，为达马斯的歌剧《尤里迪丝》（*Eurydice*,1972）填词。继拉威尔之后，达马斯在1958年录制了这部基于法国童话的由16个童话故事组成的组曲《仙女》，正如我们前文提到的，这16个童话故事以佩罗和多尔诺瓦夫人创作的为主。达马斯创作的以《绿色巨蟒》为代表的组曲《仙女》其实是对拉威尔的《宝塔精灵的女王》和《鹅妈妈》的致敬。

从巴尔扎克到达马斯，《绿色巨蟒》在法国文学、英国圣诞童话剧和古典音乐中都留下了自己的痕迹。多尔诺瓦夫人的童话曾被用于构建一个现实主义短篇小说，并让福楼拜在创作《包法利夫人》的过程中感到慰藉，还成了许许多多的音乐和诗歌的灵感来源。其中一些改编是有问题的，造成这一情况除了性别的因素外，还有帝国主义时代种族和东方主义等问题，但是它们都证明了《绿色巨蟒》所具有的持久影响力以及它对于不同社会历史和意识形态及不同艺术媒介的适应能力。《绿色巨蟒》对于《美女与野兽》的故事创作以及《丘比特和赛姬》的故事改编都产生了重要的影响。就像《白羊》一样，《绿色巨蟒》在童话史上也具有持续的影响力。

正如我们前面所写的那样，如果没有多尔诺瓦夫人的《绿色巨蟒》，尤其是没有《白羊》，我们就不会看到《美女与野兽》。《白羊》为《美女与野兽》的内容提供了整体情节——女主人公与父亲的关系，以及男主人公是否能存活取决于女主人公能否及时归来这一设定。而《绿色巨蟒》则为维伦纽夫夫人的故事提供了男主人公双重身份的设定等细节。虽然到了20、21世纪，是《美女与野兽》在欧美文化领域占据着主导地位，但在此之前，《白羊》和《绿色巨蟒》一直

---

① 让·阿努伊（Jean Anouilh,1910—1987），法国戏剧家，在戏剧界纵横超过半世纪。

能与之平分秋色。《白羊》在英国重新绽放了活力,而《绿色巨蟒》则在巴尔扎克和拉威尔的作品中留下了痕迹。

反观历史上这两个故事的多个改编版本,我们会发现以男性为主的编辑和画家倾向于弱化多尔诺瓦夫人故事中女主人公的主体性。在有些故事里,曼维斯和白羊一同死去,从未继承王位,莱德罗内特也未能领导军队。但是,也正因为这些改编版本的存在,多尔诺瓦夫人得以持续发挥她的影响力。[52]实际上,多尔诺瓦夫人的故事不是像许多人认为的那样"晦涩难懂"。他们之所以会有这样的想法主要是由于在童话故事领域占据霸主地位的迪士尼童话所塑造的21世纪正统童话故事的观念。[53]但是其实在19世纪和20世纪初,多尔诺瓦夫人所创作的故事是广受认可的经典童话。

---

1. 我按照艾莉森·斯特德曼(Allison Stedman)对于"Rococo"这个词的理解,即"风格多样的文学创作"而使用了这个词。参见 Allison Stedman, *Rococo Fiction in France, 1600-1715: Seditious Frivolity* (Lewisburg, PA, 2013), p. 8。
2. Jack Zipes, *Fairy Tale as Myth/Myth as Fairy Tale* (Lexington, KY, 1994), p. 25.
3. 与摩尔人相关的这一节显然具有种族主义色彩,比如摩尔人跟女主人公的猴子和狗是一样的地位,都从属于女主人公,还提到摩尔人的舌头是黑色的,因此无法用来代替曼维斯的舌头。
4. Marie-Catherine d'Aulnoy, Contes I [1697], intro. Jacques Barchilon, ed. Philippe Hourcade (Paris, 1997), pp. 345–346.
5. 多尔诺瓦夫人的《野猪王子》与斯特拉帕罗拉的《猪王子》("The Pig Prince")关系紧密,但是她故事中的女主人公是个贵族而非贫民。多尔诺瓦夫人在改编斯特拉帕罗拉以及巴西耳的作品时常会做这种改动。
6. 关于多尔诺瓦夫人故事中有关凡尔赛宫的描写,可见安妮·E.杜根(Anne E. Dugga)的《萨隆尼埃、愤怒和仙女:专制主义法国的性别政治和文化变革》二次修订版(*Salonnières, Furies and Fairies: The Politics of Gender and Cultural Change in Absolutist France*, 2nd revd edn)。另外值得注意的一点是拉·封丹

有受到多尔诺瓦夫人的影响。他创作的那版《丘比特与赛姬》的故事框架是3个朋友在凡尔赛宫的花园内听另一位朋友改编的拉丁文故事,并且多次提及路易十四世的王宫。
7. 关于多尔诺瓦夫人被囚禁的具体内容,参见Volker Schröder's excellent blog post, "Madame d'Aulnoy's Productive Confinement", *Anecdota* blog, 2 May 2020, https://anecdota.princeton.edu。
8. Gabrielle-Suzanne de Villeneuve, *Beauty and the Beast: The Original Story*, ed. and trans. Aurora Wolfgang (Toronto, 2020), p. 116.
9. 阿德里安·杜拉在与我交流这一章时,认为我们可以将博蒙特夫人故事中女主人公的姐夫看作男主人公的折射,虽然他们没有想要竞争获得女主人公,但是他们代表的是婚姻关系中积极的男子气概与消极的男子气概之间的对比。
10. 关于多尔诺瓦夫人和夏尔·佩罗在18世纪英国的出版历史,参见Anne E. Duggan, "Introduction: The Emergence of the Classic Fairy-Tale Tradition", in *A Cultural History of Fairy Tales in the Long Eighteenth Century* (London, 2021), pp. 4-6的表格。
11. *Daddy Gander's Entertaining Fairy Tales* (London, 1815), pp. 31, 23.
12. D'Aulnoy, *Contes I*, p. 345
13. 18世纪时,《年轻女士杂志》(*The Young Misses' Magazine*)在英国定期出版。大英图书馆藏有英格兰、爱尔兰、苏格兰在1760年、1780年、1781年、1783年出版的几个英语版本。在《美女与野兽:一个老故事的设想与修订》(*Beauty and the Beast: Visions and Revisions of an Old Tale*, Chicago, 1989)一书中,贝茜·赫恩(Betsy Hearne)收录了这个故事在19世纪的版本。
14. 关于将野兽视为性欲化身的内容来源,参见Jerry Grisold, *The Meanings of "Beauty and the Beast": A Handbook* (Toronto, 2004), pp. 55-57.
15. D'Aulnoy, *Contes I*, p. 345.
16. 使用到"懊悔不已"(seized with remorse)这一表达的版本,包括*Mother Bunch's Fairy Tales* (1802, 1830), *History of Little Jack* (1840) and *The Child's Own Book of Standard Fairy Tales* (1868).
17. D'Aulnoy, *Contes I*, p. 346.
18. Patricia Hannon, *Fabulous Identities: Women's Fairy Tales in Seventeenth-Century France* (Amsterdam and Atlanta, 1998), p. 119.
19. 在与阿德里安·杜拉讨论本章内容时,她提出了国家与家庭的对立、公众与个人的对立这两个想法,特表感谢。
20. *Mother Bunch's Fairy Tales* (London, 1830), p. 49.

21. 参见 William Hyde, "The Stature of Baring-Gould as a Novelist", *Ninteenth-Century Fiction*, XV/1 (1960): pp. 1–2; and Andrew Warn, "The Grimms, the Kirk-Grims, and Sabine Baring-Gould", *Constructing Nations, Reconstructing Myth: Essays in Honour of T. A. Shippey* (Turnhout, 2007), pp. 219 and 227–228。
22. Sabine Baring-Gould, *A Book of Fairy Tales* (London, 1894), p. vii.
23. Sabine Baring-Gould, *Old English Fairy Tales* (London, 1895), p. 5.
24. Baring-Gould, *A Book of Fairy Tales*, p. 157.
25. Ibid., p. 158.
26. 咨询苏格兰国家图书馆（National Library of Scotland）后，我发现本书的发行商可能是英国帕克图书（Puck & Co.），但是从中没有发现任何相关信息。在"古董：精美和稀有书籍"（Antiquates: Fine and Rare Books）等网上书城的宣传中，本书是乔治·克鲁克香克（George Cruikshank）所著《甘德爸爸欢乐童话故事集》中一首讽喻童话故事诗的独立无插图版。我未能读到"甘德爸爸"的版本，但是大英图书馆存有本书中与《山羊王子》有关的两个场景的印刷版，内容与这首作于1844年的匿名诗歌完全无关。这也许是因为诗歌中的节制主题，克鲁克香克曾参加过节制运动，不过《甘德爸爸欢乐童话故事集》直到18世纪40年代才出版。
27. *Miranda and the Royal Ram* (London, 1844), p. 5.
28. Ibid.
29. Ibid., p. 8.
30. 这一点得到了进一步证实，参见 Hannon, *Fabulous Identities*, p. 117。
31. 价格低廉的手册版包括 Milan 1782, Troyes 1807, Toulouse c. 1809 and 1816, and Montbeliard 1834。马塞尔·布洛赫（Marcel Bloc）创作的插画版曾出现在 Marcq-en-Barouel (near Lille) in 1936, re-edited in 1953。
32. Jennifer Schacker, "Fluid Identities: Madame d'Aulnoy, Mother Bunch and Fairy-Tale History", in *The Individual and Tradition: Folkloristic Perspectives*, ed. Ray Cashman et al. (Bloomington, in, 2011), pp. 249–264.
33. Honore de Balzac, *La Dernière Fée* [1823] (Paris, 1876), pp. 18, 24.
34. Honore de Balzac, "Un Prince de la Bohème", in *Oeuvres complètes* (Paris, 1879), vol. IV, p. 22.
35. Allan H. Pasco, *Balzacian Montage* (Toronto, 1991), pp. 112–113.
36. 例如，斯特德曼对于多尔诺瓦夫人故事中的叙事框架与"奇幻"童话之间关系的研究，参见 *Rococo Fiction*, pp. 164–165。
37. George Sand, *Histoire de ma vie* (Paris, 1856), vol. IV, p. 222.

38. Gustave Flaubert, *Correspondance*, vol. II: 1853–63 (Paris, 1923), p. 71.
39. Ibid., p. 68.
40. 这张扫描版图片见https://flaubert-v1.univ-rouen.fr/bovary/bovary 6/album1/a-serpen.html。
41. Edmond and Jules de Goncourt, *Histoire de la société française pendant la révolution*, 3rd edn (Paris, 1864), p. 309.
42. 龚古尔兄弟也曾提过对多尔诺瓦夫人的故事《金发女郎》做的大改动，但是却从未提起她的名字。
43. Jeffrey Richards, *The Golden Age of Pantomime: Slapstick, Spectacle and Subversion in Victorian England* (London, 2015), p. 65.
44. Henry Barton Baker, *History of the London Stage and its Famous Players (1576–1903)* (London, 1904), p. 289.
45. 参见Emily Kilpatrick, "'Therein Lies a Tale': Musical and Literary Structure in Ravel's *Ma Mère l'Oye*", *Context*, XXXIV (2009), p. 81。
46. 引自ibid., p. 94.
47. Ibid., p. 90.
48. 对此，黛博拉·马沃（Deborah Mawer）认为"在总是活力满满并且又是简单直率的莱德罗内特身上明显融入了异域元素。机械模仿中国（或爪哇）的十六分音符和八分音符五声音阶由下面的五声音阶和声支持，偏爱甘美兰式的四度音程、五度音程和大二度音程"。详见马沃的《莫里斯·拉威尔的芭蕾舞剧：创作与诠释》（*The Ballets of Maurice Ravel: Creation and Interpretation*, London, 2006），p. 41。
49. Maurice Ravel, *Ma Mère l'oye, ballet en cinq tableaux et une apothéose: Partition pour piano* (Paris, c. 1912), p. 34.
50. Rene Chalupt, "Laideronnette, Impératrice des Pagodes", *La Phalange*, LI (September 1910), pp. 212–213.
51. Ravel, *Ma Mère l'oye*, p. 35.
52. Mawer, *The Ballets of Maurice Ravel*, p. 42.
53. 比如，当谈到拉威尔的童话故事组曲时，黛博拉·马沃认为："拉威尔使多尔诺瓦夫人那篇晦涩难懂的《莱德罗内特》重新焕发了活力。"

第三章
另一个著名的与猫有关的故事

当谈到与机智聪慧的猫有关的故事时,我们脑海中第一时间想到的是在20世纪初通过《怪物史莱克》系列动画电影重获人们喜爱的穿靴子的猫这个角色。它是根据夏尔·佩罗的故事改编而来,而在《怪物史莱克》中,穿靴子的猫显然是男性,这一角色的性别因好莱坞偶像安东尼奥·班德拉斯[①]的配音而得到了进一步的确认。然而,如果我们追溯这个猫的故事的诞生过程,我们会发现许多机智聪慧的母猫的故事,其中最著名的要数多尔诺瓦夫人的故事《白猫》中的女主人公。在过去,这个故事广受欢迎,有许多衍生作品,包括舞台剧、集换式卡牌、漫画书等。

在创作过颇多童话娱乐剧的詹姆斯·罗宾森·普朗什看来,《白猫》是"多尔诺瓦夫人创作的所有故事中知名度最盛、受欢迎度最广的故事之一",并表示"很少有童话故事集不把这个故事收录其中"。[1] 从17世纪末到20世纪,多尔诺瓦夫人创作的这个有名的与猫有关的故事曾多次出版,许多版本的图书里都配有精美的插图。在19世纪,这一故事被改编成了戏剧,在英国和法国上演。而在20世纪,这

---

① 安东尼奥·班德拉斯(Antonio Banderas,1960—),西班牙演员及歌手。

一故事还被改编成了漫画，畅销法国和墨西哥。甚至直到1965年，都能看到这个故事的漫画版本。实际上，《白猫》的受欢迎程度丝毫不逊于佩罗创作的主角为男性的《穿靴子的猫》，二者共同流传了很长时间。

多尔诺瓦夫人的故事《白猫》其实是融合了我们现在看来两个截然不同的故事而成的：一个是《长发公主》，民俗学家将这类故事归纳为"塔中少女"类型的故事；另一个则是《穿靴子的猫》，讲述了一只机智聪明的猫如何帮助主人的故事。收录于格林兄弟的《儿童与家庭童话集》（1812）中的《长发公主》是如今在欧洲和北美洲最负盛名的版本。不同于格林童话中的许多故事，这一版本的故事并不是来源于民间传说，而是弗里德里希·舒尔茨（Friedrich Schulz）创作的文学故事《长发公主》（1790）。舒尔茨的故事是将法国女性童话故事作家夏洛特-罗丝·德·拉福斯的法国童话《佩里内特》（1698）翻译为德文，并且改编而来，而后者的故事又改编自吉姆巴地斯达·巴西耳创作的以长发公主为主人公的故事《佩罗内拉》（"Petrosinella"，1634）。多尔诺瓦夫人和拉福斯是朋友，并且她还十分熟悉巴西耳的童话，这一点可以从《蓝鸟》的故事中看出来。很明显，这个故事是她根据巴西耳的故事《五日谈》（"Pentamerone"）的叙事框架重新改写而成的。[2]多尔诺瓦夫人和拉福斯均在1698年出版了与孕中食欲以及塔中少女有关的童话，并且两篇童话故事都改编自巴西耳的作品，甚至她们二人可能都知道彼此改编的故事。多尔诺瓦夫人改编的这篇故事也是她所有作品中最为著名的一篇。

《白猫》这个故事还取材自其他与猫有关的故事。16世纪，乔瓦尼·弗朗切斯科·斯特拉帕罗拉出版了今天已知最早版本的《穿靴子的猫》的故事，名为《康斯坦丁诺·福图纳托》（"Constantino

Fortunato")。这个版本的故事之所以到了今天还能够对当代读者产生吸引力,是因为它不同于我们习以为常的官方版本中父亲留给小儿子一只公猫的故事,在这个故事中,一位母亲留给了小儿子一只野心勃勃的母猫,并且最后母猫帮助小儿子赢得了公主的芳心。巴西耳随后在《卡廖戈》(*Cagliugo*)一书中重新创作了斯特拉帕罗拉的这个故事,保留了聪明小猫的性别,但是以垂死的父亲代替了垂死的母亲。而在佩罗的故事中,这个积极主动、具有主体性意识的女性角色则被删去了。在他的版本中,一位父亲在死前给儿子留下了一只足智多谋的公猫,帮助男主人公提升了社会地位。从将穿靴子的猫进行男性化处理这点,我们可以看出佩罗童话故事中存在的性别政治。佩罗在重写斯特拉帕罗拉和巴西耳创作的意大利童话时,常常倾向于削弱女性角色的主体性。而多尔诺瓦夫人在给自己的故事取名时,融合了所有这些故事的元素。然而,不同于巴西耳故事中男主人公将母猫理所当然地视为助自己上位的帮手(其因这一点而备受争议),在多尔诺瓦夫人笔下,那只母猫是许多个王国的君主,她是以"从上而下"的恩人姿态帮助男主人公的,而非"从下而上"的仆人角度。因此,多尔诺瓦夫人笔下的身为多国国王的母猫与佩罗笔下以公猫为主人公的故事形成了鲜明对比。

  本章将跟随多尔诺瓦夫人知名度最高的童话故事的诞生过程,发掘它所带来的影响力,尤其是在戏剧文化和视觉文化领域。《白猫》根植于早期现代时期与性以及怀孕相关的观念和禁忌,随后逐渐发展,最终成为象征着19世纪巴黎童话盛宴的缩影。即使到了20世纪,这一故事仍不断出版,甚至还被改编成了法语和西班牙语漫画,由此可以看出它经久不衰的影响力以及在不同媒介和视觉文化中的吸引力。

从欧芹到莴苣公主

在《白猫》中,多尔诺瓦夫人融合了《穿靴子的猫》中的几个主题,但这个故事的大部分灵感都来源于巴西耳的《佩罗内拉》,可能部分源于拉福斯的《佩里内特》,这两个书名的意思都是"小欧芹"。巴西耳创作的这个寓言故事并不是一个与圣女有关的故事,拉福斯则在其作品中削弱了这一点。在《佩罗内拉》中,女主人公帕斯卡多西亚(Pascadozia)的母亲在怀孕期间十分想吃欧芹,并从女巫的花园里偷了一些。可以想到的是,女巫抓住了帕斯卡多西亚,要求得到她肚子里的孩子。然而,巫婆是等到帕斯卡多西亚长大成人后才把她带走,将她关在一座塔里的。要想进入这座塔,只能顺着女主人公神奇的长发爬上塔楼的窗户进入。佩罗内拉美得如塞壬[①]一般,一位王子注意到了她,并且爱上了她。在给巫婆吃了一剂安眠药后,佩罗内拉将自己的爱人拖入塔中,但是他们还是被一位喜欢八卦的邻居发现了。故事的结局是佩罗内拉和王子一起用智慧战胜了女巫,逃到了王子的领地上并结婚了。

在这个《长发公主》的最早期文学版本中,帕斯卡多西亚似乎是一位单身母亲,因为故事中没有提到佩罗内拉的父亲。起初,她拒绝把女儿交给巫婆,一直将她抚养到了7岁。于是女巫开始在佩罗内拉往返老师家的路上不停地骚扰她,跟她说:"告诉你母亲要记住她许下的诺言。"[3]最终,帕斯卡多西亚选择了放弃女儿,但更多的是出

[①] 塞壬(siren),希腊神话中的危险的生物,用迷人的音乐和歌声引诱附近的水手在他们岛屿的岩石海岸上触礁。

于愤怒,而不是恐惧:"如果你再次遇到那个老妇人,她又问你那个该死的诺言的话,你就这样回答她,'你把她带走吧!'"⁴于是佩罗内拉就被锁在了一座没有大门的魔法塔里。在后面的版本中,还暗示了类似夏娃的情节:女儿是因为母亲过去犯下的"罪孽"而受到惩罚。而在这个故事中,这位单身母亲大大推迟了将孩子交给巫婆的时间,比起其他故事中的母亲,她所遭受的痛苦是最小的。而她之所以放弃女儿更多的是因为愤怒于巫婆的骚扰,而非为了偿还过去因为自己没有遵守规矩而欠下的债。

正所谓,有其母必有其女,佩罗内拉即使身在塔中,也还是甘愿冒着成为单身母亲的风险,找到了一位爱人。然而,一位喜欢八卦的邻居背叛了她,把这个消息透露给了女巫,说佩罗内拉"曾与某位年轻男子做爱,并且她怀疑事情可能已经发展到下一个阶段了,因为她曾听到一些响动"。因此,佩罗内拉准备采取行动,并且利用自己的机智与王子一起逃到了他的王国。⁵尽管她曾无视社会道德和体面,但她最终得到的奖励还是和王子在一起。在《长发公主》故事的所有版本中,巴西耳的《佩罗内拉》是最不符合社会道德的一版,女主人公母女俩所遭受的痛苦要比后来其他同类型故事中的人物少得多。这是否是因为对于一个不用担心自己在两性关系中的社会评价的男性作家而言,创作出一个游走于社会认可边缘,但最终仍获得了上层阶级地位的女主人公要比拉福斯这样的女性作家容易得多?

拉福斯在"现实生活"中曾亲身经历并且深刻体悟到对于女性而言违反女性道德规范意味着什么。虽然她出身于有权有势的家庭,还是当时太子妃(路易十四法定继承人的妻子)的侍女,但是她后来还是因为陷于流言蜚语而被逐出宫廷。正如刘易斯·塞弗特(Lewis Seifert)指出的那样:"她被指控的罪名是行为不当,包括拥有一本色情小说。人们还说她跟其他人有婚外情。"[6]拉福斯曾于1687年违反规定，未经父母同意就与他人成婚（后来这桩婚姻被宣布无效）。到了1697年，她又因创作"讽刺歌曲"而被逐出宫廷。[7]可以看出，拉福斯不是那种在性方面保守拘谨的女性。那么，她在重写巴西耳的故事时之所以采取了更加温和的方式，也许是因为在这样一个话题上妥协了，毕竟对她这样一位声誉频繁遭受质疑并最终被迫流亡的女性作家而言，这类话题尤其是禁忌。与巴西耳这类男作家笔下的人物相比，拉福斯故事中的人物在碰到两性关系的问题时，行事需要更加小心谨慎。

巴西耳的故事以"从前有一个名叫帕斯卡多西亚的孕妇"开头，将重点放在了这位孕妇和她的食欲上，而拉福斯的故事则着重强调了女主人公的母亲和父亲之间的爱情："两个年轻的恋人在长久的恋爱后终于成婚；没有什么能超越他们对彼此的激情；他们过着满足和幸福的生活，而更让他们幸福的是，年轻的妻子怀孕了。"[8]故事以热烈的爱情开场，并由此引出怀孕的情节。因此，在拉福斯的故事中，女主人公的母亲是在结婚后怀孕的，要比巴西耳故事的母亲更受到尊重和认可。另外，拉福斯还在故事中加入了（得到正确引导的）性欲。当故事中准妈妈渴望吃到仙女的欧芹，甚至到了濒临死亡的地步时，深爱她的丈夫愿意为了得到欧芹、挽救她的生命而做任何事，因为"对于爱情而言，似乎一切都不是困难"。[9]换句话说，他为了满足妻子的愿望，甘愿做任何事，即使是放弃他未来的孩子。而当佩里内特出生时，仙女立即就将她带走了。后面的故事中再也没有提到佩里内特的母亲和父亲。也许，他们继续过着开篇中所描述的彼此相爱的生活？

在拉福斯的故事中，仙女直到女主人公年满12岁才将她锁在塔中,而12岁正是年轻女性可以开始生育下一代的年龄点。[10]因此,仙女试图将女主人公关在塔中来操控她的命运,避免她走向与母亲相同的命运。由此,我们可以将塔解读为女主人公贞洁的象征,这一比喻常出现在早期现代的文学和宗教文化中。吉尔·科罗泽[①]在其16世纪的著作《基督教的名言和杰出人物》(*Les Propos Remembers et illustres hommes de la Chrestienté*, 1560)中写道:"女人的贞洁是她美丽的堡垒。"[11]《世俗妇女画像》("Le Tableau des piperies des femmes mondaines", 1632)这部厌女论文通常被认为是雅克·奥利维尔(Jacques Olivier)所作,并在17世纪多次再版,文中提出了这样的观点:"即便与世界上最为坚固的堡垒相比,有坚实基础和支撑的贞洁还要更加安全。"[12]早期现代的读者很容易就会将贞洁与塔联系起来;因此,突破塔楼就象征着突破性,这是仙女希望养女免受的命运:"她决心避免让女儿走向(与性相关)的命运",方式则是将她关在塔里。[13]

在巴西耳的故事中,王子是在佩罗内拉将头发在阳光下散开时注意到她的,发现她的脸像传说中以美貌而闻名的塞壬一样美丽。而拉福斯也同样在故事中运用了塞壬的形象。在她的故事中,男主人公在森林中狩猎,被塔楼传来的美妙歌声所吸引,追随而来。当这位年轻的王子走近佩里内特时,他不仅震撼于她的美貌,更着迷于她的声音,这与塞壬魅惑人的方式一模一样。随后,就像塞壬的那些受害者一样,王子不可避免地暂时遭遇了厄运。佩里内特一开始也被这位英俊的王子所吸引,但是又担心他是个怪物,能够用眼睛杀死她。王子四处寻找进入塔楼的方法,最后通过模仿仙女的声音让佩

[①] 吉尔·科罗泽(Gilles Corroze,1510—1568),法国作家和出版商。

里内特放下了头发,然后由此进入了塔楼的窗户。对此,佩里内特既产生了欲望,又感到了害怕,她一边哭泣一边颤抖,最后还是和王子结合了。

由于每天都与王子见面,佩里内特很快就怀孕了,最终仙女自己发现了真相,而不是通过邻居的闲言碎语。她剪掉了佩里内特的头发,把她带到海边一个偏僻宜人之处。后来此地被称为"她的沙漠"(son désert),这个词在当时的意思是"与世隔绝的地方"。女主人公在那里生下了年幼的王子和公主。之前,为了进入塔楼,王子模仿仙女的声音欺骗佩里内特,现在仙女模仿佩里内特的歌声,用她的头发把王子引诱进塔楼,这样她就可以"报复"并惩罚王子所犯下的"罪行"了。结果,王子从塔上掉了下来,失明了,仙女拿走了他那双可以用来杀人的眼睛。后来,王子就这样以失明的状态在世界各地流浪了许多年。一天,王子听到了一个迷人的声音,立马意识到那是佩里内特的声音,于是循着这个声音找到了她在荒野中的小屋。看到她"心爱的丈夫"后,佩里内特流下了眼泪,治愈了他失明的双眼。一家人就这样团聚了。仙女一开始不给他们提供食物和饮用水,但最后还是出于怜悯之心,将他们送到了王子父亲的宫殿中。

拉福斯版本的《长发公主》既可以解读为与恋爱有关,也可以解读为与分娩有关。在描写佩里内特的生活幸福的父母时,作者明确使用了"恋人"一词,该词在早期现代的故事中并不常用于描写婚姻关系。然而,佩里内特因为仙女被迫与爱人分离,这一情节会让人联想到拉福斯自己的经历。和佩里内特一样,拉福斯也是在未经父母同意的情况下与人成婚了。她的婚姻被宣告无效,她也被迫与爱人分离。而与佩里内特不同的是,拉福斯从未与爱人重聚,反而在这一故事集出版的同年,被驱逐出首都。在近代早期的法国,"沙漠"

Persinette.

王子准备通过佩里内特的头发爬上塔楼，出自《仙女们，童话中的童话》
(*Les fées, contes des contes*, 巴黎, 1707)

（desert）一词常用来形容一个人的流放之地，即位于首都以外的一个偏僻无人之处。例如，安娜·玛丽·路易丝·德·奥尔良[①]曾在回忆录中将她从宫廷和巴黎流放的经历描述为"le plus grand désert"，即"最大的沙漠"。[14]而拉福斯用了同样的词语来描述王子找到佩里内特和他们的孩子的地方。因此，同时代的读者很容易将"沙漠"和"流放"联系起来，并且可能进一步将拉福斯笔下的女主人公与拉福斯本人联系起来。也许借以复述巴西耳的故事，拉福斯也在想象自己人生故事的另一种结局。

在我们转而研究多尔诺瓦夫人根据这些故事进行改编、创作一个足智多谋的"白猫"形象之前，有必要先谈一下拉福斯的故事所产生的巨大却无人知晓的影响力。[15]1790年，弗里德里希·舒尔茨将她的《佩里内特》翻译成了德语，尽管舒尔茨为了适应18世纪末的德国读者，对这个故事进行了些许修改，但是仍有大量文字证据证明了这一点。在拉福斯的故事中，仙女是从印度带来了欧芹；而在舒尔茨的笔下，她则是从海外订购了莴苣。[16]由于东方主义在早期很流行，拉福斯将女主人公的衣柜描述得"像亚洲女王们的衣柜一样华丽"，而舒尔茨则称女主人公的衣柜"可以与俄罗斯皇后的衣柜匹敌"。[17]两个故事都提到女主人公可以看到大海和森林，而王子可能是一个能够用眼睛杀人的怪物。格林兄弟正是将舒尔茨版本的《长发公主》进行改编，并收录进他们于1812年出版的《儿童与家庭童话集》中的，他们（错误地）以为舒尔茨的故事就是这一故事的最初来源，并以此为根据进行了改编。[18]

---

① 安娜·玛丽·路易丝·德·奥尔良（Anne Marie Louise d'Orléans, 1627—1693），历史上最富有和伟大的女继承人之一，她去世时未婚且无子女，巨额财富留给了她的堂弟腓力。

舒尔茨对拉福斯的故事进行了一些细微的改动,但仍然十分接近原著,其中保留了长发父母之间那充满强烈情感的关系。在拉福斯的故事中,作者直接表明女主人公怀孕了,而她的仙女养母则凭直觉知道了她即将分娩。与此不同,在舒尔茨的故事中,女主人公是问仙女养母为什么她的衣服变紧了,以此暗示她怀孕了,这一细节也出现在了格林兄弟的版本中。然而,后来,威廉·格林删除了《长发公主》这一故事中的性暗示。对此,玛丽亚·塔塔尔(Maria Tatar)认为,"A.L.格林和(历史学家)弗里德里希·鲁斯(Friedrich Ruhs)指出,《长发公主》这个故事特别不适合收录进儿童可以接触到的故事集。哪个合格的母亲或奶奶能够在向天真的女儿讲长发公主的童话故事时不感到脸红呢?"[19]随着《儿童与家庭童话集》逐渐被重新定义为童话故事而非学校课本内容,威廉·格林重写了其中的许多故事,淡化了原本写给成人看的童话中的性内容,《长发公主》的改编过程就是这一倾向的典型代表作。

多尔诺瓦夫人的《白猫》

多尔诺瓦夫人的《白猫》是一个复杂的故事,它融合了穿靴子的猫和长发公主两个故事,具有以多尔诺瓦夫人为代表的女性童话故事作家所创作的故事特点。这类故事"致力于在一个故事背后揭晓其他故事,试图在未落笔处讲述一个不同的故事。它们常常能够唤起更多人物的声音,形成鲜明的'互文'特色,就像立体声设备发出同样的声响似的"。[20]多尔诺瓦夫人创作的与猫有关的故事就体现了这种复杂性。故事的开头情节虽然在风格上类似于这类猫的故事，但是预示了犹合那·狄亚卜①和安托万·加朗②的《艾哈迈德王子和仙女帕里巴诺的故事》("The Prince Ahmed and the Fairy Pari Banou")中的情节，然后将《长发公主》的情节融入其中。[21]《白猫》讲述了一位国王派他的三个儿子找到三样东西的故事，这三样东西分别是最漂亮的迷你犬、能穿过针眼的精致布料、世上最美丽的公主。在第一次执行任务的过程中，小儿子在狂风暴雨的森林中发现了一座奇妙的城堡，它周身镶嵌着璀璨夺目的红宝石，闪闪发亮。而城堡的墙壁上则堆满了瓷器，这不免让读者联想到其他童话故事，比如佩罗的故事《驴皮公主》《睡美人》，玛丽-珍妮·莱里捷的《芬妮特》以及多尔诺瓦夫人自己的故事《蜜蜂和橙树》《格拉西欧莎和佩西尼特》《绿色巨蟒》和《精灵王子》("The Sprite Prince")。多尔诺瓦夫人描写的堆满瓷器的墙壁，与其他童话故事达成了互文的效果。另外，她还让这个故事中的小王子与《精灵王子》故事中的男主人公产生联系，从而使得这一王子形象成为童话谱系中的一员。在《精灵王子》中，男主人公拥有神奇的能力："他（即最小的王子）很高兴见到精灵王子，他们是亲戚。"[22]

接着，一双无形的手将王子引进城堡，脱去他湿漉漉的衣服，给他化妆，卷起他的头发，使他变得"比阿多尼斯③还要美丽"，然后把他带进一个房间，这个房间进一步将这个故事与猫的故事联系起来。[23]在这个房间里，墙上贴满了"历史上许多著名的猫的故事，比

---

① 犹合那·狄亚卜（Ḥannā Diyāb，约1688—？），叙利亚作家和说书人。他创作了《阿拉丁》和《阿里巴巴和四十大盗》这两个故事最著名的版本。安托万·加朗翻译了这两个故事，并将其收录于《一千零一夜》之中，而后它们很快在西方受到人们的喜爱。
② 安托万·加朗（Antoine Galland, 1646—1715），法国东方学家、翻译家与考古学家，是第一位将阿拉伯文学作品《一千零一夜》翻译成欧洲语言的人。
③ 阿多尼斯（Adonis），希腊神话中一位掌管每年植物死而复生的非常俊美的神。

如，在老鼠会议上被双脚吊起的猫罗迪拉杜斯（Rodilardus）[①]、自称是卡拉巴侯爵（the marquis of Carabas）的穿靴子的猫[②]、会写字的猫、能够变身成女人的猫、变身成猫的女巫"。[24]这些故事都能让人想起拉封丹和佩罗所写的与猫有关的故事，这暗示了这个故事可能会有多个发展脉络。在王子看到墙上的猫后，一只美丽的白猫出现了，她穿着丧服，爪子上挂着一个英俊的年轻男子的照片，这个年轻男子与王子的长相非常相似，这给故事增添了更多神秘感。她帮助王子完成了前文的三个任务，即找到狗、布料以及最美丽的女人，这些东西以俄罗斯套娃的方式存在：迷你犬被封在一颗橡果里；布料被封在一粒小米里，小米又被封在一粒麦子里，麦子又被封在一颗樱桃核里；公主（白猫）则从水晶石中出现，被送给了国王，而此前不久，她也刚从猫身中出来。[25]事实上，就在我们认为故事即将结束的时候，王子无奈地砍掉了爱猫的头和尾巴，帮助白猫恢复了人形。于是白猫开始给王子解释自己长长的背景故事——一个关于塔中少女的故事，也是关于囚禁的故事。事实上，这段对背景故事的解释占到了整个故事近一半的篇幅。

多尔诺瓦夫人和拉福斯改编的巴西耳的《佩罗内拉》的故事均于1698年出版，但很难确定她们二人是否有过交流。目前，关于这两位作者，都没有足够的生平记载，因此我们无法确定她们见面的频率以及她们关系的确切性质。但是，这两位作者改编的故事存在着明显的联系。例如，拉福斯和多尔诺瓦都将女主人公的父母描绘成幸福的夫妻。在拉福斯的故事中，种植欧芹的花园似乎很难进入，它

[①] 源自《伊索寓言》中《老鼠开会》这个故事。
[②] 源自佩罗的《穿靴子的猫》这个故事。

的墙很高很高,因此女主人公的父亲无法进入。而多尔诺瓦夫人则夸大了这场景,由此似乎可以看出她十分熟悉她朋友写的故事:怀孕的女王派她的手下去四周被高墙围起、很难进入的花园里采摘水果,这些人带着梯子爬上高墙。然而,随着他们的攀爬,墙变得越来越高,很多人因此受伤致残,严重的甚至死了。这一场景可以解读为对拉福斯构想的仙女花园这一概念的滑稽演绎。然而,多尔诺瓦夫人遵循了巴西耳的故事设定,是母亲想要从仙女的花园中获得美食,因此与她达成了类似小说《浮士德》中的交易;而在拉福斯的故事中,则是丈夫与仙女进行谈判,帮助妻子得到了欧芹。

多尔诺瓦夫人对王后与仙女达成将公主嫁给她们选中的人这一交易后品尝珍贵水果的场景进行了夸张的演绎。首先,最年长的仙女"把手指放进嘴里,吹了三声口哨,然后大喊道:'杏子、水蜜桃、油桃、樱桃、李子、梨、甜瓜、葡萄、苹果、橙子、柠檬、醋栗、草莓、覆盆子,朝着我声音的方向跑来!'"[26]当这些水果滚滚而来,涌向仙女和怀孕的女王时,女王'想要满足自己一直以来的食欲,迫不及待地扑向这些水果,用手抓住最先涌向她的水果;她狼吞虎咽,吃得很撑了还勉强自己继续吃"。[27]光是享受和采摘这些水果就花了女王三天三夜的时间,然后她安排4 000头骡子驮着这些水果回到王国。在多尔诺瓦夫人的故事中,怀孕的王后对于仙女的水果有着汹涌澎湃又无法餍足的欲望,因此变得十分古怪。

多尔诺瓦夫人借鉴了巴西耳故事中的一些元素,设定让国王一开始拒绝将孩子交给仙女。而在拉福斯的故事中,在女主人公出生后,仙女立即将她带走了,对此父母毫无异议。在多尔诺瓦夫人的故事中,国王并没有参与和仙女之间的交易,在得知这一消息后,他愤怒地将怀孕的妻子锁在塔中,然后在女主人公出生后,他将女儿从塔中带出,拒绝将她交给仙女。但仙女派出一条龙来攻打国王的领土,国王因此不得不放弃自己的女儿。由此,这位父亲意识到妻子与仙女所达成的交易具有十分强大的力量,只好释放了王后,王后一开始也拒绝将女儿交给仙女,但是最后为了挽救国家,她不得不屈服。在巴西耳的故事中,母亲十分轻率地就将女儿抛弃了,送给了女妖,而多尔诺瓦夫人笔下的国王和王后则是被迫在国家利益和国民福祉与女儿的生命之间做出选择,他们的女儿命中注定要由仙女抚养成人,并且由仙女主宰着她与他人的婚姻,女主人公既充当了交换的象征,又成了牺牲品。

多尔诺瓦夫人的故事中的女主人公十分具有进取精神,这不免让人想起巴西耳的故事。有一天,住在塔里的公主看到了一位英俊的骑士,她十分开心地盯着他看,直到骑士回过头望向自己。而当公主再次见到骑士时,她注意到骑士似乎为了赢得她的芳心特意穿上了最好的衣服。她甚至偷偷用望远镜来欣赏帅气的骑士。原来,这位骑士是一个国家的国王,他通过公主养的鹦鹉送给了这位被困在塔中的公主一枚心形钻戒和他的照片。公主后来造了一个梯子,让国王爬进塔中。(在多尔诺瓦夫人的故事中,仙女们是骑着龙来见住在塔里的公主的,而不是通过她的头发攀爬上塔。)于是,在公主养的鹦鹉以及一只名叫涂涂(Toutou)的小狗的见证下,他们结婚了。但是,仙女们希望公主嫁给丑陋的侏儒米格内特(Migonnet)。当她们发现公主和国王在一起时,就派出那条曾经攻打公主家乡的恶龙瞬间将国王吞入腹中。女主人公万念俱灰,拒绝了仙女们安排的婚事,并因此被惩罚变成了一只白猫,她注定要一直以这种形态生活,直到遇到与被仙女们从身边夺走的丈夫长得一模一样的王子。这时她也终于知道了自己的过去,得知父母都去世了。与拉福斯的女主

The White Cat.—p. 465.

塔中的公主,出自约翰·吉尔伯特(John Gilbert)绘制插图、詹姆斯·罗宾逊·普朗什翻译的《多尔诺瓦夫人童话故事集》(*Fairy Tales by the Countess d'Anlnoy*,伦敦,1855)

人公不同,多尔诺瓦夫人笔下的白猫公主在故事中从未怀孕,就像巴西耳笔下的佩罗内拉一样。

在故事结尾处,多尔诺瓦夫人突出强调了白猫的力量。在她恢复人形并被介绍给王子的父亲后,她知道国王派三个儿子去执行任务的目的是转移他们对王位的争夺,她用略带讽刺的语调说道:"天哪……我不是来夺走你们如此宝贵的王位的;我生来就拥有六个王国,让我送给你一个,然后再给你其余的儿子每人一个。我只要三个王国就够了,而我所求的回报只是你们的友谊以及能够让这位年轻的王子成为我的配偶。"[28]在这个与《长发公主》和《穿靴子的猫》类似的故事中,女主人公依靠自己达成了一项新的交易:用三个王国交换王子(而不是像其他版本中,用水果换取公主的婚嫁权)。虽然白猫的母亲与仙女们最初的交易内容也是公主婚姻的处置权,但是在故事的结尾处是白猫公主自己安排了与王子的婚姻,并且王子没有属于自己的王国,权力不如妻子,而不是嫁给白猫的第一任丈夫——一位有权有势的国王。在巴西耳和拉福斯的故事中,女主人公的父母最终来到了王子父亲的王国,与她重新团聚;而在多尔诺瓦夫人的故事中,是王子最终来到了白猫公主独立统治的王国。而且,多尔诺瓦夫人的故事也与佩罗的《穿靴子的猫》有很大的不同。在佩罗的故事中,穿靴子的猫帮助男主人公获得了领地、与公主成婚并且在权力地位上得到了进一步的提升。而在多尔诺瓦夫人的故事中,女主人公拥有强大的地位,她帮助了那位权势不如自己的王子。后来,王子成了她自己的丈夫并且加入了她自己的王国。

多尔诺瓦夫人融合早期一些与猫有关的故事和巴西耳的《佩罗内拉》故事中的主题,创作了一个实力雄厚的女性统治者的复杂故事。与巴西耳的《佩罗内拉》和拉福斯的《佩里内特》一样,多尔诺瓦夫人在讲述女性孕中食欲的同时,也十分详细地描述了女性在包办婚姻方面缺乏主体性。正如我们前面试图将拉福斯故事中的幸福结局解读为她是在补偿自己的人生、提供给自己的人生另一种不一样的结局,我们也可以将白猫在安排自己婚姻时的主体性解读为多尔诺瓦夫人在重新构想自己人生故事的另一种结局,她将这种构想投射到了自己想象的世界中,在这个世界里,贵族妇女和公主对自己的未来拥有主动权。同时,多尔诺瓦夫人的故事也与佩罗的故事形成了鲜明对比,在佩罗的故事中,那只公猫是男主人公的助手,总是顺从他的想法。与之相反,多尔诺瓦夫人故事的母猫更多地是从恩人的角度而不是仆人的角度来帮助男主人公,而通过引入《长发公主》的背景故事,她进一步强化了白猫公主是主角而非配角这一点。

《白猫》可以被视为在探索性别规范和女性主体性的故事史上的一部代表作。而它的意义不止于此,她还通过愤怒的恶龙、无形的双手、飞翔的木马、斩首情节以及人物变身来在人们的脑海中引发一些天马行空、有时也令人大惊失色的视觉效果。正因为具有这些视觉效果,多尔诺瓦夫人的这个猫故事在19世纪时在英国和法国的舞台上上演了9次。正如大卫·布莱米尔斯(David Blamires)所指出的:"《白猫》在19世纪的流行并不局限于出版物。早在1811年,这个故事就被改编成了舞台剧。当时,有一部新的喜剧性童话剧,名为《白猫》[又叫《仙林中的哈勒昆》("Harlequin in the Fairy Wood")],在皇家兰心剧院上演。"[29]1811年12月23日,德鲁里巷(Drury Lane)上演了这部新剧,正如詹姆斯·科尔比(James Kirby)在预告片标题页里所写的那样,这部剧显然"获得了观众的无限掌声"。后来这个故事还被改编成了多部喜剧,其中最著名的就是詹姆斯·罗宾森·普朗什于1842年制作的童话娱乐剧以及龚古尔兄弟于1852年制作的童话舞台剧。

英国童话剧《白猫》

英国圣诞童话剧起源于意大利的即兴喜剧（commedia dell'arte）和18世纪时英国的滑稽表演（harlequinade），到19世纪中叶，圣诞童话剧已经发展成为独树一帜、颇受欢迎的戏剧形式。[30]和意大利即兴喜剧一样，英国滑稽表演的故事也围绕着固定角色哈勒昆（Harlequin）和柯伦宾（Columbine）展开，这对恋人的计划遭到了柯伦宾贪婪的父亲潘塔隆（Pantaloon）的阻挠，他试图拆散他们，整个表演呈现的是喜剧的效果。杰弗里·理查兹（Jeffrey Richards）认为标准的滑稽表演情节是这样的："一对年轻恋人在机灵的仆人的帮助下，阻止了父亲或监护人将女主人公嫁给富有但年老的男人的计划。"[31]滑稽表演可以采用戏剧或戏剧场景的形式，在滑稽表演内容方面，早期的童话剧包含的内容要比19世纪后期多。《白猫》的戏剧版改编过程也遵循了这样的一个倾向。与19世纪后期普朗什的作品相比，科尔比早期创作的作品与滑稽剧的内容关系更为密切。

根据科尔比出版的简介，我们可以认为他所制作的圣诞童话剧《白猫》一开始确实是根据多尔诺瓦夫人的童话故事改编的，但是很快这个故事就变成了滑稽表演类的故事，让哈勒昆和潘塔隆等这些模板角色通过魔法取代了原来童话中的角色。故事情节经过了高度简化，一开始，帕拉多尔王子（Prince Paladore）在一场暴风雨中发现了一座由龙守卫的城堡，将其杀死，进入了城堡，发现原来这里正在举办许多猫出席的沙龙活动,这场活动的领头人就是白猫。而在这个故事中,白猫告诉王子自己的真实身份其实是仙女阿伯瑞拉(Arborella),他必须砍下自己和其他朝臣的头颅帮助她们恢复原形。如果他这样做了,她会在他战胜敌人后奖励他"无与伦比的美貌"。然后,她把王子变成了哈勒昆,并且给了他一把魔法剑。于是变成了哈勒昆的王子前往托比爵士(Sir Toby)的住所。托比爵士十分希望能够将自己的女儿柯伦宾嫁给富有的迪奥尼修斯·达泽尔(Dionisius Dazzle),然而柯伦宾十分讨厌这桩婚事,并且也更喜欢哈勒昆。这时,阿伯瑞拉出现,指责了托比爵士贪得无厌的个性,然后将托比爵士变成潘塔隆,也就是即兴喜剧和滑稽表演中柯伦宾那贪婪的父亲,还让女主人公拒绝了达泽尔。于是整部圣诞童话剧以这对恋人的幸福结合以及一场盛大的芭蕾舞表演结束了。

实际上,为了融入滑稽表演的故事结构,多尔瓦诺的童话故事被改编到了最简单的程度。科尔比借用了她故事中的龙这一元素,但是故事背景是完全不同的主题:这只龙守卫的是猫居住的城堡而不是少女居住的塔楼。科尔比保留了斩首的情节,但是白猫成了帮助男主人公的仙女而非他的妻子。之后,帕拉多尔王子变成了哈勒昆,去寻找他的柯伦宾。男主人公的对手并不是一个丑陋但强大的矮人,而是一个富有但令人厌恶(至少对柯伦宾来说)且比柯伦宾大很多的男人。在这部戏剧改编作品中,多尔诺瓦夫人的故事只是为其提供了前情提要。

因其芭蕾舞作品《吉赛尔》(*Giselle*,1841)而闻名的作曲家阿道夫·亚当[①]可能曾在1830年将科尔比的这出圣诞童话剧改编成了

---

① 阿道夫·亚当(1803—1856),法国浪漫主义时期作曲家、音乐评论家。

法国舞台剧。亚当曾在《音乐家的回忆》(Souvenirs d'un musicien, 1857)一书中这样写道:"我曾与作曲家卡西米尔·纪德[①]合作,为新奇剧场(Theatre des Nouveautes)给英国圣诞童话剧《白猫》编写了音乐。"[32]在这部圣诞童话剧正式首演前,亚当曾描述过一场在圣克卢(Saint-Cloud)为法国年轻的男性王室成员举行的圣诞童话剧表演,他们"都深深着迷于哈勒昆和潘塔隆交替进行的精彩踢腿动作"。[33]亚当与伦敦剧院有一定的渊源。他的妻子是巴黎女演员萨拉·莱斯科特(Sara Lescot),也就是皮埃尔·弗朗索瓦·拉波特(Pierre François Laporte)的妹妹,萨拉曾在1828年到1831年以及1833年到1841年期间在干草市场剧院(Haymarket theatre)担任演员和经理,也曾在1832年到1833年在伦敦科芬园皇家歌剧院(Covent Garden)担任演员和经理。在菲利普·H.博尔顿(Philip H. Bolton)的记录中,普朗什于1842年创作了广受欢迎且更忠于原著的舞台剧作品《白猫公主:一场盛大的喜剧,集浪漫、歌剧、情节剧于一体的童话娱乐剧》(The White Cat: A Grand Comic, Romantic, Operatic, Melo-Dramatic Fairy Extravaganza),而在此之前,则只有科尔比根据《白猫》改编的英国舞台剧,因此亚当很有可能参与了科尔比的改编工作。[34]

另一个《白猫》的滑稽表演版本是由托马斯·朗登·格林伍德(Thomas Longden Greenwood)所执导的,名为《哈勒昆的快乐新年,白猫和国王以及他的三个儿子》(Harlequin and a Happy New Year! or, The White Cat and the King and His Three Sons),于1846年在萨德勒之井剧院[②]上演。在这部剧中,白猫的故事融入了另一个故事

---

① 卡西米尔·纪德(Casimir Gide,1804—1868),19世纪法国作曲家和出版商。
② 萨德勒之井剧院(Sadler's Wells Theatre),英国伦敦克拉肯威尔的一座剧院。

中，该故事将1846年这一年拟人化了，时间之神送走了这一年，又迎来了新的一年。接着，1847年出场了，并告诉观众邦奇女士（Dame Bunch，即收录了多尔诺瓦夫人故事的《邦奇妈妈》那本书）将在新年活动中"伸出援手"。接下来是情节高度缩短版的《白猫》：福尔莫索王子（Prince Formoso）和他的侍从进入了白猫的城堡及宫殿；顺着举着火把照亮前路的双手的指引，他们进入了宫殿，福尔莫索王子见到了白猫，随后便被要求用斧头砍下她的头和尾巴；王子照做了，然后带着公主回到了父亲的王国。在这部童话舞台剧的结尾，福尔莫索变成了哈勒昆，白猫变成了柯伦宾，国王变成了潘塔隆，侍从则变成了小丑。在这部改编作品中，很少有歌曲出现，全程没有任何对话，而将重点放在了舞蹈、闹剧和场景上。三位王子之间彼此竞争的故事背景只在最后结尾处快速简要地提了一下，随后便是全体角色都变身成了哈勒昆中的人物，而且大部分情节都没有解释，这说明这部圣诞童话剧的观众已经十分熟悉《白猫》这个故事了，因此可以很自然地理解剧中故事的引用之处。

从科尔比和格林伍德到普朗什，我们见证了19世纪中期圣诞童话剧是如何变成逐渐拥有自己特色的戏剧形式的，这使之区别于即兴喜剧和滑稽表演。造成这种变化的原因多种多样，比如维多利亚时代出现的新社会习俗。[35]普朗什将他的戏剧称为"童话娱乐剧"，使其区别于传统的圣诞童话剧，但是同时他的作品不可避免地从其发展而来。与多尔诺瓦夫人的故事一样，普朗什的童话娱乐剧的后续所有情节都始于国王（这里王国的名字是"很久很久以前·没关系"①）

---

① 此处原文是"King Wunsuponatyme of Neverminditsnamia, Wunsuponatyme"是英语"很久很久以前"（once upon a time）的谐音，Never mind it意思是"没关系"。

在三个儿子帕拉贡王子(Prince Paragon)、普雷舍斯王子(Prince Precious)和普莱西德王子(Prince Placid)之间安排了一场比赛,看谁能最先找到最漂亮的迷你犬、能穿过针眼的精致布料、世上最美丽的公主。而普朗什为国王派三个儿子去完成这些任务创造了一个更强有力的逻辑:这三个儿子是三胞胎,没有谁是长子之说,因此需要这样的测试。另外普朗什还创造了金戈(Jingo)这一角色,作为帕拉贡王子的仆人和跟班,这则体现了早期即兴喜剧和滑稽表演的内容。

在帕拉贡王子和金戈来到白猫与世隔绝的宫殿之前,颇有喜剧效果的一点是,金戈本身十分害怕猫。这点在多尔诺瓦夫人的故事中也有体现,而普朗什则通过加入引导王子和金戈进入白猫公主城堡的那双无形的手来突出体现这一点。金戈说道:"我们遇到的这双手可真友好啊。"对此,帕拉贡王子打趣地说道:"是啊,这双手显然对我们很好呢。"[36]当他们进入城堡后,金戈发现自己莫名被一双柔软的手所吸引,他猜测这双手属于某种"长相好看"的生物,而此时正与白猫一起用餐的帕拉贡王子,发现她爪子上戴着一幅小画像。白猫将王子想要得到的小狗给了他的父亲,当帕拉贡王子和金戈回到白猫的城堡时,金戈向那双手求了婚,最终成功与之结婚。而白猫则向帕拉贡王子解释说,他必须砍掉自己的头和尾巴才能拯救她,王子也按她的话去做了。因此,卡塔琳娜[①](Catarina)公主得以解脱猫的形态,而金戈发现自己握着卡塔琳娜的侍女帕尔米拉(Palmyra)[②]的手。于是卡塔琳娜讲述了自己的故事,这里大幅度精简了原书的

---

① 卡塔琳娜的英文原文为"Catrina",前三个字母"Cat"是"猫"的意思,与她猫的形态相呼应。
② 帕尔米拉的英文原文为"Palmyra",前四个字母"Palm"是"手掌"的意思,与她手的形态相呼应。

内容:她的父亲是一位国王,去世后将她交给了一位老仙女,这位仙女打算将她嫁给一个"邪恶的侏儒"。卡塔琳娜和帕尔米拉两个一起杀死了向自己求爱的王子,然后卡塔琳娜变成了猫,帕尔米拉则变成了手。卡塔琳娜建议帕拉贡王子通过"仙女铁路"(fairy railroad)乘火车回到领地。故事的发展不是让白猫公主送给王子的父亲和兄弟每人一个王国,而是让帕拉贡对他的父亲说:"伟大的陛下,我不再渴求获得您的王冠,我将继承她父亲的王位。"[37]结尾处还引用了《穿靴子的猫》:"来吧,让我们一起来跳舞唱歌,/当所有城市的钟声响起时,/一切都长长久久!/我们穿着靴子的'白猫'也将幸福常伴!"[38]

为了适应童话娱乐剧这一类型戏剧的内容,普朗什对原作做了一些有趣的改编,比如加入金戈这一人物。他还对多尔诺瓦夫人故事中体现的阶级和性别角色加以改动,以让19世纪时期的英国观众更易接受。普朗什认为,《白猫》这部童话娱乐剧最成功的一点在于:

> 非常巧妙地表现了故事中描述的那双没有身体的手。在整部剧中,这双手一直存在,举起火炬,移下椅子,以最自然、优雅的方式执行着各种命令,而观众却察觉不到它是怎么做到的,效果既精妙绝伦又令人称奇。这无疑是那位无与伦比的机械师W.布拉德韦尔先生(Mr. W. Bradwell)的杰作。[39]

在这个故事中,无形的手代表的是仆人阶级,在早期现代等级分明的社会中处处都是他们的身影,但是许多贵族却意识不到他们的存在,只认为他们是用来实现各种功能的罢了。[40]而普朗什的童话娱乐剧则再次展现了仆人阶级这种不为人所意识到的特性,场面令人印象十分深刻,又通过让处于社会更低阶层的金戈爱上那双手来对这一点提出挑战和质疑。金戈冥冥中察觉到自己娶的并不是一个无足轻重的人("我娶了一个无足轻重的人,会把她介绍给你们认识"),而是在看到过许多变身事件后,意识到自己娶的是个有名有姓的人物("毕竟,我已经娶了一位人物")。[41]金戈十分戏剧化地爱上了那双手,并且以肉眼可见的方式给观众以震撼人心的效果,这一切都表现出了手身上蕴含的"人性"以及他们的主体性(表现为自己愿意嫁给他),由此对多尔诺瓦夫人故事中表现的仆人阶级的隐形化和客体化提出了挑战。在法国大革命爆发前的欧洲,普朗什的圣诞童话剧和童话娱乐剧吸引了各个阶层的人前来观看。他对多尔诺瓦夫人故事中表现出的固化的社会结构进行了嘲弄和削弱。这种类型的喜剧本身就要求做到这点。

当谈到性别这一议题时,情况就变得更加复杂了。一方面,普朗什删除了类似夏娃被美味的水果所诱惑这一情节,而是选择像多尔诺瓦夫人的故事一样将公主设定成被仙女抚养的孤儿身份,而在婚事上,仙女并不遵循公主的意愿。因此,无论是母亲和父亲都不需要对此负责。另一方面,他似乎有意恢复了父权制。在多尔诺瓦夫人的故事中,女主人公是将王国送给了王子的父亲,而在普朗什的作品中,帕拉贡王子说道:"我将继承她父亲的王位。"宣称自己将获得卡塔琳娜的领地,似乎他才是真正的继承人。因此,多尔诺瓦夫人故事中白猫的最高统治权在普朗什的版本中似乎被削弱了。

然而,当发现帕拉贡王子是由著名女演员路西亚·维斯德丽[①]所

[①] 路西亚·维斯德丽(Lucia Vestris, 1797—1856),英国女演员和女低音歌剧演唱家,曾出演莫扎特和罗西尼等人的作品。

扮演、另外两位王子的演员也都是女性时,这代表什么呢? 在英国圣诞童话剧和童话娱乐剧中,由女演员扮演男主人公的情况确实很常见,维斯德丽是这些女演员中最出名的。[42]她曾于1820年出演《伦敦的乔瓦尼》(Giovanni in London)的主人公,被认为是"世界上最美丽、最有魅力的女性之一";同时她"强大、自信、独立,在后来的职业生涯中成了一名成功的剧院经理,突破了传统的男性界限"。[43]当维斯德丽于1842年出演《白猫》时,她已经担任过奥林匹克剧院(Olympic Theater)的经理,并且正在负责伦敦科芬园皇家歌剧院的经营。由维斯德丽这样一位著名演员和剧院经理来扮演帕拉贡,观众很可能从这个角色背后看到一位成功的独立女性形象。男主人公的形象模糊,超越并挑战了性别界限,兼具女性化和男性化特征。女性化特征体现为剧中有一首民谣专门赞美了维斯德丽的双腿,而男性化特征则体现为她还在舞台上展示了男性般的勇敢举止。以维斯德丽为代表的这类男主人公演员挑战了性别规范。在看完这部童话娱乐剧的第一幕,当我们带着维斯德丽所扮演的帕拉贡王子形象重新解读结尾时,会发现结局并不像表面看起来那样具有父权制色彩。

普朗什创作的《白猫》在19世纪40年代于伦敦、巴斯和纽约等多地上演。[44]这个故事随着F.C.柏南德①在1970年创作的《白猫公主! 拉迪·达迪王子与魅力四射的罗塞塔: 童话滑稽大剧》(The White Cat! of Prince Lardi-Dardi and the Radiant Rosetta: A Fairy Burlesque Extravaganza)在英国再次焕发出活力。这部剧版改编作品以塔中少女罗塞塔公主(Princess Rosetta)正在被拉迪·达迪王子(Prince Lardi-Dardi)求婚开头,王子还带来了他的随从。柏南德

---

① F.C.柏南德(F. C. Burnand,1836—1917),英国喜剧作家和剧作家。

重新加入了之前剧版中省略的多尔诺瓦夫人故事中的细节，比如在塔中陪伴她的小狗和鹦鹉。拉迪·达迪得知罗塞塔被仙女龙兰特（Dragonetta）关在宫殿里["龙兰特"这个名字是融合多尔诺瓦夫人故事中的仙女薇奥兰特（Violente）和执行她命令的龙（Dragon）而成的。]龙兰特计划将公主嫁给地精国王驼背老翁（Humpi Dumpi）。拉迪·达迪王子则计划通过罗塞塔的鹦鹉给他的仙女教母寄一张明信片，请求她的帮助。在等待仙女教母时，拉迪·达迪王子和他的随从在舞台上抽烟，拉迪·达迪这样唱道："我和我的朋友们／喝茶时／总喜欢吸一支香烟，一支香烟／如果你想要一个可以一边抽烟／一边做爱的男人——那就是我。"[45]当他们抽烟时，仙女龙兰特走近，她模仿《巨人杀手杰克》（"Jack the Giant Killer"）中的著名台词说道："Fee, fi, fo, fum①！我想我闻到了一股气味，是一种香味——fee, fi, fo, fum——我真的闻到了"。[46]在这里，她闻到的不是英国人的味道，而是香烟的味道。梦幻谷（Dreamy Dell）的仙女皇后带着其他仙女一起出现，为了拉迪·达迪王子免受龙兰特的怒气影响，便让他沉睡了100年（也就是让他成了男版睡美人），而龙兰特则将罗塞塔和她的朋友们变成了猫。

下一个场景发生在100年以后，当时汉迪·丹迪（Handy-Dandies）国的国王是多德·都德（Dawdle the Doddler②），他担心拉迪·达迪王子醒来后会将王国抢回去。而他的继子达帕王子（Prince Dapper）以及他与第一任妻子所生的儿子斯普赖蒂王子（Prince Sprightly）二人都想要继承王位。当拉迪·达迪王子沉睡了

---

① "Fee, fi, fo, fum"，在《巨人杀手杰克》中，双头巨人桑达戴尔听到亲戚被杀时哼唱的曲调，出自英国童话《杰克与魔豆》（"Jack and the Beanstalk"）。
② 在英语中，"Dawdle"意为"游手好闲"，"Doddle"意为"轻而易举"。

100年后醒来时,也宣称王国是属于他的。由此,柏兰德创造了三兄弟执行任务背后的新动机:为了解决这两个同父异母的兄弟以及拉迪·达迪王子三方之间的竞争关系。不出所料,拉迪·达迪王子最终来到了"卡茨城堡"(Katz Kastle,这一次是在外出狩猎时被猫掳走),在那里遇到了美丽的白猫,白猫助他获得了一只小到可以放进坚果的小狗以及最可爱的公主。白猫跟拉迪·达迪王子讲了自己的故事,表明自己就是罗塞塔,并要求王子砍掉她的头和尾巴。这时,梦幻谷仙女皇后说起了《爱丽丝梦游仙境》(1865)中的台词:"砍掉她的头",在她的怂恿下,王子挥舞了两下。此时舞台变暗,戏剧迅速转入罗塞塔和拉迪·达迪结合的幸福结局。罗塞塔唱道:"这是一个老酒装新瓶的故事。我们希望它跟以往的作品一样优秀。"[47]

这部剧中充满了双关语和妙语。法语中"先生"一词"Mounseer"写成了"Monsieur";英语中"假装"(pretending)和"劝说"(persuasive)两个词的前缀都改成了"purr",似乎在模仿"咕噜咕噜"的声音;波比(Bobbi)和麦克塔比(McTabby)小姐跳了双人舞;提到了路易十四;拉迪·达迪王子讽刺地将猫称作"狡猾的狗"。原作是法国作者创作的,但柏南德在改编这个故事时,致敬了多部英国作品,比如《巨人杀手杰克》《爱丽丝梦游仙境》和莎士比亚的作品(仙女皇后说道:"结局好一切都好。"①),为这部戏剧注入了英国风味。

有趣的是,柏南德在这个故事里让王子成了睡美人。虽然结局部分让拉迪·达迪王子拥有了统治权,但是当拉迪·达迪王子接近卡茨城堡时,白猫禁止其他猫扑向他,展示了她的权威。就像普朗什

---

① 此处原文是"All's well that ends well",即莎士比亚作品《终身眷属》的英文名。

的童话娱乐剧一样，在这个版本中，罗塞塔也没有土地，然而性别问题变得比文本本身所表现出的还要更加复杂，因为拉迪·达迪王子和他的随从都是由女性扮演的，王子的扮演者是著名女演员兼剧院经理艾米丽·福勒（Emily Fowler）。

柏南德在结尾拉迪·达迪王子及其随从在舞台上吸烟这个幽默而又不符合当时世俗常规的场景中讨论了性别问题，尤其是通过王子吸烟时所唱的歌以及龙兰特对此的反应加以强调，使观众的注意力重新放在了这些吸烟的人物身上。在维多利亚时代的英国，对女性而言，在公共场合吸烟是十分不合规矩的，但对男性而言，这却是一种得到社会认可甚至是不可或缺的男性气质。在19世纪的漫画家将吸烟的女性描绘成"丑陋和不道德的"形象的同时，吸烟却是"男性彼此结交的一个重要方式"，男女隔离的吸烟室就是一个典型代表。[48]柏南德的《白猫公主！》通过让女性扮成男人在舞台上以及公共场合吸烟，嘲讽了社会禁止女性吸烟这一规定，从而挑战了维多利亚时代的性别规范。

在19世纪的大部分时间里，多尔诺瓦夫人的法语作品都对英国戏剧界产生着影响力，其中《白猫》这部作品又从对岸英吉利海峡传了回来，由亚当和纪德改编为一部巴黎舞台剧。在所有登上英国舞台的戏剧改编作品中，普朗什的童话娱乐剧是最为成功的，龚古尔兄弟的法语改编版《白猫》（1852）也在长达20多年的时间里受到巴黎人的喜爱。柏南德有可能十分熟悉法国戏剧，可能有受到其开启故事方式的影响，但是柏南德作品中的大部分内容都是较为独立的。而理查德·苏塔尔（Richard Soutar）还将这部颇受赞誉的法国童话舞台剧进行改编，搬上了英国的舞台，这足以证明其影响力之广。

童话剧之最——《白猫》

龚古尔兄弟在19世纪于巴黎创作了许多广受欢迎的童话舞台剧,其中热度最高的要数1852年首次上演的《白猫》。《费加罗报》[①]曾这样报道,1875年上演的这部童话剧是"《白猫》在巴黎欢乐剧院(Theatre Gaîté)的第486场演出"。另外,这部剧也经常在巴黎其他颇受观众欢迎的地点上演。[49]当这部剧在国家马戏团大剧院(Cirque-National theatre)首次上演时,泰奥菲尔·戈蒂耶[②]曾在《巴黎评论》[③]中盛赞这部童话剧,认为它远远超越了龚古尔兄弟的其他流行剧作:"我们只能说,《白猫》超越了迄今为止我们所知的所有精彩作品。"[50]查尔斯·蒙瑟莱[④]在周刊《世界画报》[⑤]上撰文,将1869年在夏特莱剧院(Théâtre du Chatelet)看到的那部戏剧描述为"奢华程度足以震撼人心",从这个评论中我们可以看出童话剧《白猫》在19世纪的巴黎文化中具有持续的影响力。

> 你也许认为,总是一样的芭蕾舞,总是一样的装潢……总是一样的裸体女郎悬挂在半空中,总是一样的国王说着一样的俏皮话,总是一样的仙女用一样的金杖吟唱着一样的咒语,总是一

[①] 《费加罗报》(Le Figaro)是法国的综合性日报,也是法国国内发行量最大的报纸。
[②] 泰奥菲尔·戈蒂耶(Théophile Gautier,1811—1872),法国19世纪重要的诗人、小说家、戏剧家和文艺批评家。
[③] 《巴黎评论》(Revue de Paris),季刊类的英语文学杂志。其中,"作家访谈"这个版面最受人们欢迎,并逐渐演变成了杂志中最具特色的一部分。
[④] 查尔斯·蒙瑟莱(Charles Monselet,1825—1888),法国记者、小说家、诗人和剧作家。
[⑤] 《世界画报》(Le Monde illustré),19世纪法国最负盛名的新闻画刊杂志,自1857年起刊行,为周刊。

样的胆小鬼侍从,总是一样的魔鬼在跳跃。[51]

……但是你知道我想说什么吗？观众并不总是相同的；观众会有变化。就在我目瞪口呆的那些时刻,我的儿子,还有你的儿子,也都目瞪口呆地看着台上。

在夏特莱剧院于1887年上映龚古尔兄弟制作的《白猫》时,《戏剧艺术评论》(*Revue d'art dramatique*)一书以惊叹的语调描述了舞台用真实的流水重现河流的过程："他们简直像是将塞纳河改了道,使它穿过夏特莱剧院的舞台。"[52]这部戏剧直到20世纪初依旧能够撩拨观众兴奋的神经。1908年,即在《白猫》首演50多年后,记者兼评论家弗朗西斯·切瓦苏(Francis Chevassu)称《白猫》"不是一部戏剧,而是一个象征……它不断自我更新,吸收其他相似作品的精华,逐渐成为独树一帜又堪称经典的童话剧"。[53]

这部精妙绝伦的童话剧的一大特色是让时尚歌手泰雷莎(Thérésa)扮演皮尔丽特(Pierrette)一角,其与它所取材的多尔诺瓦夫人的童话故事一样具有巴洛克风格。与英国圣诞童话剧类似的是,法国童话舞台剧中也穿插着歌曲、舞蹈和表演,用玛丽-弗朗索瓦丝·克里斯图特(Marie-Françoise Christout)的话来说就是为了"让观众充满惊奇"。[54]由于使用了精心制作的机器和豪华的舞台道具,童话剧创造出的想象空间,"使人能够脱离现实的逻辑",在这些剧中"鱼儿跳着加沃特舞①,小屋突然变成了地狱或宫殿"。[55]戈蒂耶在评论龚古尔兄弟于1845制作的歌舞杂耍童话剧《林中小鹿》(*La Biche au bois*)时,非常津津有味地描述了剧中梦幻般的世界,并对鱼王国

---

① 加沃特舞(gavotte),一种古老的法国宫廷舞。

在龚古尔兄弟的《白猫》中扮演国王米格内特的演员克劳迪斯先生（M. Claudius），出自《费加罗报》（1908年11月5日）

以及蘑菇和韭菜跳着波尔卡舞这两个场景大加赞赏，他认为鱼王国是"最具巴洛克风格的幻想场景"。[56]

通过这些对童话剧中盛大壮阔空间的描述，我们得以窥见舞台上那变幻莫测的世界，在那里，现实世界和幻想世界怪异地同时存在着，比如小屋和宫殿、鱼王国和人类王国，并且随着主人公的情节发展互相流动，而主人公自己也会在剧中变身成其他样子，方式多种多样，有时是通过穿越幻想空间。在《白猫》中，女主人公布兰切特（Blanchette）变成了一名骑士，后来又变成了一只猫；王子皮姆庞多（Pimpondor）在总共三幕戏的剧中有两幕都在扮演塔中少女的角色；口齿不清、只会说方言的农民佩蒂帕塔彭（Petitpatapon）变成了一位口才绝佳甚至有些势利的乡绅；农民皮尔丽特在穿过宝石王国和海洋王国与她的真爱佩蒂帕塔彭在一起时，变成了一块次等宝石，后来又变成了一只虾。[57]

龚古尔兄弟创作的童话剧《白猫》将多尔诺瓦夫人的两篇故事《白猫》和《美人贝儿，骑士福图纳》结合在了一起，在这两篇故事中，女主人公都变身成了其他样态，在《白猫》中，女主人公从公主变成了猫，而在《美人贝儿》中，则从贵妇变成了骑士。龚古尔兄弟在童话剧《白猫》中按时间顺序重新组织了多尔诺瓦夫人的《白猫》的故事线（原作的故事不是线性发展的），并且穿插进了《美人贝儿》这个少女战士故事。这部童话剧以多尔诺瓦夫人故事的背景为开场：仙女薇奥兰特将女主人公布兰切特囚禁在一栋坐落在海中巨石上的城堡中。布兰切特与世隔绝是因为人们无法接近岩石，而不是因为无法进入塔楼，但是我们不知道布兰切特是如何陷入这种境地的。正如多尔诺瓦夫人的故事一样，薇奥兰特打算将布兰切特嫁给邪恶丑陋的矮人国王米格内特。薇奥兰特试图向布兰切特保证，尽管她未来的配偶可能并不英俊（此时布兰切特还从未见过男人），但他会让她成为一位强大的女王。但是，就像原作一样，女主人公遇到了一位英俊的王子皮姆庞多［皮姆庞多是被海水冲上岸的，与多尔诺瓦夫人的故事《蜜蜂和橙树》中的王子艾姆（Aime）一样］，并立即被他吸引。米格内特来迎娶布兰切特时，遭到了拒绝，薇奥兰特则谴责她的叛逆精神。最初，在这部童话中，皮姆庞多扮演的是一位骑士，他试图保护心爱之人免于一场不公正的婚姻，但他被米格内特绑架,遭到囚禁,米格内特还掠夺了他的父亲马塔帕国王(King Matapa,这是多尔诺瓦大人的《美女与野兽》故事中邪恶皇帝的名字)的王国。与此同时,薇奥兰特将布兰切特扔进了海里[让人想起多尔诺瓦夫人的《玫瑰公主》("The Princess Rosette")中的类似场景]。

布兰切特幸存下来,被一户姓钱登特(Chiendents)的农民家庭所收留,这家人后来让布兰切特负责牧羊。然而,他们最终拒绝继续收留她,因为他们的女儿皮尔丽特的未婚夫佩蒂帕塔彭爱上了她。布兰切特随后遇到了善良的石楠花仙女(la fée de la bruyère),这位仙女将布兰切特变成了骑士菲德尔(Fidele),帮助他营救皮姆庞多王子并拯救其父马塔帕的王国。后来,当佩蒂帕塔彭遇到菲德尔时,他以为自己爱上了一个男人。菲德尔要求佩蒂帕塔彭成为他的侍从,佩蒂帕塔彭同意了,菲德尔同时请求仙女赐予自己能说会道的能力,以符合其现在所处的社会阶级,仙女答应了。两人踏上旅程,寻找他们的"非凡伙伴",来帮助他们拯救王子和马塔帕的王国。在找到强脊(Forte-Echine)、裂风(Fend-l'Air)、灵耳(Fine-Oreille)、酒鬼(Trinquefort)、贪吃鬼(Bouffelaballe)和旋风(Bourrasque)[1]这几位伙伴后,菲德尔和佩蒂帕塔彭还需要一件神奇的东西来帮助他们,那就是一枚蓝宝石戒指,他们在宝石王国找到了。在朋友的帮助下,菲德尔带着马塔帕国家的财富回来找到了这位国王,并释放了王子。然而,薇奥兰特再次出现,将菲德尔也就是布兰切特变成了一个猫头女人,并把她隔离在另一座城堡里。因此,皮姆庞多王子和佩蒂帕塔

---

[1] 此处几位伙伴的名字分别对应"Strong Spire""Air Splitter""Keen Eav""Drink-a-lot""Bail-Eater"和"Burst of Wind",均使用了谐音的双关语,文中所译为其英文原名对应的谐音意思。

彭需要开始第二次探索,最终他们救出了布兰切特和皮尔丽特。从某种程度上来说,这部戏让大部分时间被关在监狱里的皮姆庞多扮演了塔中少女的角色,而菲德尔/布兰切特则在超过一半的剧情中扮演了主动展开行动的男主人公的角色。[58]

这样简要概述情节无法充分展现这部童话剧的复杂程度,整部剧中充满了各种各样的文字游戏和滑稽表演,还有各种舞蹈和音乐。这部童话剧可以视为对多尔诺瓦夫人本人的致敬,也是对多尔诺瓦夫人给同时代童话故事所造成的影响的致敬,这部剧中引用的多尔诺瓦夫人的故事除了两篇主要故事《白猫》和《美人贝儿》外,还引用了《蜜蜂和橙树》《野猪王子》和《玫瑰公主》。与多尔诺瓦夫人一样,龚古尔兄弟在许多方面都打破了性别等级制,将女性角色定位为与男性角色一样有能力的形象,有时甚至还超过了男性。他们进一步挑战了固有的社会阶级观念,尤其是通过佩蒂帕塔彭这一阶级等级制的表演性和任意性的角色。

他(即菲德尔,在布兰切特变身后指代其都用了这个男性指示代词)就像中世纪时期的骑士一样忠诚勇敢,毫不犹豫地从邪恶的米格内特手中救了皮姆庞多,途中还救了很多人。在石楠花仙子送给他一箱奢华的衣服后,男主人公(亦可称女主人公)找到了国王马塔帕,为此时贫穷的国王和王后提供了与他们身份相符的衣服,并发誓他会解救皮姆庞多并归还他们王国的财富。当前往宝石王国寻找神奇的蓝宝石戒指时,菲德尔发现有人在密谋推翻宝石王国,也因此帮助挽救了这个国家。马塔帕向菲德尔提出了第一项任务,即让菲德尔和他的手下吃光自己在中央广场上收集的所有食物,贪吃鬼轻而易举地做到了。于是菲德尔开始了他的第二项任务:杀死一只正在米格内特的王国内肆虐的恶龙。在执行任务的路上,他看到了许多大理石雕像,他发现这些雕像原来是许多公主,是米格内特将拒绝与他成婚的公主变形成了这样。菲德尔用魔戒拯救了这些自己本可能与之走上相同命运的女人,魔戒可以帮助主人解除任何魔法。就像多尔诺瓦夫人的《美女与野兽》一样,菲德尔在这里战胜了恶龙,夺回了米格内特从马塔帕那里偷走的宝藏,并最终解救了王子。这时,仙女薇奥兰特再次出现,大团圆的结局只好推迟,将多尔诺瓦夫人《白猫》中另一章内容插入故事中。

这部剧中的白马王子皮姆庞多体现了不完美的男性气质,在整部剧中,布兰切特从牧羊女转变为探险骑士的这段时间,他一直被关在米格内特城堡中的一个地牢里。就像迪士尼电影中的公主一样,他等待着被拯救,希望能回报拯救他的人。另外,他也缺乏我们在布兰切特/菲德尔身上看到的勇气,后者愿意牺牲一切来拯救皮姆庞多。在牢房里,皮姆庞多哀叹道:"哦,布兰切特!我不是在责备你,但认识你让我付出了沉重的代价。"[59]而拯救王子的人确实是菲德尔/布兰切特,这一点很明确,菲德尔自己也说了:

> 皮姆庞多:你是谁……年轻的骑士?噢,这些特质……还有我刚才听到的这些话……我在做梦吗?
> 菲德尔:亲爱的王子,不……在你面前的是布兰切特。
> 皮姆庞多:布兰切特!……就是她!
> 菲德尔:我来救你了……但是我们快走吧,快走,还有千百种危险在等着你……我们可能想都想不到。[60]

菲德尔成功救出了皮姆庞多,并归还了马塔帕王国的财富。推迟大团圆结局的是一位女性角色,而不是男性角色,即仙女薇奥兰特,她给布兰切特安上了猫头,并把她送到一座与世隔绝的城堡。而在这个情节中,皮姆庞多仍然表现得缺乏骑士精神。当布兰切特被带走时,马塔帕试图说服他的儿子,告诉儿子布兰切特已经死了,试图找到她是毫无意义的。皮姆庞多有些动摇了,直到石楠花仙女出现并责骂他这么快就忘记了布兰切特时,他才开始寻找。

在龚古尔兄弟的童话剧中,布兰切特和后来的皮尔丽特不是从头到脚都变成了猫;她们有着人类的身体和猫的头。在多尔诺瓦夫人的故事中,女主人公虽然看起来像猫,但是说话和行为与人类十分相像,而龚古尔兄弟故事中的女主人公则只会发出呼噜声和喵喵声,看起来半人半猫,效果十分滑稽。佩蒂帕塔彭观察到皮尔丽特的眼睛一直死死盯着老鼠,而布兰切特则像猫一样,十分喜欢玩弄皮姆庞多帽子上的羽毛。多尔诺瓦夫人故事中的白猫虽然外表跟猫一模一样,但是行为举止却像人类中的女王,而龚古尔兄弟则让布兰切特和皮尔丽特在外表上不那么像猫,但是行为上更接近猫,十分有趣。

在对多尔诺瓦夫人的故事进行复杂的戏剧化改编时,龚古尔兄弟用两集剧情构建起了整个故事框架。他们的这部剧作在法国取得了巨大的成功,在长达数十年的时间里广受欢迎,在1888年还被载入了摄影史。法国摄影师乔治·巴拉尼[①]在沙特莱剧院的室内舞台拍摄了一批童话剧《白猫》的剧照。在法国《自然》(*Le Nature*)杂志报道这项创新的摄影技术时,乔治·马雷沙尔(Georges Mareschal)表示它将对摄影史的未来和记录戏剧历史产生重要的影响,而这段历史就是从龚古尔兄弟的《白猫》开始的。[61]

---

① 乔治·巴拉尼(Georges Balagny,1837—1919),法国摄影师。

Un ballet de la *Chatte Blanche*, féerie du Théâtre du Châtelet à Paris. — Fac-similé d'une photographie exécutée par M. Balagny, pendant une représentation.

"《白猫》中的一段芭蕾舞剧,该童话剧正在巴黎的夏特莱剧院上演。"出自《自然:科学及其在艺术和工业中的应用回顾》,1887年12月5日

然而,龚古尔兄弟戏剧的英国改编版却没能拥有同样成功的命运。尽管目前没有任何证据证明他们所产生的影响力,但是理查德·苏塔尔显然在1870年对龚古尔兄弟的童话剧进行了改编,大大简化了情节,比如删去了发生在宝石王国和海洋王国的情节。亨利·利[1]曾为此部剧撰写过另一个英国改编版本,他也承认自己得到了龚古尔兄弟的启发,该剧于1875年12月在皇后剧院(Queen's Theatre)上演。《时代报》(*The Era*)曾用"惨不忍睹"来评价这出英

---

[1] 亨利·利(Henry Leigh,1837—1883),英国作家和剧作家。

国改编版戏剧,杰弗里·理查兹曾援引过该报的评价,并指出这部法国戏剧"在巴黎上演了500多晚,而在皇后剧院仅仅上演八天就停演了"。[62] 然而,这并不意味着《白猫》在英国舞台上的演出就此终结。1877年,作家 E.L. 布兰查德(E.L. Blanchard)[①]曾根据多尔诺瓦夫人的童话创作了另一部圣诞童话剧,并大获成功。剧作家们一直在对这部童话进行重新创作,这足以证明其对公众的持续吸引力。在19世纪的大部分时间里,《白猫》这部剧吸引了大批法国和英国的观众前来观看。而到了维多利亚时代,多尔诺瓦夫人的文化影响力也远未消退,她的《白猫》在20世纪有了漫画这一崭新的视觉文化表现形式。

漫画版《白猫》

和多尔诺瓦夫人的其他故事一样,《白猫》在20世纪继续以多种形式、多种语言流传,包括法语、英语、意大利语和西班牙语等。[63] 这个故事十分受人们欢迎,也因此诞生了至少两部改编版漫画,第一部是出版于1935年的法国改编版,收录于《图画里的精彩故事》(Les Merveilleuses histoires racontées par l'image)一书中;第二部是1965年的墨西哥改编版,名为《白色小猫》("La Gatita blanca"),收录于《彩色插图版著名故事》(Cuentos famosos ilustrados a colores)一书中。这两部改编作品都根据各自的目标读者群体(儿童或年轻成年读者)对故事进行了修改。另外,不同的背景文化也对两部作品的

[①] E.L. 布兰查德,全名爱德华·利特·莱曼·布兰查德(Edward Litt Leman Blanchard,1820—1889),英国作家,以对德鲁里巷皇家的童话哑剧所做出的贡献而闻名。

视觉表现形式产生了影响。这些改编作品是在包办婚姻不再是常态的社会背景下创作的,因此必然会对多尔诺瓦夫人的原作进行修改,但有时也会削弱原作中创造的富有女性主体意识的形象。

出版于1935年的法语版漫画并不是《白猫》首次被改编成视觉媒体的形式。在19世纪80年代及90年代,法国巧克力公司蒲兰巧克力(Chocolat Poulain)连载了包括《白猫》在内的多篇多尔诺瓦夫人创作的童话故事。该公司在巧克力棒上印刷了能够讲清整个故事的彩色石印画(chromolithographs),正面是彩色图像,反面是故事。要想了解整个故事,顾客就需要购买足够多的巧克力棒来收集这些彩色版画,因此这些版画其实就成了漫画。最早的漫画书出现在同一时期,即19世纪90年代,通常故事内容在漫画画面之外,比如最早的法国漫画之一《费努亚尔家族》(*La Famille Fenouillard*, 1889—1893)以及法国儿童期刊《法国插画报》(*Le Petit Francais illustre*)上的漫画。[64]

1935年出版在连环漫画图书《图画里的精彩故事》第26期上的《白猫》可以说是一部真正意义上的漫画。该连环图书总共有34期,收录了许多知名作家的故事,包括佩罗、塞居尔夫人[①]、安托万·加朗以及多尔诺瓦夫人等。因《小里凯记者》("Petit-Riquet Reporter")系列漫画而闻名的加斯顿·尼扎布[②]曾为此连环漫画杂志担任插画师。该连环杂志系列声称要通过画面与故事产生连接,但是讲起故事来有些不够连贯,尽管它所用的结构与《小里凯记者》相同。早期的漫画将人物对话和旁白都写在画面下方,直到20世纪30年代,才

---

① 塞居尔夫人(Sophie de Segur, 1799—1874),法国著名儿童文学女作家,法国儿童文学的创始人。
② 加斯顿·尼扎布(Gaston Niezab, 1886—1955年),法国漫画家。

《白猫》（巴黎，1935）的开场，出自连环漫画《图画里的精彩故事》（1930—1938）

将对话框放入画面中。在《白猫》这篇故事中,画面内部仅仅写了人物之间的对话,而背景信息则在画面下方。例如,在这部漫画的第一幅画中,对话框写的是国王说的话:"我亲爱的儿子们,我把你们召集在一起,是想告诉你们我想把王位传给你们中的一位!我觉得自己老了,我很想休息!"然后,在画面下方,我们可以看到此段对话的背景信息:"从前,一位老国王厌倦了统治,就把三个儿子叫到面前,告诉他们自己的打算。"

在随后的画面中这种叙事方式不够连贯的特点表现得更加明显:

对话框:国王:"至于你们三个人中是谁继承王位?你们会知道的!不要对我的奇怪遗嘱感到惊讶。我的王位将归于为我带回世界上最漂亮小狗的那个人!"

旁白:"……在告诉他们自己更倾向于过一些比较安逸的生活后,他承诺将王位授给为他带回最漂亮小狗的那个儿子……"

对话框:国王:"来吧,我的孩子们,快点,明天就给我带回你们认为最完美的小狗!"

王子们:"父亲,悉听尊便!"

旁白:"……狗。这显然是一个奇怪的想法,但王子们不敢有异议,而是鞠躬表达敬意……"

从这些例子我们可以看出,画面下方的旁白与画面中的对话框之间并不总是连贯、顺畅的。此外,讽刺的是,每个画面下方都需要添加旁白说明画面本身无法讲清的故事,这会让人想到在彩色石印画中,图片能够传递比漫画书更多的信息。

这部漫画改编作品大大简化了故事情节，比如将三个为期一年的任务改成了三个为期一天的任务。然而，最大的修改涉及《白猫》的背景故事。与多尔诺瓦夫人的原著中设定的一样，王后渴望获得仙女花园中栽种的水果，并承诺用她尚未出生的女儿作为交换。但后来王后拒绝放弃女儿，仙女派出食人魔而非恶龙去攻打王后的王国。当公主偷窥想要迎娶自己的英勇王子时，故事告诉我们仙女将王子杀死了，但这并没有在画面中表现出来。有人认为这可能是因为创作人员希望避免在这部面向儿童的漫画书中表现暴力，但是如果是出于这个原因，插画家就不该画出白猫被斩首的情节；也许，比起描绘杀死一个既不会变身也不会复活的人类国王，描绘杀死一只动物但是它实际上却没有死带给人的不安要小得多。后续情节与多尔诺瓦夫人的故事类似，白猫跟王子的父亲解释说，她拥有6个王国，并许诺送给她心爱之人的哥哥们每人一个王国。虽然公主在这个版本中仍然拥有很强的权力，但故事的结尾引入了一种更家庭化的基调，白猫向国王解释说："至于我，我最美丽的王国是我配偶的心，那是我最大的财富"，而画面下方的旁白则这样解释道："对她而言，她的幸福就是把自己献给她的丈夫。"这样的结局将多尔诺瓦夫人故事中实力强大、能够领导国家的公主重新置于资产阶级家庭幸福的语境下，在这种幸福中，妻子要将自身献给她的丈夫。

多尔诺瓦夫人的故事于20世纪30年代在法国被改编成漫画也许是稀松平常的一件事，但是后来在墨西哥也出现了这个故事的漫画形式，这就要出人意料得多。出版这本漫画的索尔出版社（Editora Sol）还曾在美洲出版过其他漫画，比如西班牙语的《巴克·罗杰斯》(*Buck Rogers*)等。索尔出版社出版的系列图书一共有46期，每期讲述一个童话故事，包括《白雪公主》《小红帽》《阿里巴巴》("Ali

Baba"）和《白猫》等。在那段时间，多尔诺瓦夫人的故事已经广为流传。20世纪50年代和60年代，她创作的这个与猫有关的故事在西班牙和墨西哥盛行，1958年在西班牙单独出版，1959年在墨西哥收录于童话故事集《小拇指等故事》（*Pulgarcito y otros cuentos*）中出版，该书中还有其他作家的故事，包括佩罗的《利凯小簇》（"Riquet with the Tuft"）、《仙女》（"The Fairies"）和《小红帽》，博蒙特夫人的《美女与野兽》以及多尔诺瓦夫人的另外两篇故事《林中小鹿》（"The Doe in the Woods"）和《金发女郎》。这个合集非常受欢迎，1962年出版了第二版，而在三年后，《白猫》就被索尔出版社改编成了漫画。

墨西哥出版的漫画故事比法国的漫画前后连贯得多，也更擅长通过图像来讲故事，这可能与漫画的发展有关。与早期法语版本将旁白置于画面下方不同的是，这版漫画的开场白"很久很久以前"就置于画面内部的旁白框中，由此交代了背景，引出了对话框。这部漫画的标题与《超人》（*Superman*）、《泰坦》（*Titans*）这类超级英雄漫画的标题风格类似，这两部漫画也都改编成西班牙语，由诺瓦罗出版社（Editorial Novaro）出版。无独有偶，索尔出版社的创始人安东尼奥·加斯康（Antonio Gascón）曾是诺瓦罗出版社的董事。

墨西哥改编的这版漫画似乎回归了原文，可以说近似于对原文的翻译，比起法国改编的那版漫画要更加吸引年龄较大的群体。它很少将一些重要的活动简化，而是细致描绘了王子在白猫宫殿里参加的各种休闲活动，如狩猎聚会、盛大宴会和观剧等。墨西哥版漫画的创作时间要比法国版晚30年，更擅长利用图像来讲述故事。一个十分典型的例子就是王子注意到白猫的木戒指上有一个英俊男子的画像这个情节。多尔诺瓦夫人的故事说到这张照片上的人长得和王子一模一样,法国漫画完全忽略了这一点,而墨西哥漫画则通过图画告诉了读者这一信息。然而,当漫画的故事情节进展到白猫讲述自己的故事时,原作的故事被改写了:戒指上的画像要么只是一个错误,墨西哥漫画没有在背景中交代仙女杀死了白猫的旧情人;要么被赋予了新的含义,它指的并不是初恋,而是预示着白猫将得到王子的拯救。我倾向于第一种可能性,因为女主人公在王子看到照片的那一刻就失去了食欲,变得悲伤不已。墨西哥改编的漫画似乎遵循了多尔诺瓦夫人故事的结构。但是解释画像意义这一背景时,创作人员将其简化了,以至于画像丧失了原本的意义。

事实上,与法国版漫画一样,墨西哥版漫画对原著的最大改动也体现在背景故事上。在恢复了美丽的人形后,白猫讲述了她的故事,故事被大大简化了:她的父亲是一位国王,在她出生前就去世了,她的母亲在丈夫死后躲进了仙女的城堡。她的母亲没有在怀孕时渴望吃别的食物,也没有和仙女们达成交易。王后死后,只好把女儿托付给仙女们照顾。但是公主曾经多次尝试逃跑,仙女们只好把公主变成了一只猫,漫画中没有说明公主想要逃跑的原因。因此,变形并不是对拒绝包办婚姻的惩罚——这在20世纪60年代墨西哥制作的漫画中可能没有意义——而是为了防止公主逃跑。此外,她如何从动物变回人形也没有解释,如果我们不把那枚带着画像的戒指视为一种暗示的话。墨西哥版漫画也修改了结尾,让王子向白猫求婚,而在多尔诺瓦夫人的故事中,是女主人公向国王请求与王子成婚,以此挑战了性别规范。不过,在墨西哥改编版中,女主人公确实送给了王子的两个兄弟王国,保留了她具有强大经济实力这一设定。

墨西哥版的漫画中淡化了暴力元素,同时还增加了性感和浪漫元素。在王子必须砍下白猫的头和尾巴并烧掉这一场景中,读者只会看到王子杀死白猫后发生的事情;他眼含泪水,把白猫的头和尾巴扔进火里。然后,当她变身时,她变成了一个像杰恩·曼斯菲尔德[①]和拉娜·特纳[②]那样的金发美女。安妮·鲁宾斯坦(Anne Rubenstein)认为,"在过去40年里,对现代主义情节剧的强烈需求构成了墨西哥漫画的特点",《白猫》也不例外。[65]在王子和白猫在一起的第一年,漫画描写道:"这只小猫写的诗洋溢着满满的激情,可以看出她有着一颗炽热的爱恋之心。"[66]这种激情的灵感来源于多尔诺瓦夫人的故事,但是也许不像原作中一样被加以强调,对此,旁白这样写道:"这只美丽的猫经常以充满激情的风格创作诗句和小歌曲,让人觉得她心里充满着无限柔情。"[67]墨西哥版漫画保留了原著中描写的激烈情感,并且在画面中体现了这种情感。在恢复人形后,白猫感谢王子"拯救"了自己。虽然对话框中的文字并不特别浪漫——公主说道:"多亏了你,我和臣民才能够恢复原形,我的不幸命运终于结束了"——但画面是绝对浪漫的;她渴望地凝视着王子,他们靠近彼此的嘴唇,产生了一种性张力,而这种性张力在面向儿童群体的法国漫画中是看不到的。[68]值得注意的是,在20世纪60年代,索尔出版社出版了20世纪50年代的美国漫画《我的浪漫冒险》(*My Romantic Adventures*)的西班牙语版,标题为《浪漫求爱》(*Cortejos Románticos*)和《浪漫冒险》(*Aventuras Románticas*)。这说明在改编多尔诺瓦夫人的故事时,编辑们可能正在充分发挥已经取得成功的在浪漫市场中的优势。

多尔诺瓦夫人的《白猫》探讨了包办婚姻的问题,并赋予女主人

[①] 杰恩·曼斯菲尔德(Jayne Mansfield,1933—1967),美国女演员。
[②] 拉娜·特纳(Lana Turner,1921—1995),美国女演员。1951年,她被评为"国际艺术史上最具魅力的女性"。

公凭借自身力量商定婚姻的权利。墨西哥版漫画删去了提到包办婚姻的地方,强调了浪漫和激情,这点可以从多尔诺瓦夫人故事的结尾被重新修改看出来。在多尔诺瓦夫人的故事中,结尾是这样的:"美丽的白猫在这里(即她的王国)永恒地活在了人们的记忆中,因为她的善良和慷慨,也因为她取得的可贵功绩以及拥有的无比美貌。"[69]从多尔诺瓦夫人故事的结尾,我们可以看出女主人公名声赫赫的社会背景,这其实是基于她身为一国之君的社会地位。而墨西哥版漫画剥离了白猫统治国家和管理民众的职能,将重点放在了爱情上:"这就是白猫永恒活在人们记忆中的原因,既因为她的无比美貌,也因为她的聪明才智。当然,她实现了自己的爱情梦想,嫁给了王子,他们俩都非常幸福。"[70]在这里,多尔诺瓦夫人故事中提出的王室君主身份被改编成了20世纪60年代许多好莱坞浪漫爱情片中出现的总在梦想爱情的金发美女形象。

《白猫》的法国和墨西哥漫画改编版都表明了多尔诺瓦夫人的故事在20世纪的漫画领域中所具有的影响力。这两个版本面向的读者群体有着明显的不同;法国漫画针对的是年纪较小的儿童读者,而加入性感元素的墨西哥漫画面向的则是已经成年的年轻读者。另外,它们问世的时间也是漫画史上的不同时刻:法国漫画改编版诞生于漫画刚刚开始发展的阶段;而墨西哥漫画改编版诞生之时,漫画已经发展成为一种独立的艺术形式。然而,这两部改编版漫画的共同点在于,它们都以不同的方式削弱了多尔诺瓦夫人笔下的白猫公主的主体性。法国漫画将女主人公限制在资产阶级家庭幸福的环境中,而墨西哥漫画则暗示了与好莱坞电影中女主人公相似的性感版本。但最终,这两部漫画都代表了多尔诺瓦夫人笔下的白猫所过上的一种典型生活。

回顾多尔诺瓦夫人的故事,我们会发现它经历了很长的一段发展过程,她的故事融合了佩罗的《穿靴子的猫》和拉福斯的《佩里内特》的元素。多尔诺瓦夫人的《白猫》与拉福斯描写的塔中少女的故事(即格林兄弟的《长发公主》的故事原型),都撰写于女性被剥夺择偶权、违背意愿与他人成婚的社会中,补偿了创作者在现实生活中的遗憾。随着这个故事被改编成圣诞童话剧和童话舞台剧,它开始展现出性别、阶级甚至物种的流动性,在各个方面挑战了社会规范。这个创作于17世纪的原作故事中存在的颠覆性元素在19世纪的英国和法国舞台上得到了充分发挥。然而,在20世纪30年代和60年代,当这个故事分别被改编成法国和墨西哥版漫画时,女性的主体性受到了一定程度的限制,这也表明童话故事及其改编中的性别的历史从来都不是连续、线性发展的。总的来说,所有这些不同艺术形式的改编版本都表明,直到20世纪,多尔诺瓦夫人的《白猫》一直都广受欢迎。由此,我们需要开始重新思考女性童话故事作家在童话故事历史中扮演的角色,从而重新思考我们以往对于不同历史时期的经典童话故事的认知。《白猫》与另一个与猫有关的故事——《穿靴子的猫》共同存在了整整两个世纪,并且都拥有九条命,在各个国家以不同的艺术形式持续发挥着影响力。

---

1. 引自 H. Philip Bolton, *Women Writers Dramatized: A Calendar of Performances from Narrative Works Published in English to 1990* (New York, 2000), p. 57。在关于多尔诺瓦夫人这一章节中,博尔顿介绍了她所有被改编成舞台剧的童话故事。
2. 霍莉·塔克(Holly Tucker)在《孕期故事:早期现代法国的儿童孕育与童话故事》(*Pregnant Fictions: Childbirth and the Fairy Tale in Early Modern France*)一书中认为"多尔诺瓦夫人、拉福斯、莱里捷与Madame Deshoulieres因友谊而

联系在一起"。

3. Giambattista Basile, *The Tale of Tales; or, Entertainment for Little Ones*, trans. Nancy L. Canepa (Detroit, MI, 2007), p. 148.
4. Ibid.
5. Ibid., p. 150.
6. Lewis Seifert, "Charlotte-Rose de Caumont de La Force: 1650?-724", in *The Teller's Tale: Lives of the Classic Fairy Tale Writers*, ed. Sophie Raynard (Albany, NY, 2012), p. 89.
7. Ibid., p. 90.
8. Basile, *Tale of Tales*, p. 147; Charlotte-Rose Caumont de La Force, *Les Fées contes des contes* (Amsterdam, 1716), p. 42.
9. Ibid., p. 44.
10. 霍莉·塔克在《孕期故事：早期现代法国的儿童孕育与童话故事》一书的第106页中提出："故事中直接提到年龄是在暗示主人公的囚禁与她正在发育的身体以及即将拥有的生育能力有关。虽然过去女性普遍结婚年龄在25岁到26岁之间，但是在旧制度时期的法国，女孩也可能才12岁就已嫁做人妇，尤其是对于那些需要靠婚姻获得经济或政治优势的家庭的女孩而言。"
11. Gilles Corrozet, *Les Propos mémorables et illustres hommes de la Chrestienté* (Lyon, 1560; Rouen, 1599), p. 286.
12. 《世俗妇女画像》(*Le Tableau des piperies des femmes mondaines*, Paris, 1632) 一书最早于1632年出版，后又于1633年、1685年、1686年分别再版。在这两段时期，经常出现有关"女性的质疑"(Querelle des femmes)。
13. La Force, *Les Fées contes*, p. 45.
14. 参见 *Mémoires de Mlle de Montpensier* (Paris, 1858), vol. II, p. 223; and Juliette Cherbuliez, *The Place of Exile: Leisure Literature and the Limits of Absolutism* (Lewisburg, PA, 2005), p. 44.
15. 虽然包括马克斯·卢西 (Max Luthi,)、杰克·齐普斯 (Jack Zipes)、梅丽莎·穆林斯 (Melissa Mullins) 等在内的多名学者都认可拉福斯在《乐佩公主》这一故事创作过程中的重要作用，但是拉福斯与这个故事的关系还未成为常识，被人们所熟知。
16. Friedrich Schulz, "Rapunzel", in *The Great Fairy-Tale Tradition*, ed. Jack Zipes (New York, 2011), p. 484.
17. La Force, *Les Fées contes*, p. 45; Schulz, "Rapunzel", p. 485.
18. Melissa Mullins, "Ogress, Fairy, Sorceress, Witch: Supernatural Surrogates and

the Monstrous Mother in Variants of 'Rapunzel' ", in *The Morals of Monster Stories: Essays on Children's Picture Book Messages*, ed. Leslie Ormandy (Jefferson, NC, 2017), p. 145. 另外，马克斯·卢西也于1960年在《格林兄弟的长发公主的起源》一文中表示，格林兄弟认为舒尔茨的《长发公主》背后还有民间故事版这一猜测是错误的，他还表示舒尔茨版与拉福斯版之间存在紧密联系。格林兄弟知道《佩里内特》这个故事，但是并不认为它是舒尔茨的《乐佩公主》的故事原型。

19. Maria Tatar, *The Hard Facts of the Brothers Grimm* (Princeton, NJ, 1987), p. 18.
20. Elizabeth Wanning Harries, *Twice Upon a Time: Women Writers and the History of the Fairy Tale* (Princeton, NJ, 2001), p. 17.
21. 关于多尔诺瓦夫人的《白猫》与狄亚卜和加朗的《艾哈迈德王子和仙女帕里巴诺的故事》之间的联系，参见 Ruth B. Bottigheimer, "Marie-Catherine d'Aulnoy's 'White Cat' and Hannā Diyāb's 'Prince Ahmed and Pari Banou': Influences and Legacies", New Directions in d'Aulnoy Studies, *Marvels and Tales*, XXXV/2 (2021), pp. 290–311.
22. Marie-Catherine d'Aulnoy, *Contes II* [1698], intro. Jacques Barchilon; ed. Philippe Hourcade (Paris, 1998), p. 166.
23. Ibid., p. 168.
24. Ibid.
25. 霍莉·塔克曾长篇论述过这个俄罗斯套娃效应，参见 *Pregnant Fictions*, pp. 115–116.
26. D'Aulnoy, Contes II, pp. 188–189.
27. Ibid., p. 189.
28. Ibid., p. 207.
29. David Blamires, "From Madame d'Aulnoy to Mother Bunch: Popularity and the Fairy Tale", in *Popular Children's Literature in Britain* (Burlington, VT, 2008), p. 78.
30. 关于英国圣诞童话剧历史的简要一览，参见 Jennifer Schacker and Daniel O'Quinn, "Introduction", *The Routledge Pantomime Reader: 1800–1900* (London, 2022)。也可参见 Jeffery Richards, *The Golden Age of Pantomime: Slapstick, Spectacle and Subversion in Victorian England* (London, 2015).
31. Richards, *The Golden Age*, p. 35.
32. Adolphe Adam, *Souvenirs d'un musicien* (Paris, 1857), p. xxii.
33. Ibid. 一开始，查理十世的大臣不想允许集演讲、音乐、舞蹈于一身的童话舞台剧演出，因其有违戏剧演出拥有的优先特权。后来这种演出在年轻的贵族男性中大受欢迎，使其能够在法国登台演出。
34. 关于多尔诺瓦夫人故事的舞台剧版内容，参见Bolton, *Women Writers Dramatized*, pp. 129–167。
35. 现代人所进行的关于滑稽表演不再适应时代精神的研究，参见Richards, *The Golden Age*, pp. 41–42。
36. James Robinson Planche, *The Extravaganzas of J. R. Planche, Esq.*, vol. II (London, 1879), p. 157.
37. Ibid., p. 176
38. Ibid., p. 178.
39. Ibid., pp. 145–146.
40. 米歇尔·朗吉诺·法雷尔（Michèle Longino Farrell）强调了无形的手所代表的阶级屈化含义，详见"Celebration and Repression of Feminine Desire in Mme d'Aulnoy's Fairy Tale: *La Chatte blanche*", *Esprit Createur*, XXIX/3 (Autumn 1989), p. 54.
41. Planche, *The Extravagnzas*, p. 175.
42. 关于由女性来扮演男主人公这个现象，参见Rachel Cowgill, "Re-Gendering the Libertine; or, The Taming of the Rake: Lucy Vestris as Don Giovanni on the Early Nineteenth-Century London Stage", *Cambridge Opera Journal*, X/1 (March 1998), pp. 45–66; Schacker and O'Quinn, *Routledge Pantomime Reader*, pp. 6–7; Jennifer Schacker, "Slaying Blunderboer: Cross-Dressed Heroes, National Identities, and Wartime Pantomime", *Marvels and Tales*, XXVII/(2013), pp. 52–53; and Richards, *The Golden Age*, pp. 29–30.
43. Cowgill, "Re-Gendering", pp. 57, 58.
44. Bolton, *Women Writers Dramatized*, pp. 157–158.
45. F. C. Burnand, *The White Cat! of Prince Lardi-Dardi and the Radiant Rosetta: A Fairy Burlesque Extravaganza* (London, 1870), pp. 8–9.
46. Ibid., p. 9.
47. Ibid., pp. 30, 32.
48. Dolores Mitchell, "Women and Nineteenth-Century Images of Smoking", in *Smoke: A Global History of Smoking*, ed. Sander L. Gilman and Zhou Xun (London, 2004), p. 294.
49. Arnold Mortier, "Reprise de la Chatte Blanche", in *Les Soirées parisiennes de 1875* (Paris, 1876), p. 194.

50. Théophile Gautier, "Le Monde et le théâtre: Chronique familière du mois", *Revue de Paris*, X−XII (July−September 1852), p. 158.
51. Charles Monselet, "Théâtres", *Le Monde illustré*, 21 August 1869, p. 126.
52. Émile Morlot, "Critique dramatique: Menus-Plaisirs", *Revue d'art dramatique*, April−June 1887, p. 107. 夏特莱剧院位于塞纳河附近，此句评论其实是使用同音词，起到了一语双关的效果，即"塞纳河"（Seine）一词与代指"舞台"的"场景"（scene）一词是同音词。
53. Francis Chevassu, "Les Théâtres: Châtelet", *Le Figaro*, 5 November 1908, p. 5.
54. Marie-Francoise Christout, "Aspects de la féerie romantique de *La Sylphide* (1832) à *La Biche au bois* (1845); Chorégraphie, décors, trucs et machines", *Romantisme*, XXXVIII (1982), p. 79.
55. Ibid., pp. 79, 80.
56. Théophile Gautier, "Théâtre de la Porte-Saint-Martin, *La Biche au Bois*", *La Presse*, 31 March 1845, n.p.
57. "佩蒂帕塔彭"（Petitpatapon）这个词源自一首颇受欢迎的法语民谣"Il était une bergère/ Et ron et ron, petit patapon"，意思是"很久很久以前，有一个牧羊女"，同时这个词也是个拟声词，形容"非常缓慢"的声音。
58. 在这部剧中，布兰切特只花了大约8%的时间扮演塔中少女，然后花了26%的时间扮演白猫，其余54%的时间都在扮演积极主动的男主人公菲德尔。而皮姆庞多则有56%的时间都处于被拘禁的状态，全剧中积极主动的部分仅占大约1/4。
59. Théodore and Hippolyte Cogniard, *La Chatte blanche* (Paris, 1852), p. 92.
60. Ibid., p. 95.
61. 关于《白猫》更多的摄影信息，参见 G. Mareschal, "La photographie au théâtre", *La Nature*, 5 December 1887, pp. 93−94; and Beatriz Pichel, "Reading Photography in French Nineteenth Century Journals", *Media History*, XXV/92 (2018), pp. 9−12.
62. Richards, *The Golden Age*, p. 32.
63. 维罗妮卡·博纳尼（Veronica Bonanni）研究了卡洛·科洛迪（Carlo Collodi）于1876年翻译的多部多尔诺瓦夫人的作品，包括《白猫》在内的这些故事收录在了故事集《童话》（*I racconti delle fate*）中，此书在20世纪有多个版本。
64. 关于19世纪法国喜剧史，参见 Ann Miller, *Reading Bande Dessinée: Critical Approaches to French-Language Comic Strip* (Bristol, 2007), pp. 15−18.
65. Anne Rubenstein, *Bad Language, Naked Ladies, and Other Threats to the Nation: A Political History of Comic Books in Mexico* (Durham, NC, 1998), p. 161.

66. Marie-Catherine d'Aulnoy, "La Gatita blanca", in *Cuentos famosos ilustrados a colores*, 26 (Mexico City, 1965), p. 12.
67. D'Aulnoy, Contes II, p. 172.
68. D'Aulnoy, "La Gatita blanca", p. 29.
69. D'Aulnoy, Contes II, p. 207.
70. D'Aulnoy, "La Gatita blanca", p. 34.

圣经故事中所描绘的女战士黛博拉（Deborah），出自勒·莫恩（Le Moyne）在《女强人图册》（*Galerie des femmes fortes*，巴黎，1647）

第四章
消失的亚马孙战士

在前面的章节中，我们通过研究童话类型的历史，对20世纪和21世纪盛行的一种观念提出了质疑，即经典童话故事中的女主人公均是灰姑娘、美人贝儿和长发公主这类被动的公主以及等待救援的少女形象。通过研究这段历史，我们会发现经典童话故事一直处于变化之中，在这类故事的早期版本中常常存在比现代经典版本里更富有力量的女性角色。在前面的章节中，我们还谈到了欧洲以及北美的群众对于以多尔诺瓦夫人为代表的女性作家所创作的童话一直都保持着欣赏的态度，比如玛丽-珍妮·莱里捷、加布里埃尔-苏珊娜·维伦纽夫夫人、让-玛丽·勒普兰斯·博蒙特夫人等。正如前面所谈的那样，自从那些经典童话故事（过去局限于欧美地区，现在则发展到了全球范围）在早期现代诞生以来，女性作家以及无数男性作家创造了许多富有进取心的女主人公，这些女性常常挑战社会性别规范以及包办婚姻这类基于女性是被动交换对象概念而建立起的习俗。重要的是，在整个20世纪，这些故事在许多国家都发挥着持续的影响力，比如捷克共和国、英国、法国、德国、意大利、西班牙、墨西哥、美国等。

而除了不同版本的《灰姑娘》《美女与野兽》《长发公主》以及与猫有关的故事外，在早期现代，还诞生了一种类型的童话，它在17、18

世纪十分受人们欢迎,多尔诺瓦夫人创作的这类型故事直到19世纪仍然颇受人们喜爱,曾被改编成舞台剧和棋盘游戏。这类故事就是民俗学家所称的女战士的故事。这些故事的女主人公出身贵族,为了维护家族荣誉和国土完整而身着男性服装参与战斗,与中国传统故事《花木兰》类似。这类女战士的故事通过塑造与男骑士平分秋色甚至更为出类拔萃的女主人公形象来突出性别的建构性。这类故事也必然模糊了异性恋和同性恋之间的界限,因为故事中既有男性角色也有女性角色爱上了身着男性服装的女战士。[1]这些故事赋予了女主人公以主体性,她们不仅改变了自身的命运,甚至还改变了整个王国的命运,从而挑战了童话故事中被动的公主或者等待救援的少女这类女性形象。

17世纪90年代,亨利埃特-朱莉·德·缪拉、玛丽-珍妮·莱里捷以及多尔诺瓦夫人这三位女性作家各创作过一篇女战士的故事。尽管亚马孙女英雄在女作家们创作的其他童话故事中也出现过,从多尔诺瓦夫人的《蜜蜂和橙树》和《仁慈的青蛙》("The Beneficent Frog")到加布里埃尔-苏珊·维伦纽夫夫人的《美女与野兽》,但是前面提到的这三位女作家创作的故事是将女战士作为叙事的焦点。她们借鉴了乔瓦尼·弗朗切斯科·斯特拉帕罗拉和吉姆巴地斯达·巴西耳的故事中的主题和内核思想,但是同样重要的是,她们的创作灵感也来源于那个时代发生的事件以及当时著名的以"女强人"为主题的图像创作。最晚从15世纪开始,法国就开始盛行一种强调女性的绘画及文学创作,包括克里斯蒂娜·德·皮桑[1]的《妇

---

[1] 克里斯蒂娜·德·皮桑(Christine de Pizan, 1364—1430),文艺复兴时期欧洲威尼斯诗人。在文艺复兴前的法国,她维护妇女的事业,倡导给青年妇女平等教育的机会,被视为历史上第一位女权主义者,也是第一位以文学为专业的女性。

第四章　消失的亚马孙战士　169

女战士蒙庞西耶女公爵的版画，出自阿尔韦德·巴林（Arvede Barine）的《伟大的女士》（*La Grande Mademoiselle*）

女城》（*The Book of the City of Ladies*, 1405）、西姆福里安·尚皮埃尔[①]的《贞洁淑女之船》（*The Ship of Virtuous Ladies*, 1503）、让·杜普雷[②]的《贵妇之宫》（*The Palace of Noble Ladies*, 1534）、弗朗索瓦·德·比尔隆[③]的《坚不可摧的女性荣誉堡垒》（*The Impregnable Fortress of Female Honour*, 1555）以及玛德琳·德·斯库德里[④]的《杰出女性》（*The Illustrious Women*, 1642）。[2] 圣女贞德的形象也在

[①] 西姆福里安·尚皮埃尔（Symphorien Champier, 1471—1539），法国著名医生、作家。
[②] 让·杜普雷（Jean du Pré, ? —1504），法国出版商。
[③] 弗朗索瓦·德·比尔隆（François de Billon, 1522—1566），法国作家。
[④] 玛德琳·德·斯库德里（Madeleine de Scudery, 1607—1701），法国作家。

17世纪重新流行起来,这点可以从让·夏佩兰[①]创作的史诗《献给法国的少女》("The Maiden, France Delivered", 1656)中看到,在这部作品中,圣女贞德被称作"来自天堂的女战士"。[3] 尽管《萨利克法》禁止女性继承王位,但在近代早期的法国,仍有三位女性担任了国家的摄政王。她们之所以能够管理国家事务,一方面是因为当时的国王过于年幼,另一方面是因为这些支持女性的作品使她们的统治更合情合理了。[4]

亨利二世的妻子凯瑟琳·德·美第奇(Catherine de'Medici)只在1560年至1563年期间正式担任摄政王;然而,在她的儿子们统治期间,她仍持续发挥着影响力。在亨利四世去世后,他的妻子玛丽·德·美第奇在1610年至1614年期间担任摄政王。而在这之后近30年,路易十四的母亲奥地利的安妮(Anne d'Autriche)也在1643年至1651年期间担任了摄政王。在她统治期间,被称为投石党运动的内战(1648—1653)爆发,使得更多女强人登上了公共舞台,并在历史上留下了自己的痕迹。许多贵族女性为了保卫自己的家族和领地,采取外交和军事行动来挑战摄政王的统治。这些女性常被称为亚马孙女战士,其中包括隆格维尔公爵夫人(Duchess de Longuerille)、安娜·热纳维耶夫·德·波旁(Anne Gereviève de Bourbon)、蒙庞西耶女公爵(Duchesse de Montpensier)安娜·玛丽·路易丝·德·奥尔良(Anne Marie Louise d'Orléans),以及圣巴尔蒙夫人(Madame de Saint-Balmon)。[5] 事实上,正如文学和绘画作品所表现出的那样,从17世纪40年代开始,亚马孙女战士一直都是较为活跃的女性形象。

[①] 让·夏佩兰(Jean Chapelain,1595—1674),法国诗人和评论家。

"手执武器,总能战胜敌人的"圣巴尔蒙夫人的版画,1645

在奥地利的安妮摄政时期,让·德马雷①和斯特凡诺·德拉·贝拉②制作了一款纸牌游戏,名为《著名王后的游戏》(*Jeu des reynes renommees*,1644),最初制作这款游戏的目的是教育年幼的路易十四,并且使安妮的摄政统治合法化。这款游戏还作为向玩家传播强大的王后形象的一种方式"推向了商业市场",这些王后中就包括普遍认为"勇敢的"亚马孙王后的形象。[6]这些强大的女性形象常常将希腊罗马神话中的形象与中世纪和同时代的女性形象融合在一起,通过艺术、文学和游戏等形式广泛传播,因此,在这一时期的童话故事领域出现女战士这个与以往女性形象十分不同的主题也是顺理成章的。对此,今天21世纪的读者可能会比17世纪时缪拉、莱里捷和多尔诺瓦夫人的读者感到更加惊讶。

这三位女性作家都是基于这一历史背景创作了各自的女战士童话,其中,缪拉的《野人》("Le Sauvage",1699)与斯特拉帕罗拉早期创作的女扮男装骑士的故事最为接近,不过这部童话获得的认可是最少的。莱里捷创作的《玛莫伊桑,无心的欺骗》("Marmoisan, Innocente Tromperie",1695)则颇负盛名,曾被译成英文和德文。然而,最具持久吸引力的女战士童话则要数多尔诺瓦夫人创作的《美人贝儿,骑士福图纳》。这部作品广受欢迎,有多版英文译本以及改编版故事。它的童话舞台剧版曾在英国上演,还在1846年由威廉·斯普纳(William Spooner)改编成棋盘游戏,当时英国棋盘游戏产业正在崛起。

---

① 让·德马雷(Jean Desmarets,1595—1676),法国作家和戏剧家。
② 斯特凡诺·德拉·贝拉(Stefano della Bella,1610—1664),意大利制图员和版画家,以蚀刻各种主题而闻名,包括军事和宫廷场景、风景和生动的风俗场景。

圣女贞德,出自让·夏佩兰的《献身法国的少女》(*La Pucelle, ou la France délivrée*,巴黎,1656)的卷首画

通过对这三篇故事的总体研究，我们可以看到这些女性作家是如何在女战士的故事中利用不同方式来探索性别政治、挑战性别角色以及批判路易十四的父权统治的。本章还会讨论包括文学、绘画、戏剧和游戏在内各种形式的女战士故事对童话领域造成的更为广泛的影响，所有这些都强烈挑战了童话与被动的公主和遇险少女之间任何形式的本质化联系。由于女主人公的性别身份模糊，在接下来的讨论中，我将像这些不同的故事一样，在使用"她"和"他"之间来回转换，并且也会在"男主人公"与"女主人公"之间切换，以此来突出女战士的性别流动性。

从康斯坦沙（莎）到康斯坦帝（蒂）

斯特拉帕罗拉创作的《康斯坦沙/康斯坦莎》为17世纪90年代的童话作家提供了一个成熟的少女战士故事的范本，但是缪拉、莱里捷和多尔诺瓦夫人都采取了不同方式对这一人物进行重新构想。在《欢乐之夜》(The Pleasant Nights)中，菲奥迪安娜(Fiordiana)向一群朝臣讲述了斯特拉帕罗拉的故事，这个故事与底比斯[①]国王里查多(Richardo)和他的妻子瓦莱里亚娜(Valeriana)有关，他们最初有三个女儿：瓦伦西亚(Valenzia)、多罗特娅(Dorotea)和斯皮内拉(Spinella)。里查多和瓦莱里亚娜决定送给每个女儿三分之一的王国领土作为嫁妆，并分别将她们嫁给了斯卡多纳(Scardona)国王、哥特(the Goths)国王和塞西亚(Scythia)国王。后来，他们的第

---

① 底比斯(Thebes)，上埃及古城，古埃及名称为瓦塞特，意为权杖之城。

四个女儿康斯坦莎来见他们,他们对此感到颇为惊讶和困扰,因为他们没能力再为她安排一桩好姻缘了。[7]康斯坦莎不仅擅长"女性"的各项技能,比如刺绣、唱歌、音乐、舞蹈以及文学研究,还擅长"男性"的各项技能,比如驯马、比武和使用武器。实际上,瓦莱里亚娜认为这些能力就是康斯坦莎最好的嫁妆了。康斯坦莎的父母打算将她嫁给一位地位低于她的侯爵,但是康斯坦莎拒绝了。随后,她离开底比斯,女扮男装,自称"康斯坦沙",开始了一次典型的年轻贵族男性会经历的旅途:"看遍许多国家,听过各种语言,研究当地居民的风俗习惯。"[8]康斯坦沙最终来到了贝蒂尼亚(Bettina),这里的国王希望康斯坦沙为他服务,但他的妻子,也就是王后"心中燃烧着对他的强烈爱意",想把这个小伙子占为己有。[9]康斯坦沙拒绝了王后的多次求爱,于是王后由爱生恨,给他设置了重重危险的考验,打算将他杀死。

第一次考验中,康斯坦沙必须抓住一个萨堤尔①,他利用葡萄酒和食物来引诱一群萨堤尔,使得它们入睡,完成了这个考验。他将那只带回的萨堤尔取名为国王的名字——基亚皮诺(Chiappino),但这只萨堤尔拒绝说话,由此引出康斯坦沙必须完成的第二项考验:找到让基亚皮诺说话的方法。康斯坦沙成功地让萨堤尔说出它四次大笑的原因,也由此表露了康斯坦沙实际上的女性身份以及王后的侍女实际上是穿着女装的男人。这个故事戏谑地利用穿着异性服装来挑战性别规范,展现了康斯坦沙的勇敢和聪明,并揭露了王后的欺骗行为。最后,国王娶了康斯坦莎,她精通的女性和男性技能的价值不亚于一块土地。也许我们可以这样解读,康斯坦沙的价值不在于将

---

① 萨堤尔(Satyr),古希腊神话中半人半羊的森林之神。

自身物化（将女人等同于一块土地），而在于她的能力和主体性。

缪拉以讽刺小说的方法改编了斯特拉帕罗拉的故事。她保留了原小说故事发生在法国的异邦这一设定，不过将故事的发生地由埃及的底比斯改为了葡萄牙海岸外的特塞拉群岛（the Terceira Islands）。[10]这个岛屿经常在法国的传统童话中出现，尤其是在缪拉的朋友多尔诺瓦夫人的作品中。[11]在缪拉的故事中，斯特拉帕罗拉故事中的里查多成了理查丁（Richardin），他在向心爱的埃及公主科里安特（Corianthe）的父亲发动战争之后成功迎娶了她，科里安特的父亲曾试图强迫她嫁给苦泉国（Bitter Fountains）的国王。因此，缪拉的故事以对包办婚姻的批判开场，然后戏仿了原作中王室夫妇生下三个女儿的场景。在缪拉的故事中，这对夫妇的婚姻生活幸福美满，但他们生下的女儿却都十分丑陋，分别名叫耻辱（Disgrace）、痛苦（Suffering）和绝望（Hopelessness）。在二女儿出生后，他们试图通过在王后身边围满俊男美女以及美女画像来影响怀孕的结果——这与17世纪的受孕和生育观念一致——但是结果仍不尽如人意。特塞拉群岛由多个小岛组成，所以这对夫妇给了每个女儿一座岛屿，并分别将她们嫁给叫马戈丁（Magotine，意为"丑猴子"）的驼背男子、叫甘比勒（Gambille，讽刺的是，其名字意为"舞蹈"）的独眼跛脚男子和叫"特罗特马尔"（Trottermal，意为"走不好路"）的独臂独腿男子。同斯特拉帕罗拉的故事一样，国王和王后对出生的第四个女儿康斯坦蒂（Constantine）感到意外，她拥有绝美的容貌和过人的才华。

当斯特拉帕罗拉描述女主人公的才能时，他首先列举了她女性的技能，最后以更具男性化的能力结束。而缪拉则采取了相反的方法，首先介绍她笔下的女主人公擅长骑射，能"以非凡的技巧"挥剑，并且喜欢科学,最后以更女性化的技能,比如刺绣、唱歌和跳舞等结束。[12]而同斯特拉帕罗拉故事中的康斯坦莎一样,缪拉故事的女主人公的嫁妆是她自己这个人:她超越性别规范和界限的卓越能力帮助她赢得了国王的青睐。

缪拉在她的故事中详细论述了包办婚姻的问题。在斯特拉帕罗拉的故事中,国王打算将他的四女儿嫁给一位侯爵,这是一种社会地位并不匹配的结合,但是作者没有详细论述这一问题。而缪拉则加大了原作中的地位差距:康斯坦蒂的父亲打算将女儿嫁给一位军官——甚至不是侯爵——并且这位军官也缺乏智慧。由于社会地位低下,这位军官与女主人公在社会关系以及智慧才能上并不匹配。缪拉通过让王后帮助女儿伪装成男人来逃过这桩不令人满意的婚姻,加剧了父女之间以及女性家庭成员和族长之间的紧张关系。值得注意的是,王后将父亲的衣服给了康斯坦蒂,这可以理解为女儿颠覆甚至篡夺了父亲的权力,而这一切都得到了身为王后的母亲的支持,后来王后因此而惹怒了国王。[13]康斯坦蒂还得到了另一位有权势的女人的支持——一位扮成黛安娜(Diana,另一位亚马孙女战士)的仙女——她给了她一匹名叫恩布列坦(Embletin)的马。随后,女主人公前往西西里国王统治的城市。

在缪拉的故事中,关于争夺男(女)主人公的情节具有小说的特征。缪拉大大扩展了斯特拉帕罗拉故事的这一部分,融入了更多对情感和情感张力的探索,这与布朗温·雷丹的观点一致,即17世纪90年代的女性童话作家喜欢在许多话题上发展出不同的观点,这些话题包括早期现代知识分子对激情本质的辩论、早期女权主义者对求爱和婚姻的批判,以及一直以来存在的关于女性地位和女性写作的冲突观点。[14]缪拉通过消除私通这一主题来改变这种动态;西西里国王与他那丧偶的妹妹弗勒里安妮（Fleurianne）住在一起，两人都被这位可爱的绅士迷住了，主人公现在改用男性的名字称呼自己，即康斯坦帝。宫廷中的许多女士都被他征服了，其中程度最深的要数弗勒里安妮。国王安排他的妹妹嫁给与她并不匹配的加那利群岛（the Canary Islands）的卡拉布特王子（Prince Carabut）。这位王子有着令人讨厌的驼背毛病，但是十分机智勇敢。不过后来西西里国王还是对这个婚约感到后悔，认为自己同意了一场"不般配"的婚姻。[15] 缪拉在故事中既描写了一位违背女儿的意愿安排婚约并且毫无悔意的国王，又描写了另一位给妹妹安排了一场并不般配的婚姻并对此感到悔恨的国王，向我们展示了不同的男性人物模型，他们继续实践着父权统治下的做法，无论他们是否愿意这样做。这指出了父权制统治系统的根本性质：无论一位国王本性如何温厚纯良，他还是会为了政治上的权宜之计而感到有义务将家族中的女性成员作为牺牲品嫁给不适合的婚配对象。

斯特拉帕罗拉笔下的康斯坦沙在伪装成骑士时完全是男性，而缪拉笔下的康斯坦帝则表现出了性别上的流动性。康斯坦帝不仅擅长骑射，还喜欢女性的一些消遣活动，尤其是和弗勒里安妮的婢女们一起刺绣，有趣的是，这让公主对他的热情不减反增。当弗勒里安妮向康斯坦帝深情表白心中的爱意时，故事发生了小说般的转折。弗勒里安妮同时认为这段爱情注定会走向失败，因为她即将与卡拉布特王子结婚。卡拉布特王子意识到公主爱上了康斯坦帝，十分嫉妒他，准备杀死这位情敌。由于康斯坦帝剑术高超，最终反而是他杀死了卡拉布特。爱情和激情所产生的问题推动着故事的发展，成为占据故事后半部分大量篇章的战争的根本原因。因此，缪拉融合了法国中篇小说的元素，即"用每个人都能理解的东西——爱情——来解释国家的奥秘"。[16]斯特拉帕罗拉故事中的爱情张力在缪拉的作品中得到了扩展。她的作品使我们开始关注强迫式婚姻所造成的问题，以及当爱恋的对象存在于婚姻关系之外时，这种婚姻所带来的可怕后果，它的后果甚至可能涉及政治领域。

　　卡拉布特之死导致康斯坦帝被迫逃亡，路上他遇到了仙女奥布利吉安蒂娜（Obligeantine），她之前以黛安娜的身份出现在男主人公面前，现在帮助他重新恢复了女性的面貌。仙女用一种草药让康斯坦帝得以隐身，然后带着他周游世界，去了凡尔赛宫等地。在这里，变装和隐身具有相同的功能，即隐藏起将主人公限制在家庭领域、妨碍其自由行动和进入公共场所的女性身份。康斯坦帝通过隐身得以继续伪装自己的身份，也因此享受到了男性贵族所独有的体验，也就是前往世界各地的宫廷参观以作为教育的一部分。与此同时，她的家乡岛屿爆发内战，弗勒里安妮公主再次被迫违背自己的意愿与他人成婚，这次她要嫁给一个萨堤尔。西西里国王正在与为儿子之死寻仇的加那利国王处于交战状态。历经各种磨难，一位善良的萨堤尔拯救了西西里国王，并且像斯特拉帕罗拉故事中那只被捕的萨堤尔一样，缪拉故事中的这位萨堤尔也表现出一些神秘的行为，他让国王通知他的人民他很快就会结婚，并且向国王透露了康斯坦帝的真实身份。实际上，萨堤尔是埃曼提尼群岛（the Aimantine Islands）的王子，他因拒绝接受一位仙女的爱而变成了萨堤尔。最终，故事以康斯坦蒂与西西里国王以及弗勒里安妮与埃曼提尼王子两段佳偶天成的婚姻作为结尾。

　　在重写斯特拉帕罗拉的故事时，缪拉让她的女战士与一切不公正的强迫式婚姻做斗争。斯特拉帕罗拉的康斯坦莎穿上男装以逃避强迫性婚姻，但故事随后围绕着有通奸行为的女王因为被康斯坦沙拒绝而感到挫败，随后对其发起报复行为展开。野人角色基亚皮诺（Chiappino）起到的作用是揭示康斯坦莎的真实身份以及女王的通奸行为。而在缪拉的故事中，她始终关注的是强迫式的婚姻制度：康斯坦蒂逃离了一场不想要的婚姻；弗勒里安妮则两次几乎要屈服嫁给自己并不喜欢的伴侣；甚至埃曼提尼群岛的王子也因拒绝一位仙女的求爱而受到惩罚。尽管康斯坦帝没有像莱里捷和多尔诺瓦夫人故事中的主人公一样以国王的名义战斗，但他最终还是奋起反抗，拯救了弗勒里安妮，避免她走入自己并不想要的婚姻。缪拉借用女战士的故事来批判包办婚姻，而莱里捷和多尔诺瓦夫人则让自己故事中的女战士去拯救了王国。总之，在这些故事中，这些作者都利用女战士的形象来强调性别的建构性和女主人公的主体性。

"玛莫伊桑"和亚马孙战士

在1696年出版的《杂文集》（Oeuvres meslées）中，莱里捷收录了一个故事《玛莫伊桑，无心的欺骗》，她将这篇故事献给夏尔·佩罗唯一的女儿马德莫瓦塞尔·佩罗（Mademoiselle Perrault），即玛丽-玛德琳（Marie-Madeleine）。作者在序言中直接提到了玛丽-玛德琳，她解释说，在最近的一次名人聚会上，大家开始讨论玛丽那才华横溢的父亲撰写的故事，后来又讨论了她父亲一位年轻"学生"的故事［1697年出版的《往日故事或寓言》（Stories or Tales from Past Times, with Morals），当时被认为是佩罗的小儿子皮埃尔之作］。因此作者决定讲述她自己的一个故事，并请马德莫瓦塞尔分享给她自己的兄弟听。

近来,学界对于《往日故事或寓言》的作者为谁以及马德莫瓦塞尔·佩罗是否存在颇有争议,但是接下来我们只讨论后面这个问题。有学者认为,莱里捷的致辞对象更多的是象征性的,而不是指向某个真实的人。也就是说,她指的不是佩罗现实生活中存在的女儿,因为佩罗在他的任何作品中都没有提到这个女儿,甚至在他写于1702年的回忆录中也没有提到,在那本回忆录中,佩罗谈到了他所有的男性后代(她是他唯一的女儿)。[17]然而,沃尔克·施罗德找到了确凿的证据,证明玛丽-玛德琳·佩罗(1674—1701)确实存在。事实上,沃尔克发现了1699年的一些文件,这些文件显示,玛丽的父亲夏尔和哥哥夏尔-塞缪尔(Charles-Samuel)曾强迫她放弃她本应从母亲遗产中继承的那部分财产。在文件中,她声称"自己愿意放弃只是出于父亲的权威与虐待以及哥哥的威胁……我之前没有机会抗议,因为过去一个月我一直处于被监禁的状态,一直处于父亲的看管之下,只能在圣日参加弥撒。他不允许我见任何人或与任何人说话,甚至把门关上,不让所有找我的人进来"。[18]这些文件中描述的令人不安的情况发生在《玛莫伊桑》出版后仅仅三年,这不禁让人们怀疑这部女战士故事的献词是否比学者们之前认为的具有更加深层的动机。在这个故事中,一位姐姐证明了自己比她那卑鄙的孪生兄弟的人品高尚得多。早在1992年,凯瑟琳·韦莱-瓦兰坦(Catherine Velay-Vallantin)就做出了这样的推断:"这个年轻女子伪装成年轻男子的故事是专门写给这个被父亲遗忘,又被兄弟们边缘化的孩子的,作者这样做并非无意为之。"[19]而施罗德发现的新证据证实了她的判断。这起法律案件在1700年以玛丽-玛德琳胜诉告终。然而此后不久,她就因难产去世了。

《玛莫伊桑》的首次问世可以看作是莱里捷为确认和赋予其

女性亲属权利而采取的一种手段,而在20多年后,考虑到故事背景发生了变化,她重新构思了这个故事,但仍然采用了原先故事的整体发展脉络。1717年,她在《命运的奇想》(*Les Caprices du destin*)中加入了《玛奠伊桑》这个故事的某一版,将故事取名为《法国的亚马孙女战士:一个古老的故事》("L'Amazone françoise: Histoire ancienne")。在序言中,她将这个故事与另一个"真实"的历史人物联系起来,也就是女主人公圣巴尔蒙伯爵夫人阿尔贝特-巴尔布·德尔内库尔(Alberte-Barbe d'Ernecourt),也被称为"圣巴勒芒"或"巴尔蒙特"(Saint-Baslement or Balmont)。莱里捷之所以这样修改标题是因为当时有一个关于圣巴尔蒙伯爵夫人的故事十分流行,这个故事的作者是让-玛丽·德·韦尔农(Jean-Marie de Vernon),他是"圣方济各第三修会(the Tertiary Order of St Francis)的史学家,圣巴尔蒙夫人是该教团的一名俗世成员",于1678年出版了《基督教的亚马孙:圣巴尔蒙夫人历险记》(*The Christian Amazon: The Adventures of Madame de Saint-Balmon*)。[20]在三十年战争①期间,圣巴尔蒙伯爵夫人曾从1636年至1643年训练当地人组成骑兵和步兵,她"率领他们出征了20多次",与不同的势力作战,保护平民免遭包括强奸在内的各种形式的伤害,还保护他们的牲畜以帮助他们维持生计。另外,她还履行了许多军事和行政职责,比如谈判交换战俘等。[21]

在1717年为《法国亚马孙女战士的故事》所撰写的序言中,莱里捷坚称自己是从民间口头文化传统中知道这个故事的,并且认为

---

① 三十年战争(1618—1648)是由神圣罗马帝国的内战演变而成的一场大规模欧洲战争。

这个故事源自古代传奇故事，是一代又一代流传下来的。然后她解释了构建自己版本的这个故事的过程，即融合了"本世纪一位优秀年轻女性的冒险经历，这位女性的命运突然发生剧烈转变，感到十分不安，因此她抛弃了女性的传统服饰，投身于军人职业，并以非凡的勇气脱颖而出，然而没有人看出她其实是女扮男装"。[22] 当然，莱里捷在此处自由发挥了。历史记载表明，当时的人们十分清楚圣巴尔蒙伯爵夫人实际上是一名女性。另一方面，莱里捷指出，尽管"她（即圣巴尔蒙伯爵夫人）的命运与玛莫伊桑-莱奥诺尔（Marmoisan-Leonore）的命运十分一致"，但她的故事却以不同的方式结束。现实中，圣巴尔蒙伯爵夫人在修道院结束了她的一生，而这位虚构的亚马孙女战士则嫁给了一位王子——值得注意的是，在此之前她先拯救了王子。尽管莱里捷在后续出版的序言中才承认她的故事与圣巴尔蒙伯爵夫人有联系，但是圣巴尔蒙的故事的确可能从一开始就影响了莱里捷的这个女战士故事，并且这种观点并不是多年后人们研究发现的，而是能够从作家自己的故事来源中看出来的。

　　莱里捷的这个故事与斯特拉帕罗拉和缪拉的女战士故事有着明显的不同，最明显的一点在于她的故事中没有某位女性追求者或诱惑者。故事以失去了妻子的索拉克伯爵（Count de Solac）为开场，他有三个不甚讨喜的女儿——一个沉迷赌博，一个喜欢卖弄风骚，另一个故作正经，他还有一对龙凤胎孩子，男孩名叫玛莫伊桑，女孩名叫莱奥诺尔，另外还有一个小女儿从小就被父亲送进了修道院，以免沾染姐姐和哥哥身上的缺点。玛莫伊桑与他的姐姐们有着相同的缺点，沉迷赌博，风流成性，又因自己身为男性拥有更多的自由，他甚至在这些方面比姐姐们有过之而无不及。不过，莱奥诺尔则完全不同于自己的双胞胎哥哥，她生性谦虚，通情达理，喜欢打猎、读书、编织、骑马和击剑。后来,王国爆发了战争,索拉克伯爵虽不情愿也只好派他唯一的儿子参加第一场战斗。然而,一天晚上,趁其丈夫不在,玛莫伊桑找一名已婚女性求欢,此前这位女性一直拒绝他,他试图利用梯子进入她的房间。这时,她的丈夫突然出现,玛莫伊桑从梯子上摔了下来,而丈夫用剑杀死了他。因为与哥哥长相相似,莱奥诺尔提出由自己代替哥哥为国王而战,"她的伯爵父亲被女儿的这一决心打动,感到十分欣慰"。[23] 此前一直住在修道院的妹妹艾欧兰(Ioland),为了帮助隐瞒莱奥诺尔(现在是玛莫伊桑)的真实身份,装扮成了其侍从。

虽然整个故事没有过多描写玛莫伊桑的军事功绩,但是有写到他因拯救了国王的儿子克洛德里克王子(Prince Cloderic)而备受赞誉:"玛莫伊桑以最英勇的方式脱颖而出……并且在机缘巧合下挽救了王子的生命。"[24] 还有一个很重要的情节是玛莫伊桑就像原型圣巴尔蒙伯爵夫人一样勇敢地阻止敌人抢劫平民以及强奸女性,为此她使得敌人一死一伤。国王按照约定在第一次战斗后解决了索拉克伯爵的婚外情,玛莫伊桑能够光明正大地回到父亲身边了,"我们的女主人公太勇敢了,战斗到了整个战争结束"。[25] 玛莫伊桑证明了自己为家人和国王而战的决心。

整个故事的大部分内容都与女主人公在性别上的模糊性,以及其他人物试图通过一系列性别测试(有时是一厢情愿地)来揭示她有可能是女性有关。因此,很明显,在这个故事中,女主人公的性别模糊性也引起了性别上的困扰。在故事的一开始,王子对女性毫无兴趣,但是却对玛莫伊桑十分着迷,他恨不得对方能是个女人就好了;实际上,"他觉得自己离不开他(玛莫伊桑)"。[26] 为了发现玛莫伊桑实际上的女性身份,王子试图送给他通常对女性有吸引力的糖果和礼物来诱惑他,但玛莫伊桑明白王子的意图,因此成功抵制住了这种诱惑。另一个角色里什沃尔(Richevol,法语中的字面意思是"富人盗窃")因为被玛莫伊桑阻止抢劫而感到十分恼火,就开始散布谣言,说玛莫伊桑"温柔、谦虚,对穷人富有同情心",[27]所以实际上是一个女人(实际上他自己并不相信这一点)。由于这个谣言,其他士兵开始监视玛莫伊桑的行为,想要发现他实际上是女性的蛛丝马迹,就连王子也这么做。因此,这个故事揭示了社会监视是如何强制执行性别规范的,事实证明这确实奏效,因为玛莫伊桑在受到怀疑时就特别小心地遵守这些规范。

里什沃尔事件只是莱里捷利用男(女)主人公来对野蛮的男性气质提出质疑的诸多场景之一。玛莫伊桑思考着为什么周围的男性都常常出现那些恶劣的行为,比如咒骂他人、殴打男仆、亵渎神明和过度酗酒,并问自己:"为什么要模仿这些不良规范?"[28]玛莫伊桑哀叹那些男男女女做出的"越轨"行为,这种行为也出现在她的家庭中,她的三个姐姐以及哥哥都做出了这样的行为。当玛莫伊桑的双胞胎哥哥试图侵犯已婚妇女时,作者也用了"越轨"这个词。在近代早期,"越轨"意味着"违背良知与理性"。[29]通过这个集莱奥诺尔与玛莫伊桑为一体的人物,莱里捷为读者提出了一种基于理性与良知的女性和男性主体性模型。莱奥诺尔与玛莫伊桑的双重身份体现了理想的女性气质和男性气质,从而消除了两者间的对立,因为这两种性别的理想模型都融合了与另一种性别相关的品质:作为女性的莱奥诺尔训练有素,而作为男性的玛莫伊桑也懂得关心他人。因此,莱里捷提出了一种雌雄同体的模型,供女性和男性效仿,女性和男性都可以拥有与女性气质和男性气质两者都相关的最佳品质。她的女性气质和男性气质模型本质上是性别流动的。

故事以玛莫伊桑的性别被揭晓而结束。在一次比武竞技上，这位女主人公展现了自己高超的技艺，但是不小心因对手的长矛碎裂而受伤。这一事件被解读为暗指16世纪的法国国王亨利二世，亨利二世也曾在比武竞赛上因对方长矛断裂而受伤，并因此死亡。在检查伤口时，玛莫伊桑-莱奥诺尔白皙的乳房露了出来，这让王子感到高兴的同时也担心她的安危。宫廷里的每个人都称她为"美丽的受伤女战士"（la belle guerrière blessée）和"亚马孙女战士"。[30]王子希望娶她为妻，但莱奥诺尔担心他们之间的地位差异，她觉得自己不是王室成员，不希望王子与地位低于他自己的人成婚。对于莱奥诺尔的这种担忧，王子那位充满智慧的国王父亲说自己的前两任妻子都不能对自己的王国予以支持，甚至还在宫廷中挑起分裂，表示"一心追求美德、能够时时给予劝告的妻子"要比"野心勃勃的宠妃"珍贵得多。[31]值得注意的是，在故事的开头，国王就表达了对宠妃对他儿子所可能产生的影响的担忧，这说明国王本人认为王子的性格在统治方面不如莱奥诺尔-玛莫伊桑。就像在关于芬妮特的故事中一样，莱里捷在这个故事中也将女主人公定位为一位明智的顾问，暗示即使她故事中的女主人公最终可能会结婚，但她们依然能够在管理王国中发挥重要作用。也像斯特拉帕罗拉笔下的康斯坦莎和缪拉笔下的康士坦蒂一样，莱奥诺尔的价值体现在她自身的体力和智力以及主体性上，也因此，女主人公能够依赖这些内在能力决定自身的价值，这使得她最终能够嫁给王子，而非依赖于阶级、财富和美貌等外在的、肤浅的品质。

尽管莱里捷的《玛莫伊桑》的知名度不如多尔诺瓦夫人的《美人贝儿，骑士福图纳》，但这个故事也曾被翻译成英文和德文，并刊登在英国的重要杂志上。我能找到的最早的英文译本可以追溯到

1744年在《环球观察家》(Universal Spectator)上连载的版本。该杂志由亨利·贝克(Henry Baker)[笔名亨利·斯通卡斯尔(Henry Stonecastle)]和岳父丹尼尔·笛福(Daniel Defoe)于1728年创办,有多名撰稿人,并出版了亨利·菲尔丁[①]等作家的作品。[32]1744年3月17日至4月21日,斯通卡斯尔(创始人在该周刊中的笔名)为《玛莫伊桑》撰写了以下序言:

> 不久前,我向读者们推荐了《芬妮特的冒险之旅》,这既可以说是一部小说,也可以说是一则寓言,我曾保证说这本小说的作者是一名女性。由于我找不到理由说这部小说有任何令人不快之处,今天我将介绍这位作者的另一部作品。对于前一部作品,我听到的唯一负面评价是,它引入了仙女角色,以至于丧失了真实感。但是这部作品没有这个问题,因此,无论故事的内容是真是假,都至少有可能发生。在即将到来的战争中,我不会推荐大家模仿这位女主人公的性格。因为倘使现在的确有人拥有这样的美德,并且将它贯彻在行动中,我不确定那个人是否会获得与历史学家研究发现的那个人物同样的回报。[33]

1743年,斯通卡斯尔出版了《芬妮特》的连载版,这个故事在英国出版界流传更广(我们在第一章中提到过)。他显然认可这两篇故事的文学价值,并且认为《玛莫伊桑》没有了仙女这类明显虚构的人物,可能比《芬妮特》更能够获得读者的喜爱。在1743年为小说《聪明公主:芬妮特的冒险之旅》撰写的序言中,斯通卡斯尔说到故

---

① 亨利·菲尔丁(Henry Fielding,1707—1754),英国小说家、剧作家。

事的作者是"一位生活在法国的年轻女士,署名是马德梅瓦兹·莱××（Mademoiselle L'H××××）",但在《玛莫伊桑》的序言中,他只提到了这个故事与前一部故事同属一个作者,没有提供任何更具体的信息。斯通卡斯尔为《玛莫伊桑》创造了一个当代框架,并且语带讽刺地说道:"在即将到来的战争中,我不会推荐大家模仿这位女主人公的性格。"故事的第一部分刊出时,正值奥地利王位继承战争[①]期间法国向英国发起战争两天后。莱里捷这个故事的英文译本与原文非常接近,并且在于《环球观察家》上刊登的同年晚些时候,即1744年8月至9月在《苏格兰杂志》（Scots Journal）上重印,杂志没有注明作者是莱里捷,但承认这是《环球观察家》的重印版。

　　30年后,这个故事出现在《女士杂志:仅供使用与消遣的女性娱乐伴侣》（Lady's Magazine; or, Entertaining Companion for the Fair Sex, Appropriated Solely to their Use and Amusement）。正如珍妮·巴彻勒（Jennie Batchelor）所说,这本"取得巨大成功"的杂志夸大了它对女性投稿人以及女性读者的关注。事实上,它的作者"男女都有,只是以女性为主"。[34]为杂志撰写文章的作者没有报酬,因此有时就会没有完成文章。有趣的是,《玛莫伊桑》似乎就是这种情况:故事在女主人公即将开始她的骑士之旅时戛然而止。这个故事不是翻译版或者外文版,作者署名为"西奥多西娅·M"（Theodosia M）。在这个改编版中,西奥多西娅将三个令人讨厌的姐姐取名为芬妮塔（Finetta,这表明她可能也十分熟悉莱里捷的另一个故事）、卢辛达（Lucinda）和康斯坦西亚（Constansia）。除了三姐妹的名字和一些

[①] 奥地利王位继承战争（the War of the Austrian Succession, 1740—1748）,起因为奥地利哈布斯堡王朝男嗣断绝,欧洲两大阵营为争夺奥地利大公的头衔,并在奥地利获取利益而引发的战争。

细微的区别(例如,用"丑陋"代替"平平无奇")之外,西奥多西娅的《玛莫伊桑》的大部分内容都可能是基于《环球观察家》上刊登的版本,因为它的内容与这个最早的译本很接近。

我找到的这个故事最终出现的版本是于1772年在德国莱比锡出版的《不同语言汇集而成之书,寓教于乐的消遣》(*Landbibliothek zu einem angenehmen und lehrreichen Zeit vertreibe aus verschiedenen Sprachen zusammen getragen*)。这个德语版显然是基于莱里捷在《杂文集》中发表的故事版本。它包括献给佩罗小姐的致辞和结束语,故事的作者是"马德梅瓦兹·莱××",即莱里捷在法语版本中使用的笔名。所有这些版本都表明,虽然莱里捷的故事没有像多尔诺瓦夫人的女战士故事那样热门,但仍在英国和德国具有一定的吸引力。

《美人贝儿,骑士福图纳》及其影响力

到19世纪60年代,多尔诺瓦夫人创作的女战士故事[英文版名字是《幸运骑士福图纳的故事》("The Story of Fortunio the Fortunate Knight")或《福图纳和他有名同伴的故事》("The History of Fortunio and His Famous Companions"),又或者简单译为《福图纳的故事》("The Story of Fortunio")]似乎已经非常流行,成为英国民间口头文化传统故事。爱尔兰民族主义者、小说家和妇女参政运动参与者贾斯汀·麦卡锡(Justin McCarthy)在他的小说《沃特代尔邻居》(*The Waterdale Neighbours*, 1867)中描述格蕾丝(Grace)这个角色时回忆了这个故事:

现在的孩子们不读福图纳的故事了，它可能已经绝版了。而本书作者虽然对这个故事记忆犹新，却不知道是谁写的，也不知道是在哪本故事集读到的，只知道不是在《一千零一夜》里。但这是一个迷人的故事。故事讲的是一个女孩，她的父亲已经去世，她的母亲和姐妹们陷入了某种困境，她意志坚强，不甘于无所事事和忍饥挨饿，决心靠自己的努力和进取心把她们从困境中拯救出来。于是她装扮成男人，出去寻找属于她的财富。她经历了一些可怕的冒险，完成了一些大胆的壮举，因此赢得了国王的感激，就是那个掌管所有故事的国王。然而不幸的是，国王的女儿也对他芳心暗许。出于某种原因，福图纳罪不可赦，注定要被处以死刑……但当福图纳袒露自己年轻的白皙胸部时，国王必然会意识到他正在判处一个女孩死刑，而罪名却是她不可能犯下的。当然，国王赦免了她，她胜利了，我想最后她嫁给了国王的儿子，带给了全家人幸福与快乐。

如今，这个小童话可以看作是一种现世警语。听说，处处可见女性反抗衬裙的迹象。[35]

从某种程度上来说，麦卡锡对多尔诺瓦夫人的故事进行了错误的改编，这恰恰表明《美人贝儿，骑士福图纳》已经融入了爱尔兰和英国民间文化。这个故事的知名度已经高到人们可以回忆起故事的重要片段以及了解故事的整体框架，而故事本身已经脱离了原本的故事集、作者甚至文化背景。此外，麦卡锡用福图纳这个人物来塑造格蕾丝，一个"厌倦了狭隘、单调、例行公事的生活"，并希望成为一名艺术家的女人，这进一步证明了这个17世纪的童话对19世纪的读者依旧具有吸引力。[36]这个故事继续传达了女性从依赖他人和被家庭奴役状态中解放出来的观念，麦卡锡在后来的一篇文章中曾强烈谴责了这种状态。[37]

与此同时，《美人贝儿》被重新利用来为英国的帝国主义服务，许多创作者在将多尔诺瓦夫人原著改编成戏剧和棋盘游戏时会抓住其中流露出的东方主义痕迹并加以夸大。威廉·斯普纳和亨利·J.拜伦（Henry J. Byron）在重新构思这个故事时虽然保留了男（女）主人公的主体性，但总体还是遵循了英国帝国主义意识形态。《美人贝儿》这个故事挑战了早期现代女性的掌权观念，但也可以用来为英国的帝国主义正名，在维多利亚女王统治期间（1837—1901），英国帝国主义得到了显著扩张。

从某种程度上来说，我们可以把多尔诺瓦夫人的故事解读为展现了"两个'截然不同'的女性形象"的故事：一个是国王那位丧了偶又爱惹麻烦的妹妹，她威胁要毁了男主人公，但是如果没有了男主人公，王国就会灭亡；另一个是挽回家族荣誉以及拯救王国于水火的骑士福图纳/美人贝儿。[38]尽管在早期现代的法国，曾有三位女性担任摄政王，也有无数作家和艺术家创作了许许多多支持女性参与政治、社会和文化的作品，但总有像夏尔·佩罗以及作家兼学者尼古拉·布瓦洛①这样的人，他们对女性以及她们获得任何形式的公共政权或职权都持谨慎态度。[39]在布瓦洛反对女性的《讽刺诗》（Satire X, 1694）和佩罗所谓的《向女性致歉》（Apology of Women, 1694）等作品中，这些反女权主义的男性作家将在公共领域活跃的女性描绘成过度热情、无法自控、造成公共混乱并危害家庭和国家的模样。他们这样做的目的是让女性在公共领域的积极参与变得非法化。

---

① 尼古拉·布瓦洛（Nicolas Boileau, 1636—1711），法国著名诗人、作家、文艺批评家。

在多尔诺瓦夫人创作的女战士的故事中,她采用了失控的女性这一刻板印象,并将她置于更广泛的政治动荡背景中。在故事中,政治动乱最初是由一位实际上被"阉割"的国王造成的:他的军队和财富都被"掠夺"了,也就是说,他失去了政治权力。[40]因此,正是男性统治者导致了王国的覆灭,而用以体现女性负面刻板印象的国王的妹妹,甘愿让王国处于无法恢复先前权力地位的危险之中。然而,正是另一个女人——美人贝儿,乔装打扮成骑士福图纳,拯救了国家。整个故事说明了一个道理,即女性和男性一样有能力建立王国,并维持王国的稳定——当然也一样有能力摧毁王国。

在创作《美人贝儿,骑士福图纳》这个故事的过程中,多尔诺瓦夫人从斯特拉帕罗拉的《康斯坦沙/康斯坦莎》中国王和王后都在竞争男主人公这一设定中汲取了灵感,只是和缪拉一样都将王后改成了国王的妹妹。她还借用了巴西耳的《无知者》("The Ignoramus")和《三个王冠》("The Three Crowns")中的主题。在《无知者》中,一位出身经商之家名叫莫西奥内(Moscione)的男子全身上下一无所长,于是被父亲送去磨炼心智。在前往开罗的途中,他遇到了五个在跑步、听声、射击、吹气和搬运方面分别拥有突出才能的人,他们加入了他的冒险之旅。这类涉及非凡才能同伴的故事,通常都和巴西耳的故事一样,将带领众人的人物设定为男性,而多尔诺瓦夫人则将组建这支天才团队的人物的性别改为了女性。巴西耳的《三个王冠》是一个主人公女扮男装的故事,在这个故事里,王后疯狂地爱上了男(女)主人公。像斯特拉帕罗拉和缪拉一样,多尔诺瓦夫人在自己的故事中融入了王后派男(女)主人公执行危险任务这一情节,并且还更深一步发展了整个情节,王后还指责男(女)主人公试图勾引或强奸自己,为此男(女)主人公被判处了死刑。而在巴西耳和多尔诺瓦夫人两人的作品中,男(女)主人公都在即将被处决时揭露了自己的"真实"性别身份,然后嫁给了国王。

多尔诺瓦夫人的故事开篇即政治动荡的局势。实力强劲的皇帝马塔帕打败了一位失去大部分军队、财富和人民的国王,并且与自己的妹妹——一位公爵的遗孀,一同统治着这个资源匮乏的王国。为了重新构建起自己的权力,国王号召王国里的所有贵族要么亲自为他服务,要么派一个儿子为他服务,要么为战争贡献金钱力量。然后故事又转至介绍另一位没有能力的人,这是一个庄园领主,已经有80岁的年纪,无论是体力上还是财力上,他都没有能力做出自己的贡献。另外,他也只有三个女儿,没有儿子。从大女儿开始,三个女儿一个接一个地提出,她们可以在宫廷和战场上乔装打扮成他的儿子。大女儿率先尝试,骑马前往国王的宫廷。然而,在路上,她遇到了一个看起来像是老牧羊女的人,她的羊掉进山沟里淹死了,大女儿没有去救她。而当她从那令人痛苦的场景离去时,老妇人喊道:"再见,美丽的乔装女人。"因此,大女儿明白自己无法假扮男人,只好回到了父亲的家中。二女儿完全模仿姐姐的装束,同时也没有帮助老牧羊女,最后也被认出是个女人,回到了父亲的家中。[41]最后,最小的女儿美人贝儿长得要比姐姐们都高,她每天都会外出打猎,"有助于培养她的战斗才能"。她跳过篱笆,进到山沟里,救了小羊。老牧羊女其实是一位善良的仙女,因为小女儿的善良而奖励了她。[42]

这位善良的仙女送给小女儿一匹既忠诚又聪明的马,名叫卡玛拉德①,经常给她些可靠的建议;还送给了她一个摩洛哥皮革制成的神奇箱子,箱子里面装满了各式各样的奢华衣物,钥匙就藏在卡玛拉

---

① 卡玛拉德(Camarade),英语"卡玛拉德"(Comrade)一词的谐音。

女扮男装的美人贝儿帮助了老牧羊女,而这位牧羊女实际上是一位仙女。出自《仙女的储藏柜》(日内瓦,1785)

德的耳朵里。另外，仙女还给小女儿取了一个新名字，叫骑士福图纳。当福图纳在去宫廷的路上和卡玛拉德在一个美丽的城市停下来过夜时，每个人都认为"他"是外表最英俊、衣着最华丽的骑士。在福图纳去拜见国王的路上，卡玛拉德建议他带上七个天赋异禀的人才，这七个人每个都被仙女赋予了特殊的能力。福图纳首先遇到的是一个力大无穷的樵夫，他名叫"强脊"（字面意思是"强壮的脊梁"），可以将整棵树搬起来。后来，他又遇到跑得比猎物鹿和野兔还快的"轻步"（Léger）、目光敏锐到很快能将一片森林中的鹧鸪清理干净的"神射手"（Bon Tireur）、连小草生长中的声音都能听到的"灵耳"、仅用一声叹息就能将树连根拔起的"狂风"（Impétueux）、一口气能喝下一池水的"酒神"（Toaster）以及能吞下六万多条面包的"大胃王"（Grugeon，这个词语源于早期现代法语"gruger"，意思是"咀嚼、咬碎或轻啃"）。他们每个人都发誓会忠实地执行福图纳下达的命令，而福图纳则为他们提供华丽的衣服和马匹，并承诺会给他们丰厚的奖励。

当福图纳、他的七位才华横溢的同伴和卡玛拉德来到国王面前时，凡是见到骑士的人都感到惊叹不已，包括国王、国王的妹妹和国王妹妹的侍女弗洛里德（Floride）。他们彼此竞争，都希望能够引起福图纳的注意。至此，多尔诺瓦夫人的故事暂时停留在了男（女）主人公在宫廷的经历上，这是一个小说的插曲，缪拉在她的女战士的故事中也有类似的情节。国王和国王的妹妹都希望福图纳为自己服务。国王的妹妹还无视自己与福图纳之间悬殊的社会地位，梦想着与这位年轻的骑士秘密结婚。福图纳堪称宫廷中所有男人的典范，他"在比武大会上夺得头筹，在狩猎聚会上杀死的猎物比其他所有人都多，在舞会上跳起舞来要比其他人都优雅、精巧"，因此他收到了许多宫廷女性送给他的情书和礼物。[43]而就"他"自己而言,福图纳爱上了国王,也因此变得郁郁寡欢。这让国王的妹妹认为他爱上了另一个女人,并因此感到愤怒,打算报复福图纳,由此故事情节又回到了正轨。[44]

国王的妹妹这个人物在许多方面都会让人联想起神话故事中的国王,比如珀耳修斯①和伊阿宋②。在《哲学家俄狄浦斯》(*Oedipe philosophe*,1990)中,让-约瑟夫·古克斯(Jean-Joseph Goux)认为,希腊罗马文化中典型的神话故事通常围绕着一位国王展开,他担心年轻的男性竞争者会取代自己的位置,不过他并没有简单地将其杀死,而是给对手布置下危险的任务,使男主人公的生命处于危险之中。当男主人公成功杀死怪物,得以暂时避免死亡时(通常是在神或其他人的帮助下),国王会与他和解,并让男主人公迎娶自己的女儿。[45]多尔诺瓦夫人的故事似乎借鉴并修改了这种结构。在这里,国王的妹妹不是出于竞争心理而是出于复仇心理而想要将男主人公置于死地,她首先派福图纳去杀死一条正在王国内肆虐的恶龙,然后让皇帝马塔帕去收回国王的财富,因为国王缺乏新组建的军队的支持,故事中这支新组建的军队从未参与过战斗。尽管国王努力召集军队,但在故事中仍然显得十分被动和无能。因此,正是这位公爵的遗孀和男主人公之间的紧张关系推动男主人公展开后续一系列行为。

马塔帕则给男主人公(在多处被称为"年轻大使")提出了三个看似不可能完成的任务,以此作为归还他夺走的财富的条件。如果主人公无法完成,则要被处以死刑。这三个任务分别是:第一,找

---

① 珀耳修斯(Perseus),希腊神话中宙斯和达那厄的儿子。
② 伊阿宋(Jason),希腊神话中带领阿耳戈船英雄夺取金羊毛的英雄。

到一个能吃掉城里所有热面包的人（要知道，这座城市要比巴黎、君士坦丁堡和罗马加起来还要大）；第二，找到一个能喝完城里所有喷泉、渡槽和水库里储存的水以及所有酒窖里储存的酒的人；第三，找到一个能在赛跑中打败他战无不胜的女儿的人。当然，在七个能干的伙伴的帮助下，福图纳通过了所有考验，并在强脊和狂风的进一步帮助下，击败了马塔帕的军队，夺回了王国的所有珍宝。再说回这个故事与珀耳修斯等故事的比较，我们可以认为福图纳这七位天赋异禀的同伴发挥着与雅典娜的盾牌或赫尔墨斯的剑类似的作用，这类武器帮助神话中的主人公打败了美杜莎。即便是珀耳修斯，也不是依靠自己的力量击败戈耳工女妖①的，而是依靠众神的帮助。而在多尔诺瓦夫人的故事里，福图纳依靠的是仙女的魔法帮助，她们发挥了与希腊神话中众神类似的作用。

在成功完成这些考验后，我们的男（女）主人公与国王成婚，而不是王子。从某个角度来说，如果国王的妹妹起到了以往故事中国王派男主人公执行危险任务的作用，那么我们或许可以将多尔诺瓦夫人笔下的国王视为公主，即对男主人公取得成功后赐予的奖励。因此，国王在这个故事中扮演着传统女性扮演的角色。夏洛蒂·特兰奎特·杜里斯认为，"国王为福图纳离开而感到难过的那个场景，就好像女人看着爱人奔赴战场一样。"[46]同样地，就像骑士不得不抛下真爱、加入战斗一样，福图纳在离开王国去面对马塔帕前，也向自己的爱人索要了画像，然后"满怀欣喜地"收下。[47]在整个故事中，国王一直扮演着被动的角色，无论是在掌控着宫廷的妹妹面前，还是在有着七个天才同伴和仙女的支持、成功重建王国的福图纳面前。

---

① 戈耳工（Gorgon），是一种长有尖牙、头生毒蛇的女性怪物。

尽管福图纳的成功源于自己的马卡玛拉德的劝告，以及仙女赐予的七个同伴的帮助，但他仍然是真正掌握权力的人物。在把卡玛拉德介绍给福图纳时，仙女是这样说的："它能够给你提供很好的建议。如果哪个君主能拥有像它这样的顾问，那真是太幸运了。"[48]在这个对话中，我们可以看出仙女对福图纳的定位是君主。在马塔帕对福图纳及其手下发起考验的过程中，多次称福图纳为"大使"，这意味着他在马塔帕面前就代表着国王。而即使我们的男主人公没有像国王一样依靠自己进行所有的行动，但他也会得到可靠的建议，并且将任务委托给宣誓效忠于他的人。从故事中我们可以看出，福图纳拥有高超的狩猎和比武技能，足以媲美传统的亚马孙战士，但在拥有的权力上，他更像一位国王或君主。[49]在夺回马塔帕从王国抢走的财富后，福图纳的七位天赋异禀的手下开始为回报而争吵不休，每个人都认为自己理应比其他人获得更多回报。此时，福图纳"脸上带着不容置疑的神情"说道：

"我的朋友们……你们都做出了壮举，但我们必须让国王来根据我们的付出给予我们奖励。如果不是他亲自给予，我会感到非常遗憾。相信我，一切都听他的。国王派我们来是取回他的财富，而不是将这些财富偷走。这个想法太可耻了，我认为我们永远都不要再提起了。我向你们保证，就我而言，我一定会让你们对自己的付出无怨无悔，即使国王有可能忽视。"这七位天赋异禀的同伴都被主人的言论所打动。他们跪倒在主人的脚下，发誓永远不会接受除他之外的任何人。[50]

在掌控他人情绪这方面，福图纳要比试图重建王国的国王拥有更多能力。男(女)主人公能够控制住自己天才同伴激动的情绪,这对于恢复王国秩序十分重要。

　　故事又回到了对爱情的关注以及因爱情而产生的危险上。福图纳回来后,对男主人公爱情的竞争重新成了故事的核心,这一次国王的妹妹直接向福图纳求婚。就像在《白猫》一样,在多尔诺瓦夫人的故事中,女性角色向男性求婚本身并没有问题,作者谴责的是一切形式的强迫婚姻,无论是地位强大的女性(比如仙女或王后)向权力较小的男性(国王或骑士)施压,还是地位强大的男性(国王、王子或拥有魔法的侏儒)向权力较小的女性(公主或贵妇)施压,逼迫他们与自己成婚。福图纳试图借助父权习俗的力量,也就是求助在妹妹的婚姻上有同意权和否决权的国王,以避免在被迫回应这位公爵遗孀的求婚后引起她的不满,但仍然无济于事。在遭到拒绝后,国王的妹妹先是殴打并且抓伤了福图纳,随后又抓花自己的脸还扯破自己的衣服,让哥哥相信福图纳试图强行带走自己。由于妹妹"有能力在王国内部翻云覆雨",国王不敢违背她判处福图纳死刑的愿望,而腐败的法官在福图纳这个案件中也站在国王的妹妹一边。[51]与此同时,深爱着福图纳的弗洛里德决定毒死国王的妹妹以作为对她要处决男主人公的惩罚,并计划在这之后出于对男(女)主人公的爱也服毒而亡。之后,当刽子手准备刺穿男(女)主人公的心脏时,福图纳的胸部暴露了出来。见到此景,国王的妹妹的情绪十分激动,很快就因为弗洛里德下的毒药暴毙了,而弗洛里德最终幸存了下来。最后,美人贝儿的家人和仙女教母听闻她要嫁给国王而感到十分高兴。故事的结尾这样写道:"这个迷人的冒险故事代代流传,一直到现在。"[52]莱里捷在1717年版的《玛莫伊桑》中也写到自己的这个故事已经流传了几个世纪,多尔诺瓦夫人对自己的故事也抱有同样的看法。

虽然多尔诺瓦夫人并没有在自己的故事中明确说明美人贝儿是位"亚马孙战士"（她只在介绍贝儿的二姐时说成是"我们的亚马孙战士"），但是贝儿的确成功将自己装扮成了一位男性朝臣和骑士，也在宫廷举办的比赛中展现了自己丝毫不逊于男性的身体素质。最重要的是，她展示了故事中国王所缺乏的管理国家的外交技巧。在一个由无能的男性（美人贝儿的父亲和国王）领导的家庭和王国中，多尔诺瓦夫人让国王的妹妹与美人贝儿/福图纳成为对抗的双方，实际上是将这个童话故事中世界的命运交到了女性手中。即使是反派角色马塔帕的女儿，在故事中也扮演着实力强大的女性的角色，她在遇到"轻步"前从未被打败过。多尔诺瓦夫人以美人贝儿/福图纳这一人物来挑战对于女性统治者总是情绪不稳定这一刻板印象。从故事中贝儿能够稳定住七个同伴的情绪这一情节可以看出，贝儿知道管理他人的方法，并且在政治和经济上都能够让国家处于稳定的状态。虽然在故事的结尾，贝儿并没有像莱里捷故事中的女主人公那样被明确指定为担任丈夫的顾问这一角色，但她确实表现出比国王掌握更多的外交技巧。因此，我们可以有把握地推断贝儿能够在国王身边掌握统治国家的权力，就像《玛莫伊桑》故事中的莱奥诺尔一样。

《美人贝儿与骑士福图纳》曾多次重新出版，出现在几部英语版故事集中，最后还被改编成了英国儿童舞台剧甚至棋盘游戏。我们在第三章中曾介绍过，多尔诺瓦夫人撰写的许多故事都收录在《邦奇妈妈》这一故事集中，其中就包括《美人贝儿与骑士福图纳》。在1773年版的《邦奇妈妈》中，收录了改编自多尔诺瓦夫人原作的《黄色小矮人》（"The Yellow Dwarf"）、《信鸽与白鸽》（"Pigeon and

Dove"）、《米兰达和白羊》（"Miranda and the Royal Ram"）和《那个叫"仙度"的女孩，芬妮特的故事》（"The Story of Finetta; or, The Cinder-Girl"），也收录了《福图纳的故事》。相比起原作，《福图纳的故事》明显简化了，比如没有描述对女主人公二姐的考验，还修改了许多细节，例如，摩洛哥皮革的箱子变成了土耳其皮革的箱子。与多尔诺瓦夫人原作故事一样的是，也描写了卡拉玛德在男主人公与七位天赋异禀的同伴（"强脊""轻步""神射手""灵耳""狂风""酒神""大胃王"）交往的过程中给予的帮助，只是要简单得多。虽然这本故事集面向的读者群体是少年儿童，但是仍在这篇故事中保留了国王的妹妹指控福图纳"曾经试图虐待自己"以及"男主人公暴露出自己胸部"这些情节。[53]这个精简版还删除了弗洛里德这个角色。因此在福图纳取得胜利后，是国王的妹妹自己服毒死了，故事以七位同伴被封为骑士而结束。在《邦奇妈妈》问世大约20年后，出版大众文化书的密涅瓦出版社（Minerva Press）又出版了一个未署名的故事集，名为《美丽、惊奇又有趣的空中生物冒险……娱乐和启发青少年心智的全选集》（*The Fairiest; or Surprising and Entertaining Adventures of the Aerial Beings ... The Whole Selected to Amuse and Improve Juvenile Minds*, 1795）。与《邦奇妈妈》相比，这个故事集中的版本更接近法语原版。出版商威廉·莱恩将《骑士福图纳的故事》的插图作为这一故事集的封面，说明这个图片以及这个故事在英国图书行业中具有一定的吸引力。

1804年，本杰明·塔巴特（Benjamin Tabart）出版了《福图纳的故事》一书的单行本，在这个未注明作者的版本中对多尔诺瓦夫人的故事进行了修改，所作的这些修改一直存在于后来的其他英语改编版本中。[54]在塔巴特的版本中，国王有了名字，叫阿尔福瑞

Belle-Belle or the Chevalier Fortune.—p.474.

美人贝儿正准备出发去参军,见于普朗什的《多尔诺瓦夫人故事集》(伦敦,1856),由约翰·吉尔贝特所作的插画

（Alfourite），这也成了这个英文版故事的一大特征。塔巴特与出版商约翰·哈里斯（John Harris）合作，重新讲述了许多"法国和英国本土故事，对原作进行修订，以售卖给儿童群体"。他对故事所做的修改清楚地反映了这一目标受众。[55]故事内容经过了简化，删去了阿尔福瑞的王国被掠夺的细节，极度简单地描述了一下七位同伴。然而，国王妹妹的情况有所不同，她曾嫁给一位邻国的王子，后来王子去世了。虽然保留了阿尔福瑞、阿尔福瑞的妹妹以及弗洛里达（Florida，即弗洛里德）三人竞争福图纳的情节，但浪漫细节的描写被最大程度简化了，例如，福图纳一副郁郁寡欢的样子以及收到国王的画像后万分欣喜的心情（面向更加年幼群体的《邦奇妈妈》中也做了这样的修改）。当描写到与恶龙的交战时，塔巴特将一切荣耀都归到男（女）主人公身上，写到"仅仅一击，他就砍掉了恶龙的头"。[56]

最后，塔巴特还对多尔诺瓦夫人的故事做了一些重要的改动。国王的妹妹没有指控福图纳殴打自己或强奸未遂，而是以"绑架"的罪名指控他，[57]声称福图纳派"强脊"强行带走自己，目的可能是与自己结婚。在故事的结尾，暴力内容也被稍微淡化了。弗洛里达没有毒死国王的妹妹；福图纳差点中了三支"飞镖"，所幸没有被刺穿心脏，但是国王的妹妹最终将刀刺入心脏自杀了。故事以国王和女主人公两人的婚礼为结尾，王后奖励了卡玛拉德"一座华丽的马厩"，又奖励了七位同伴"一笔可观的养老金"，这七位同伴承诺如果王后今后还需要他们，他们愿意继续为她服务。[58]这个结局淡化了多尔诺瓦夫人故事中与爱情有关的部分，将重点放在了福图纳——现在的王后——与七位天赋异禀的手下之间的联系上。原本复杂纠缠的爱情故事变成了一个与友谊有关的故事。

所有这些改编作品都在19世纪早期获得了美国图书市场的认

可，说明这样一部贵族女性身着男性服装、杀死恶龙、带领手下保卫国家的故事深受民众的喜爱,[59]那么这个故事最终被改编成圣诞童话剧也是顺理成章的事了。在所有的圣诞童话剧改编版本中，最受欢迎的要数詹姆斯·普朗什的《福图纳和他的七个天才仆人》，该剧于1843年复活节过后的第一个星期一在德鲁里巷皇家剧院首演。尽管普朗什后来在1856年对这个故事进行了相当准确的翻译，但是在这部童话舞台剧中，他主要还是根据当时在英国图书市场流传的其他英文改编版进行创作的。

在普朗什的童话娱乐剧的开场，一名传令官宣告国王阿尔福瑞颁布的法令，即每个人"要么出力，要么出钱！"[60]随后，剧情来到了贫困的杜诺弗男爵（Baron Dunover）家中，他有三个女儿，分别是佩蒂娜小姐（Miss Pertina）、弗利蒂娜小姐（Miss Flirtina）和米蒂娜小姐（Miss Myrtina，即福图纳）。该剧夸大了男性角色的无能。这个男爵甚至一生从未将剑从剑鞘中拔出来过，当他把剑给女儿时，那把剑闪闪发亮，就像崭新的一般，后来他的女儿用这把剑成功砍下了龙首。在这部剧中，国王阿尔福瑞的处境甚至比故事中更加棘手。就在福图纳来到宫廷前，大臣告诉国王，没有人响应他的公告："还没有出现一个愿意主动报名的人。"[61]而国王的妹妹则比多尔诺瓦夫人故事中的更加邪恶与残忍，在剧情的一开始，她就建议自己同父异母的哥哥绞死所有拒绝响应公告的人。而在前往宫廷的途中，是仙女皇后而非卡玛拉德建议福图纳去结交那七个同伴。普朗什保留了国王（国王曾经心想："真可惜福图纳不是个女人啊"）、弗洛里达和国王的妹妹之间的竞争关系，并且强调了国王的妹妹对福图纳怀有的性欲，她希望让福图纳成为自己"床上的新郎"。[62]

这部童话娱乐剧中使用了许多同音异义词来作双关语，例如

"违反军令"中的"违反"一词和服饰中的"马裤"①一词,以及一匹不会说话的、"嘶哑"的"马",还有一匹不懂如何"嘶哑"着的"马"②。另外,它还常常提到那个时代的英国文化。见到福图纳时,国王递给他一撮鼻烟。剧中,国王还吟唱了一首批评滴酒不沾之人的饮酒歌,"这个时代的人们如此清醒,瘟疫即将降临"。[63]自19世纪20年代以来,英国对待饮酒的态度"愈发强硬",禁酒社会也随之兴起。因此,该剧嘲讽了这一新趋势。[64]在杀死恶龙(与塔巴特的故事版本相同,普朗什的版本中是福图纳给了恶龙最后一击,并砍下了它的头)并准备迎战马塔帕后,福图纳得知所有这一切都是由心怀怨恨的国王的妹妹策划的,不禁哀叹道:

> 她是不是打定主意要让我在这场战斗中牺牲?
> 她把我当成了范·安伯格③(Van Amburgh)或者卡特(Carter)不成?
> 又是和龙搏斗,又是抓鞑靼人,
> 才出油锅,又入火坑啊。[65]

在这里,福图纳将自己比作"狮子王"艾萨克·范·安伯格,这位来自美国的驯兽师在维多利亚时代的英国颇为出名,他曾在德鲁里巷皇家剧院演出过,普朗什的《福图纳和他的七个天才仆人》也是在这个剧院上演的。福图纳还将自己比作范·安伯格的"继任者和

---

① 英语中的单词"违反"(breaches)和"马裤"(breech)发音相同,意思不同。
② 英语中的单词"嘶哑"(hoarse)和"马"(horse)发音相同,意思不同。
③ 艾萨克·范·安伯格(1811—1865),美国驯兽师,他开发了近代第一个受过训练的野生动物表演。

竞争对手"詹姆斯·约翰·卡特（James John Carter）。⁶⁶因为观看这部圣诞童话剧的观众此前也在这个剧院里看过范·安伯格训练狮子的表演。因此福图纳这几句台词里的自我指涉是十分聪明的。

我们还可以看到，经由普朗什的创作，多尔诺瓦夫人的作品变得更具东方风味了。虽然多尔诺瓦夫人创造出的"马塔帕"这个对于法国读者而言具有典型异域风情的名字难免使人联想到东方主义的背景，但是她并没有说明马塔帕的国家就位于东方。而普朗什充分挖掘出了这个故事中隐藏的东方主义元素，特别是直接称马塔帕为"鞑靼人"①。此外，将福图纳比作这两位著名的驯兽师则进一步加深了故事中的东方主义元素。正如佩塔·泰特（Peta Tait）认为的那样，这种"戏剧表演融入了关于地理探索的东方主义故事，这类型的故事自18世纪末以来就一直广泛地出现在戏剧中"。⁶⁷这种使得故事具有异国风情的改编大大方便了将其改编为我们接下来将讨论到的英国棋盘游戏，这是一种与地理和国家关系十分密切的游戏。

和塔巴特一样，普朗什在重新演绎这个故事时选择删去了对于强奸的所有暗示。塔巴特通过让国王的妹妹指控福图纳企图强行掳走自己而非强奸来淡化这个情节，而普朗什则让她以篡权夺位的罪名指控男（女）主人公。她说福图纳想要迎娶自己并且谋杀国王以篡夺王位，并要求逮捕男（女）主人公。但普朗什并没有通过让主人公露出胸部来揭示她的身份——这个举动在维多利亚时代的舞台上是无法实现的——而是让福图纳直接宣布自己是杜诺弗男爵的女儿，而非儿子，没必要提供进一步的证据。听到这点，国王的妹妹既

---

① 历史而言，鞑靼人（Tatars或Tartars）可以指代任一个始源于北亚及中亚、后被欧洲绘制图师描述为鞑靼利亚这一广袤地域的族群。

没有被杀,也没有自杀,而是直接晕倒了,而阿尔福瑞和福图纳则决定共同统治这个国家:

> 国王(对福图纳说):你值得拥有一项王冠。
> 福图纳:我只愿意要半顶。
> 国王:你愿意分享我的这顶吗?[68]

福图纳坚持说,自己需要得到父亲的同意才能嫁给国王,而她的父亲立即同意了。普朗什明确地以女主人公与国王共享王位作为结尾,这一举动在维多利亚女王统治时期可能并不是十分大胆。从某种程度上说,这部剧与多尔诺瓦夫人故事的创作背景相呼应,在她的故事中,那些实力强大的女性形象的传播既对现实世界中实际掌权的女性起到了支持鼓励的作用,同时又得到了她们的支持。这部剧颇受欢迎,总共演出了大约40场,并曾在1844年、1845年和1846年连续三年在美国演出。[69]在过了大约3年后,普朗什的这部剧还被改编成了棋盘游戏,足以证明其受欢迎程度。

威廉·斯普纳是一名活跃于19世纪30年代至50年代的游戏制造商。1846年,他根据普朗什的《福图纳和他的七个天才仆人》制作了棋盘游戏版本。[70]斯普纳照搬了普朗什剧中的名字,给三姐妹取名叫佩蒂娜、弗利蒂娜和米蒂娜,给国王起名叫阿尔福瑞。在这个游戏中,玩家需要旋转陀螺仪,标有"F"的那面表示向前移动一个格子,标有"B"的那面表示向后移动一个格子;如果陀螺仪停在空白的那面,玩家就停在原位。玩家从写有"国王阿尔福瑞的宣言"的地方出发。有趣的是,游戏规则中没有讲述这个故事,它假定玩家熟悉普朗什的剧或者这个故事的某个版本。玩家已经清楚知道,这个宣言的内容要求出人或出钱帮助国王对抗马塔帕,即使游戏材料中没有任何地方解释这一点。接着,我们看到两个场景,仙女伪装成牧羊女,佩蒂娜和弗利蒂娜都没有通过测试,这点只要熟悉这个故事的玩家就都能明白。在这些失败之后,场景附近的气泡上分别显示"因傲慢无礼需支付2(代币)"以及"因虚荣自大需支付2(代币)"。而当米蒂娜通过善良测试时,仙女会恢复原形,她看起来就像童话剧和舞台剧中常见的白人芭蕾舞演员,她会因米蒂娜的"善举"奖励给她4枚代币。

在经过这个曲折的考验后,游戏的下一个场景来到了仙女将福图纳介绍给七位天才仆人这个情节。在这之后,玩家必须支付3枚代币才能被引荐至国王阿尔福瑞的宫廷。同样地,游戏也没有解释福图纳与龙展开战斗的事件,而我们就能够看到女扮男装的福图纳勇敢地与恶龙展开殊死搏斗,最后玩家能够因为"杀死恶龙"而获得4枚代币。接着,游戏中的故事就将我们带到了马塔帕的王国,皮肤黝黑、头戴土耳其毡帽的马塔帕在这里迎接了女扮男装的骑士。在游戏结束时,福图纳和他的手下成功通过了测试,将被偷走的宝藏(情节中暗示了这点)带回了阿尔福瑞的宫廷,由此结束了这个游戏,这一幕不免让人想起了童话舞台剧、圣诞童话剧和童话娱乐剧中人物飞升成仙的情节。这个游戏删去了与爱情有关的各种阴谋部分的情节,也没有以男女主人公成婚作为结尾,而把重点放在了男(女)主人公在各个空间中穿梭、打败怪兽、击败敌国的情节,敌国的居民则个个头戴头巾与土耳其帽,皮肤黝黑。

19世纪的棋盘游戏内容侧重于融入英国民族主义的历史和地理材料,通过将玩家设定为来自外国、异邦的潜在侵略者,鼓励玩家认同英国的帝国计划。[71]斯普纳本人在1831年至1837年期间创作了《一款新奇有趣的游戏：通往征服者城堡之旅及十字路口》(The Journey; or, Cross Roads to Conqueror's Castle: A New and Interesting Game)，又在1843年创作了《奇异的中国之旅》(An Eccentric Excursion to the Chinese Empire)，这些游戏同属于根植于帝国主义文化的那类游戏。[72]在这些游戏故事中，斯普纳融合了虚构的和现实世界的地理环境，但是它们都以不同的方式涉及对某个空间的征服。虽然福图纳是一个完全虚构的人物，但与之前的多尔诺瓦夫人、塔巴特以及普朗什相比，斯普纳在人物之间创作出了一种更加鲜明的对立，即天性善良、忙于开疆破土的白皮肤欧洲人以及马塔帕王国那些天性邪恶、皮肤黝黑的东方人之间的对立。游戏赋予了福图纳及其手下带走被马塔帕偷走的宝藏的合法权利。事实上，游戏并没有提供足够的信息，只是假定玩家知道马塔帕掠夺了阿尔福瑞的王国，但游戏本身并没有强调这一点，这使得福图纳夺取马塔帕的宝藏这一点看起来更加站不住脚，且更加具有帝国主义的色彩。多尔诺瓦夫人原作中暗含的异国元素在基于普朗什作品而改编的游戏中得到了更加淋漓尽致的体现。在斯普纳保留了女战士具有主体性这一点的同时——福图纳在屠龙时看起来相当勇敢——他也利用多尔诺瓦夫人的故事来合法化帝国主义的征服欲望，即白皮肤的欧洲人有权没收黑皮肤的中东人或亚洲人的财富。

在斯普纳推出融合了帝国主义的游戏版《美人贝儿与骑士福图纳》近20年后，亨利·J.拜伦又根据这个故事制作了另一版舞台剧，在剧中进一步融合了东方主义和帝国主义的比喻。虽然从多尔诺瓦夫人到普朗什等版本都暗示马塔帕是一位恶劣的皇帝，但拜伦在他制作的《贝儿小姐：福图纳和7个会魔法的手下》(Lady Belle Belle: Fortunio and His Seven Magic Men, 1864)中，强调了他是一个专制君主。拜伦将马塔帕描述为一个残酷无情的"专制君主",甚至这个角色自己也这样承认道:"是的,我就是一个专制君主。"[73]他的专制体现在,这位鞑靼人的国王奴役自己的人民(农奴们常常抱怨自己没有自由),还制定了引起所有臣民反对的"双重所得税"。虽然在其他版本中,马塔帕的确掠夺了贝儿王国的财富,但并没有像拜伦的作品中暗示的那样连自己的人民都剥削。在欧洲,东方主义常出现的一个特征是专制的统治者会奴役自己的人民(这点甚至直到今天还是这样),而这就为欧洲殖民主义和帝国主义的干预提供了合法性。从斯普纳的游戏到拜伦的舞台剧,《美人贝儿,骑士福图纳》的故事都被用以支持维多利亚时代的帝国主义意识形态。

拜伦在似乎想要切断与原来故事的联系的同时,又在继续使用其中的许多元素。他将故事中国王阿尔福瑞的名字改为了"国王考特利"(King Courtly),这可能是为了加大贝儿所在的欧洲王国与鞑靼人所在的马塔帕国的区别,毕竟原来的名字"阿尔福瑞"听起来像是阿拉伯人的名字。也许是为了致敬普朗什提及著名驯狮人这一行为,拜伦用狮子的形象来代表福图纳面临的不同威胁。当男(女)主人公为了离开苦苦纠缠他的国王的妹妹,而将自己暴露在马塔帕面前时(就像国王说的一样,这简直是"冲进狮子之口"),福图纳说,自己正在逃离一头"母狮子"。[74]拜伦后来让可汗威胁福图纳:"你会失去你的头,没人能认出你的尾巴。/你把头伸进狮子的嘴里,/手放在马塔帕国王的爪子上。"[75]普朗什曾在他的作品中将福图纳比作屠龙英雄圣乔治①,而拜伦也借用了这一典故,当考特利国王宣布他

---

① 圣乔治(Saint George),著名的基督教殉道圣人,英格兰的守护圣者。经常以屠龙英雄的形象出现在西方文学、雕塑、绘画等领域。

们将展示杀死的恶龙时,展示的地点就是"圣乔治大厅"。[76]

扮演贝儿以及福图纳的演员是凯莉·纳尔逊(Carry Nelson),她曾在多部剧中扮演男主人公。1842年,她扮演了阿玛贝尔王子[①],还在1863年拜伦制作的另一部剧中扮演流浪艺人曼里科(Manrico)。当贝儿表示自己愿意代替父亲出征时说的话也暗示了纳尔逊在扮演男主人公方面十分成功,她是这样说的:"他们不会发现我其实是女扮男装,因为我经常假扮男人,都没人发现。"[77]在宫廷时,福图纳经常跟弗洛里达调情,甚至还吻过她三次,完全接受自己是一名异性恋男性的身份,同时这一举动也引发了她成为同性恋的欲望。在福图纳征服马塔帕归来后,弗洛里达就明白了男主人公其实并不爱自己。福图纳向弗洛里达发誓自己不会娶其他女人,最后还是坦白道:"其实我是女的。"[78]此前一直在追求他的国王的妹妹听到这个消息后感到松了一口气,觉得他并非看不上自己,随后国王便向主人公求婚了。在这部剧中,没有更多人受伤或死亡。

有趣的是,在称颂女强人的文学潮流兴起后,多尔诺瓦夫人的童话代表了一种展示女性在战斗和外交领域能力的方式,但她的故事后来被重新演绎,用以赞美维多利亚女王统治的帝国时代。这一时期流行的寓言故事通常是这样的:一个能力强大、性别模糊的男主人公维护君主制统治,并且征服了欧洲之外的国家。梅芙·亚当斯(Maeve Adams)和阿德里安娜·慕尼黑(Adrienne Munich)都曾记录下亚马孙女战士的形象,因为这与维多利亚女王颇有渊源。慕尼黑认为"勇猛的战士和庇护的母亲"这两个复杂的形象融合构成了

---

① 阿玛贝尔王子(Prince Amabel),威廉·布劳(William Brough)创作的滑稽剧《阿玛贝尔王子:童话玫瑰》的男主人公。

维多利亚女王的一部分特质。[79]可以说,本章讨论的三个女战士故事都符合这一形容,但是唯有多尔诺瓦夫人的《美人贝儿》还传达了女性所具有的力量与权力,以及帝国主义所具有的威力,这点在斯普纳改编的桌面游戏和拜伦改编的剧中表现得尤为明显。

莱里捷和多尔诺瓦夫人都声称自己创作的女战士故事是代代相传而来。如果在她们撰写这个故事的时候,情况并非如此(尽管完全存在这样的可能性),那么到了19世纪60年代,她们就的确所言非虚了。缪拉、莱里捷和多尔诺瓦夫人借用女战士的形象来探讨包办婚姻、性别构建以及女性的战斗和统治能力。这些关于实力强大女性的故事并非法国文学界的偶发或特殊事件,而是顺应了早期现代亚马孙女战士和女性强者的形象潮流。实际上,这些故事的灵感来源于已经流行了数十年的文学和艺术趋势。这些女主人公与龙搏斗、拯救国王的故事被译成英语和德语,在杂志上连载,在舞台上上演,甚至还为桌面游戏提供了故事情节,这些事实说明了这种类型的故事在后来的时代依然能够引起人们的共鸣。其中多尔诺瓦夫人的故事尤其广为流传,为大众所知,通过不同的形式影响了成千上万的读者、剧院观众和桌面游戏玩家。那些认为童话故事中的女性总是等待着被拯救的读者在了解到这段历史后应该停下来想想,也许这只是20世纪和21世纪的读者对童话故事的看法,但它绝对不符合16—19世纪历史上的童话故事。备受法国女作家推崇的亚马孙女战士的故事在至少两个世纪以来构成了欧洲"经典"童话故事中不可或缺的一部分。

---

1. 关于女战士的故事,参见Christine Jones, "Maiden Warrior", in *Folktales and Fairy Tales: Traditions and Texts from Around the World*, vol. II (Santa Barbara,

CA, 2016), pp. 604–607, and "Noble Impropriety: The Maiden Warrior and the Seventeenth Century Contes de Fées", PhD diss., Princeton University, 2002; Charlotte Trinquet du Lys, "L'homosexualité dans les contes de femmes-soldats", *Papers in French Seventeenth-Century Literature*, XLI/81 (2014), pp. 283–299, and "Women Soldiers' Tales during Louis xiv's War Conflicts", *Marvels and Tales*, XXXIII/1 (2019), pp. 140–156; 关于文化和媒体中的女战士,以及这类故事中所暗含的同性恋内容,参见 Anne E. Duggan, *Queer Enchantments: Gender, Sexuality, and Class in the Fairy-Tale Cinema of Jacques Demy* (Detroit, mi, 2013) 一节的第四章。
2. 关于这段强调女性的历史,参见 Armel Dubois-Nayt, Nicole Dufournaud and Anne Paupert, eds, *Revisiter la "querelle des femmes": Discours sur l'égalité/inégalité des sexes, de 1400 à 1600* (Saint-Etienne, 2013); Anne E. Duggan, "Les Femmes Illustres; or, the Book as Triumphal Arch", *Papers on French Seventeenth-Century Literature*, XLIV/87 (2017), pp. 1–20; Danielle Haase-Dubosc and Marie-Elisabeth Henneau, *Revisiter la "querelle des femmes": Discours sur l'égalité/inégalité des sexes, de 1600 à 1750* (Saint-Etienne, 2013); and Ian Maclean, *Women Triumphant: Feminism in French Literature, 1610–1652* (Oxford, 1977).
3. Jean Chapelain, *La Pucelle, ou la France délivree: Poēme heroïque* (Paris, 1656), p. 381.
4. 说起艺术作品能为王后的摄政正名,一个典型的例子就是名为"阿尔忒弥斯娅"(Artemisia)的系列织布画,该作品中的人物形象是融合薛西斯(Xerxes)的同伴以及摩索拉斯(Mausolus)的妻子阿尔忒弥斯娅而成。该系列版画依据的是尼古拉斯·乌尔(Nicolas Houel)于1561至1562年为向凯萨琳·德·美第奇(Catherine de' Medici)致敬而创作的故事。凯萨琳委托画家根据这个故事制作一幅织布画,但是该织布画实际制作时间是1611年至1617年,当时在位的法国王后是玛丽·德·美第奇。参见 Isabelle Denis, "The Parisian Workshops, 1590–650", in *Tapestry in the Baroque: Threads of Splendor*, ed. Thomas P. Campbell (New York and New Haven, CT, 2007), pp. 140–147.
5. 要想整体了解贵族女性在投石党之乱中发挥的外交以及军事作用,参见 Hubert Carrier, "Women's Political and Military Action during the Fronde", in *Political and Historical Encyclopedia of Women*, ed. Christine Faure (New York, 2003), pp. 34–55.
6. Naomi Lebens, "'We Made a Blame Game of your Game': Jean Desmarets, the

Jeu des Reynes Renommés and the *Dame des Reynes*", *Early Modern Women*, XII/1 (Autumn 2017), p. 131.
7. Francesco Giovan Straparola, *The Pleasant Nights*, ed. and trans. Suzanne Magnanini (Toronto, 2015), p. 174.
8. Ibid., p. 175.
9. Ibid., p. 176.
10. 在早期现代的法国,包含特塞拉群岛在内的亚速群岛(the Azore Islands)即为特塞拉群岛。
11. 这些岛屿曾出现在多尔诺瓦夫人的多部作品中,包括《快乐岛》、《路坦王子》("The Prince Lutin")、《普兰提尼尔公主》("The Princess Printaniere")、《蜜蜂和橙树》以及《海豚》("The Dolphin")等。
12. Henriette-Julie de Murat, *Histoires sublimes et allégoriques, dédiées aux fées modernes* (Paris, 1699), p. 8.
13. 西维尔·克罗默(Sylvie Cromer)在对这个故事的分析中讨论了"篡夺"这个概念,参见"'Le Sauvage': Histoire sublime et allegorique de Madame de Murat", *Merveilles et contes*, I/1 (May 1987), p. 11.
14. Bronwyn Reddan, *Love, Power, and Gender in Seventeenth-Century French Fairy Tales* (Lincoln, NE, 2020), p. 4.
15. Murat, *Histoires*, p. 20.
16. 参见 Erica Harth, *Ideology and Culture in Seventeenth-Century France* (Ithaca, NY, 1983), p. 195.
17. 关于1697的佩罗故事集的真实作者的争议,参见 Emile Henriot, "De qui sont les contes de Perrault?", *Revue des deux mondes*, XLII/2 (January 1928), pp. 424–441。在《童话故事框架》(*Fairy Tales Framed*)一书中,露丝·博蒂格海默(Ruth Bottigheimer)和索菲·雷纳德(Sophie Raynard)认为多尔诺瓦夫人的这段致辞令人感到困惑和难以理解:在官方教堂的名册中没有出现佩罗的女儿……同样,佩罗在信件中只提过几个儿子,从没有提过女儿。其他学者,包括雅克·巴奇隆(Jacques Barchilon)和彼得·弗林德斯(Peter Flinders)等人认为,"可能有第四个孩子",即假想中的女儿,详见巴奇隆和弗林德斯所著《夏尔·佩罗》(*Charles Perrault*)一书。
18. 参见 Volker Schroder, "Marie-Madeleine Perrault (1674–1701)", *Anecdota* blog, 31 December 2017, https://anecdota.princeton.edu。
19. Catherine Velay-Vallantin, "Marmoisan ou la fille en garçon", in *La Fille en garçon* (Carcassonne, 1992), p. 63.

20. Carmeta Abbott, "Madame de Saint-Balmon (Alberte-Barbe d'Ernecourt): *Les Jumeaux* martyrs (1650)", in *Writings by Pre-Revolutionary French Women*, ed. Anne R. Larsen and Colette H. Winn [2000] (New York, 2017), p. 258.
21. Ibid., p. 259.
22. Marie-Jeanne L'Héritier, *Les Caprices du destin* [1717] (Paris, 1718), n.p.
23. Ibid., p. 27.
24. Ibid., p. 31.
25. Ibid., p. 35.
26. Ibid., p. 38.
27. Ibid., p. 34.
28. Ibid., p. 35.
29. 参见 *Dictionnaire de l'Académie française* (1694) 一书中的定义。
30. L'Héritier, *Les Caprices*, p. 48.
31. 特林凯·杜利斯 (Trinquet du Lys) 认为这篇故事中国王的两个妻子与路易十四世的两任妻子——西班牙的玛丽亚·特蕾莎 (Marie-Therese of Spain) 和曼特农夫人弗朗索瓦丝·德·奥比尼 (Françoise d'Aubigné, Marquis de Maintenon) 有一定关联，参见 "Women Soldiers' Tales", p. 144。
32. Martin C. Battestin, "Fielding's Contributions to the 'Universal Spectator' (1736-7)", *Studies in Philology*, LXXXIII/1 (Winter 1986), p. 89.
33. 参见 Henry Stonecastl 为 "Marmoisan; or, The Innocent Deceit: A Novel" 所写的前言，*Universal Spectator and Weekly Journal*, 806 (17 March 1744), n.p.
34. Jennie Batchelor, "'Connections, which are of service ... in a more advanced age': 'The Lady's Magazine', Community, and Women's Literary Histories", *Tulsa Studies in Women's Literature*, XXX/2 (Autumn 2011), pp. 245, 263.
35. Justin McCarthy, *The Waterdale Neighbours*, 3 vols (London, 1867), vol. I, pp. 210-212.
36. Ibid., p. 213.
37. Justin McCarthy, *A History of Our Own Times: From the Diamond Jubilee 1897 to the Accession of Edward VII*, 2 vols (London, 1905), vol. I, p. 231.
38. 关于这个故事中两个截然不同的女性形象的想法，参见 Adrienne E. Zuerner, "Reflections of the Monarchy in d'Aulnoy's *Belle-Belle ou le chevalier Fortuné*", in *Out of the Woods: The Origins of the Literary Fairy Tale in Italy and France*, ed. Nancy Canepa (Detroit, MI, 1997), p. 198。
39. 关于佩罗、布瓦洛以及关于拥有权力的女性的争论，参见 *Salonnières, Furies,*

and Fairies: The Politics of Gender and Cultural Change in Absolutist France, second rev. edn (Newark, NJ, 2021) 一书的第四章和 "The Querelle des femmes and Nicolas Boileau's Satire x: Going beyond Perrault", *Early Modern French Studies*, XLI/2 (2019), pp. 144–157。

40. 泽纳（Zuerner）讨论了这个故事中被阉割的男性角色的概念，参见Zuerner, "Reflections", p. 200。
41. Marie-Catherine d'Aulnoy, *Contes II* [1698], intro. Jacques Barchilon; ed. Philippe Hourcade (Paris, 1998), p. 218.
42. Ibid., p. 219. 这一幕大体上符合"圣女与恶女"这一童话类型。
43. D'Aulnoy, *Contes II*, pp. 234–235.
44. 关于王后推进故事情节发展的作用，特林凯·杜利斯认为："正因为王后的行为，福图纳才被派往与恶龙战斗，才能够夺回国王的财产。"参见 "Women Soldiers' Tales", p. 151。
45. Jean-Joseph Goux, *Oedipe philosophe* (Paris, 1990), pp. 12–13.
46. Trinquet du Lys, "Women Soldiers' Tales", p. 151.
47. D'Aulnoy, *Contes II*, p. 244.
48. Ibid., p. 222.
49. 对于主人公与卡玛拉德的关系，特林凯·杜利斯有不同的看法："如果没有那匹马引导她该做些什么事，如果没有会魔法的小伙伴协助，她是完全无法完成派给她的那些任务的。"参见 "Women Soldiers' Tales", p. 149。但是，特林凯·杜利斯强调了福图纳作为"大使"所起到的作用。
50. D'Aulnoy, *Contes II*, p. 262.
51. Ibid., p. 265.
52. Ibid., p. 269.
53. *Mother Bunch's Fairy Tales* (London, 1773), p. 110.
54. 这个故事在19世纪早期似乎颇受人们的欢迎，曾作为单行本重印过，也曾和《愿望，一个阿拉伯的故事》一起重印，在伦敦（1816）、爱丁堡（1810）、纽约（1805、1810）、波士顿（1812）出版。
55. M. O. Grenby, "Tame Fairies Make Good Teachers: The Popularity of Early British Fairy Tales", *The Lion and the Unicorn*, XXX (2006), p. 1.
56. Marie-Catherine d'Aulnoy, *The History of Fortunio and his Famous Companions* (London, 1804), p. 22.
57. "绑架"一词的原文是 "rapt"，是用来表示绑架妇女意图并与之非法成婚的法律术语。文中使用这个词汇，意在将王后与男主人公结婚的可能性与绑架联系起来。
58. Ibid., p. 35.
59. 美国版包括 New York (1805, 1810) and Boston, MA (1812)。
60. James Robinson Planché, *The Extravaganzas of J. R. Planché, Esq.*, vol. II (London, 1879), p. 189.
61. Ibid., p. 199.
62. Ibid., p. 201.
63. Ibid., p. 202.
64. 要想了解更多这一时期对于酒的态度，参见 Henry Yeomans, *Alcohol and Moral Regulation: Public Attitudes, Spirited Measures, and Victorian Hangovers* (Bristol, 2014), pp. 46–51。
65. Ibid., p. 209.
66. 关于范·安伯格在德鲁里巷皇家剧院的演出，参见 Brenda Assael, *The Circus and Victorian Society* (Charlottesville, VA, 2005), p. 66. 关于范·安伯格扮作狮子王一事，参见 Peta Tait, *Fighting Nature: Travelling Menageries, Animal Acts and War Shows* (Sydney, 2016), pp. 12–19。泰特(Tait)讨论了卡特成为范·安伯格继任者一事，并且注意到他们曾在一部东方主义奇幻剧中同台演出过，剧名是 *Aslar and Zolines; or, The lion hunters of the burning Zaara*, (1843); ibid., p. 22。
67. Tait, *Fighting Nature*, p. 20.
68. Planché, *The Extravaganzas*, p. 227.
69. H. Philip Bolton, *Women Writers Dramatized: A Calendar of Performances from Narrative Works Published in English to 1900* (New York, 2000), pp. 142–143.
70. Megan A. Norcia, *Gaming Empire in Children's British Board Games, 1836–1860* (New York, 2019), p. 52.
71. 梅根·诺尔恰(Megan Norcia)认为："维多利亚时代后期制作的许多游戏都将重点放在了帝国主义政策上，巧妙地将帝国主义意识植入了长大后会为帝国服务的孩子脑中"，《福图纳》也是其中一款游戏。
72. Ibid., p. 248.
73. Henry J. Byron, *Lady Belle; Fortunio and his Seven Magic Men: A Christmas Fairy Tale* (London, 1864), pp. 8, 29.
74. Ibid., p. 27.
75. Ibid., p. 32.
76. Ibid., p. 26.

77. Ibid., p. 12.
78. Ibid., p. 43.
79. 参见 Maeve E. Adams, "The Amazon Warrior Woman and the De/construction of Gendered Imperial Authority in Nineteenth-Century Colonial Literature", *Nineteenth-Century Gender Studies*, VI/1 (Spring 2010); and Adrienne Munich, *Queen Victoria's Secrets* (New York, 1996), p. 219。

第五章
结 语

在前面的几章中，我们探讨了早期现代法国女性作家对许多经典童话故事的发展历程所做出的开创性贡献，这些经典童话故事包括《灰姑娘》《美女与野兽》《长发公主》和以猫及女战士为主人公的故事。我们还探讨了这些故事是如何融入文学及口头文化、戏剧、音乐、漫画和桌面游戏等艺术形式的。通过这些探讨，我们会发现女性童话作家跨越媒介、时间和国界，对精英文化和大众文化都产生了影响。然而，还有更多的东西等待着我们去探索，本书《消失的"公主"》所挖掘的只是冰山一角。单单就以加布里埃尔-苏珊娜·维伦纽夫夫人以及让-玛丽·勒普兰斯·博蒙特夫人创作的《美女与野兽》为蓝本的故事在18、19世纪时期的法国和英国的戏剧改编史，我就可以写一整本书。又或者对于这些作品改编版舞台剧中的代表作的研究，我也能写一整本书。这些作品的作者不仅包括在这一领域占据主导地位的玛丽-凯瑟琳·多尔诺瓦夫人，还包括夏洛特·罗丝·德·拉福斯和亨丽埃特·朱莉·缪拉这对堂姐妹，她们分别创作了《善良的女人》("The Good Woman")与《年轻和英俊》("Young and Handsome")这两个故事，詹姆斯·罗宾逊·普朗什曾在19世纪50年代将其改编成童话娱乐剧。

对于18世纪的女性童话故事作者在历史上造成的影响力，很值得进行研究。18世纪的古物学家和童话作家安·克劳德·德·凯吕斯（Annie Claude de Caylus）在其死后出版的一部作品中说道，"小时候，我几乎不读任何东西（除了童话）。缪拉伯爵夫人和多尔诺瓦夫人在这一领域创作了许多璀璨迷人的作品"；他后来又说道："在我提到的这些杰出女士的作品以及《一千零一夜》中，我发现大量的道德规训都在轻松愉悦的表面气氛下深入了人们的内心。"[1] 作家安托万·汉密尔顿（Antoine Hamilton）曾在18世纪早期戏仿过多尔诺瓦夫人的故事，玛丽·安托瓦内特[①]曾在自己位于小特里亚农宫[②]的图书馆中收藏了多尔诺瓦夫人、拉福斯和缪拉的故事集，当时她们创作的故事不断出版。[2] 在启蒙运动时期的法国，这些女性作者创作的故事在文学界的受欢迎程度丝毫不亚于更接近现代的《一千零一夜》。

多尔诺瓦夫人的作品《金发女郎》和《林中小鹿》的受欢迎程度还有更多值得书写之处，这两部童话曾在法国和英国多次改编成舞台剧，并曾被夏尔·波德莱尔[③]和西奥多·庞维勒[④]纳入自己的作品中，还曾被商业化使用。1855年，波德莱尔在杂志《两个世界的回顾》（*Revue des deux mondes*）上发表了《恶之花》，在其中收录了一首题为《献给一位金发丽人》（"To Beauty with the Golden Hair"）的诗，后来改名为《无可挽回》（"Irreparable"）。[3] 诗中的"金发丽

[①] 玛丽·安托瓦内特（Marie-Antoinette, 1755—1793），法国王后，于法国大革命中被斩首。
[②] 小特里亚农宫（the Petit Trianon palace），是一个小城堡，位于法国凡尔赛凡尔赛宫的庭院。
[③] 夏尔·波德莱尔（Charles Baudelaire, 1821—1867），法国诗人，象征派诗歌之先驱，现代派之奠基者，散文诗的鼻祖。
[④] 西奥多·庞维勒（Theodore de Banville, 1823—1891），法国诗人、作家。

人"指的是曾和波德莱尔有过一段短暂恋情的女演员玛丽·多布伦（Marie Daubrun），她曾在1847年龚古尔兄弟创作的《金发丽人》童话剧中扮演女主人公。[4]波德莱尔曾在自己这组诗的戏剧改编版中含蓄地将玛丽比作"照亮暗淡天空的绝妙仙女"。同时代另一位著名诗人庞维勒曾根据龚古尔的童话剧创作了一首诗歌，题为《献给大腹便便的小鹿，就是圣马丁门剧院上映的〈林中小鹿〉里的那只》（"To the Stuffed Doe, Which Was in The Doe in the Woods at the [Theatre] Porte-Saint-Martin"）。[5]这两个故事都具有极强的文化价值，曾在19世纪与多尔诺瓦夫人、玛丽-珍妮·莱里捷以及夏尔·佩罗创作的其他故事一起用于推广巧克力和新兴百货商店等产品。

多尔诺瓦夫人给英国女性作家以及18世纪末到19世纪的德国女性童话讲述者和作家提供了许多灵感。伊丽莎白·万宁·哈里斯（Elizabeth Wanning Harries）认为多尔诺瓦夫人等17世纪90年代的女性小说家对18世纪的作家萨拉·菲尔丁①的作品产生了深刻的影响。[6]在2020年的一篇论文中，凯特琳·劳伦斯（Caitlin Lawrence）帮助人们进一步加深了对多尔诺瓦夫人作品的影响力的理解，她对包括菲尔丁、莎拉·科尔里奇②和安妮·萨克雷·里奇在内的许多作家都产生了深刻的影响，这种影响见于菲尔丁的《赫柏公主》（"Princess Hebe", 1749）、科尔里奇的《幻影》（"Phantasmion", 1837）和萨克雷·里奇的中篇小说《白猫》等，《白猫》被收录于作者的作品《蓝胡子的钥匙和其他故事》（*Bluebeard's Keys and Other*

---

① 萨拉·菲尔丁（Sarah Fielding, 1710—1768），英国小说家，她的作品《家庭女教师，小小女子学院》（*The Governess, or The Little Female Academy*）被认为是第一部儿童向的小说。其兄是《汤姆·琼斯》的作者亨利·菲尔丁。
② 莎拉·科尔里奇（Sara Coleridge, 1802—1852），英国小说家、翻译家。

Stories, 1874)中。[7]许多学者都关注到了安吉拉·卡特对佩罗和博蒙特夫人创作的童话颇感兴趣,而安德鲁·特弗森(Andrew Teverson)发现卡特对多尔诺瓦夫人的故事也十分欣赏。[8]当然,多尔诺瓦夫人也启发了许多男性作家,这一点我们在前面的章节中也谈到过。另外,维罗妮卡·博南尼(Veronica Bonanni)的研究也清楚地说明了这一点,她认为多尔诺瓦夫人对《木偶奇遇记》的作者卡洛·科洛迪(Carlo Collodi)产生了重大影响。[9]

通过前面几章的内容,我们回顾了童话故事的创作历程,相信各位读者对于"经典"童话的历史以及它们与女性作家的关系有了一些更深的了解。首先,我们今天许多耳熟能详的童话故事都是由女性作家创作的,她们的名字以及做出的贡献都被埋没在佩罗、格林和安徒生这三大巨头以及20世纪才诞生的华特·迪士尼的统治之下。其次,无论是过去还是现在,女性作家创作的童话故事都常常被奉为"经典",只不过"经典"这个概念随着时代变迁而变化。《芬妮特·仙度》《白猫》以及女战士的故事均在不同时期、不同国度被认为是经典之作。而《美女与野兽》和《长发公主》这些女性作家创作的故事至今都仍然占据着"经典"之作的地位。这些女性创作的故事广受欢迎,其中尤以多尔诺瓦夫人的童话为代表,它们在许多欧洲国家都融入了当地的民间传说、传统戏剧和流行文化中。其次,这些童话故事没有暗含着剥夺女性权力的意味,我们可以从法国早期现代童话中看到女权主义的倾向,这也许可以解释为什么后来德国和英国的女性作家能够从法国童话中汲取灵感,探讨与女性和性别有关的问题,并且赋予了女性的生活和经历合法的权利。最后,当谈到童话故事中女性角色的含义以及对她们所拥有的能力和权利的理解时,我们不能认为事情只会往好的方向发展,认为相比16世纪到19

世纪作家笔下的女性角色,迪士尼无论以什么样的方式都一定会赋予当代的女性角色更多的自主权。

实际上,在20世纪以前,童话故事中落难少女的概念还没有这么明显。巴西耳笔下的泽佐拉杀死了她的第一任继母;莱里捷笔下的芬妮特在试图虐待自己的男人身上留下了致命伤;多尔诺瓦夫人笔下的曼维斯在她的野兽情人死后仍然继续活了下去,还统治着一个王国,而她笔下的白猫是一位实力强大的君主,甚至还送了几个王国给人类;莱里捷笔下的莱奥诺尔和多尔诺瓦夫人笔下的贝儿都具有多种多样的出色技能,并且还拯救了王国。几个世纪以来,这些故事被改编成了多种形式,包括文学、戏剧、图像、音乐等,然而故事中女主人公的主体性大多数时候都完整地保留了下来。插图、电影、舞台剧以及桌面游戏都以不同方式展现了这些勇敢果断、屠杀恶龙、治理王国、挑战性别规范的女性角色形象。如果我们只从佩罗、格林兄弟、安徒生童话故事以及迪士尼动画电影中了解童话故事的历史,了解到的未免太过狭隘,它们无法反映活力满满且往往具有女性主义色彩的童话故事史,也无法反映出女性作家在构建童话故事以及这一段历史当中所发挥的不可忽视的作用。

这是一群消失的"公主"的故事,可以说因为迪士尼童话的影响,她们留下的线索被切断了,她们遗留的痕迹被抹掉了。迪士尼动画电影重塑了欧美乃至全球观众对于童话故事的理解,也重塑了我们对于童话故事过去的历史、现在的样子以及未来的发展的理解。可以想见,仍有许多消失的"公主",仍有许多尚未讲述的故事,仍有许多曾经塑造过全球奇幻故事的女性声音等待着我们挖掘。我们需要更多的仙女教母和教父一起重拾这些线索,一起重新编织出一幅童话故事的多彩画面,在这幅画中,女性作家功不可没。

1. Anne Claude de Caylus, *Tout vient à point, qui peut attendre; ou Cadichon, suivi de Jeannette; ou l'indiscrétion: contes ... Pour servir de Supplément aux Contes des Fées de Madame d'Aulnoy* (Paris, 1775), pp. 3, 5.
2. 在这位王后于小特里亚农宫的图书馆里，能够找到包括一本1754年的作品合集，内容包括多尔诺瓦夫人、拉福斯、缪拉等人创作的故事，还可以找到一本1724年版缪拉故事集。参见 Paul Lacroix, ed., *Bibliothèque de la reine Marie-Antoinette au Petit Trianon* (Paris, 1863), pp. 65−66。
3. Charles Baudelaire, "To Beauty with the Golden Hair", *Revue des deux mondes*, X/5 (June 1855), pp. 1085−1087.
4. 例如，参见 Albert Feuillerat, *Baudelaire et la Belle aux cheveux d'or* (Paris, 1941), p. 3。
5. Theodore de Banville, "A la Biche empaillée qui figurait à la Porte-Saint-Martin dans *La Biche au bois*", in *Odes funambulesques* [1868] (Paris, 1896), pp. 246−249.
6. Elizabeth Wanning Harries, *Twice Upon a Time: Women Writers and the History of the Fairy Tale* (Princeton, NJ, 2001), p. 83.
7. Caitlin Lawrence, "Reimagining the Conte de fees: Female Fairy Tales in Eighteenth- and Nineteenth-Century England and their Exploration of the World In-Between", PhD diss., Baylor University, Waco, TX, 2020, 尤其是第5章和第6章。
8. Andrew Teverson, "'Mr Fox' and 'The White Cat': The Forgotten Voices in Angela Carter's Fiction", *Hungarian Journal of English and American Studies*, V/2 (1999), pp. 209−222.
9. Veronica Bonanni, "'The Blue Bird' and 'L'Ucccello turchino'. Collodi: Translator of d'Aulnoy", New Pirections in d'Aulnoy Studies, *Marvels and Tales*, XXXV/2 (2021), pp. 337−352.

致 谢

首先,我想向瑞科图书(Reaktion)的维维安·康斯坦蒂诺普洛斯(Vivian Constantinopoulos)表示感谢,是她与我的共同努力,使得这本我认为有必要出版的书得以问世。韦恩州立大学文理学院(The College of Liberal Arts and Sciences at Wayne State University)为本书的出版给予了慷慨支持,对此我深表感谢。我还要感谢阿德里安·杜拉(Adrion Dula)、朱莉·科勒(Julie L.J.Koehler)和妮可·塞兹(Nicole Thesz)花费时间阅读章节内容,并且给了我反馈和鼓励。与克里斯蒂娜·巴奇莱加(Cristina Bacchilega)在《奇迹与故事:童话研究杂志》(Marvels & Tales: Journal of Fairy-Tale Studies)一书上的合作帮助我成长为一名学者和编辑,我一直十分珍惜我们之间的友谊以及她对我的鼓励。《消失的"公主"》的大部分作品灵感都来自詹妮弗·沙克(Jennifer Schacker)于2018年出版的《舞台上的童话王国:民间传说、儿童娱乐和19世纪的舞台剧》(Staging Fairyland: Folklore, Children's Entertainment, and Nineteenth-Century Pantomime),这本著作帮助我进一步了解了玛丽-凯瑟琳·多尔诺瓦夫人对英国流行文化产生的无与伦比的影响,并激励着我研究她对法国戏剧产生的深远影响。我还要感谢我耐心十足、理解支持我的丈夫维克多·菲格罗亚（Victor Figueroa），以及我们的两只古怪特别的猫弗兰基（Frankie）和菲比（Phoebe），它们很可能在自己的猫的故事中担任主角。最后，我要感谢杰克·齐普斯，是他引领我走入女性作家的奇妙世界，他过去的教导帮助我成为今天的学者。

图片致谢

作者和出版公司想要对提供下面插画资料的原作表达感谢,感谢他们允许本书使用这些插画,为简洁起见,插画作品的位置标示如下:

阿拉米图片库(Alamy Stock Photo:)网站上的照片:第212页;

作者故事集中的图片:第73、129、132、133页(顶部和底部)第136、152、158、215页;

法国国家图书馆,巴黎:第169页;

摘自《仙女的储藏柜》,第四卷(日内瓦,1785):第190页;

摘自《美丽、惊奇又有趣的空中生物冒险……娱乐和启发青少年心智的全选集》(伦敦,1795):第199页;

摘自《多尔诺瓦夫人童话故事集》(伦敦,1855):第119、200页;

摘自《费加罗报》(1908年11月5日):第141页;

摘自《福图纳的故事》(伦敦,1804):第134页;

摘自《伦敦插画报》(1849年12月29日):第95页;

摘自《青年画刊》(1903年7月26日):第151页;

印第安纳大学伯明顿分校礼来图书馆提供:第131页(底部);

纽约大都会艺术博物馆:第15、162页;

由鲁昂国家教育图书馆提供：第130页；

摘自《自然：科学及其在艺术和工业中的应用回顾》（1887年12月5日）：第148页；

摘自《献给法国的少女》（巴黎，1656）：第168页；

摘自《巴黎评论》（1869年8月21日）：第144页；

斯洛伐克布拉迪斯拉发国家美术馆：第164页；

维也纳剧院博物馆，第131页（顶部）；

科罗拉多大学博尔德分校图书馆，"稀有独特馆藏"：第112页；

"维尔·德·坎特勒"图片网站（Ville de Canteleu）提供：第93页；

选自《多尔诺瓦夫人童话故事集：白猫等古老法国童话》（1928）：第104页；

耶鲁大学英国艺术中心（纽黑文市），第135页（顶部和底部）、第206、207页。

资料来源

来源故事和评论版本

d'Aulnoy, Marie-Catherine, *Contes I* [1697], intro. by Jacques Barchilon, ed. Philippe Hourcade (Paris, 1997)
——, *Contes II* [1698], intro. by Jacques Barchilon, ed. Philippe Hourcade (Paris, 1998)
——, *Nouveaux contes de fées* (Amsterdam, 1708)
Basile, Giambattista, *The Tale of Tales; or, Entertainment for Little Ones*, trans. Nancy L. Canepa (Detroit, MI, 2007)
Le Cabinet des fées, 41 vols (Geneva, 1785–9)
Enchanted Eloquence: Fairy Tales by Seventeenth-Century French Women Writers, ed. and trans. Lewis Seifert and Domna Stanton (Toronto, 2010)
La Force, Charlotte-Rose Caumont de, *Les Fées contes des contes* (Amsterdam, 1716)
Leprince de Beaumont, Jeanne-Marie de, *Le Magasin des enfants: La Belle et la Bête et autres contes* (Paris, 1995)
L'Héritier, Marie-Jeanne, *Les Caprices du destin* [1717] (Paris, 1718)
——, 'Marmoisan ou l'innocente tromperie', in *La Fille en garçon*, ed. Catherine Velay-Vallantin (Carcassonne, 1992), pp. 17–57
——, *Oeuvres meslées* (Paris, 1696)
Murat, Henriette-Julie de, *Histoires sublimes et allégoriques, dédiées aux fées modernes* (Paris, 1699)
Perrault, Charles, *Contes* (Paris, 1981)
Peterson, Nora Martin, ed., *Miracles of Love: French Fairy Tales by Women*, trans. Jordan Stump (New York, 2022)
Straparola, Francesco Giovan, *The Pleasant Nights*, ed. and trans. Suzanne Magnanini (Toronto, 2015)
Villeneuve, Gabrielle-Suzanne de, *Beauty and the Beast: The Original Story*, ed. and trans. Aurora Wolfgang (Toronto, 2020)

──, *La Belle et la Bête* (Paris, 2012)
Zipes, Jack, ed., *Beauties, Beasts, and Enchantment: Classic French Fairy Tales*, 2nd edn (New York, 2016)
──, trans. and intro., *The Complete Fairy Tales of the Brothers Grimm* (New York, 2002)
──, ed., *The Great Fairy Tale Tradition: From Straparola and Basile to the Brothers Grimm* (New York, 2001)

印制的译本和改编版本

d'Aulnoy, Marie-Catherine, *Fairy Tales: Translated from the French of the Countess d'Anois* (London, 1817)
──, 'La Gatita blanca', in *Cuentos famosos ilustrados a colores*, 26 (Mexico City, 1965)
──, *The History of Fortunio and his Famous Companions* (London, 1804)
──, *The White Cat, and Other Old French Fairy Tales, by Mme la comtesse d'Aulnoy*, ed. Rachel Field, illus. Elizabeth MacKinstry (New York, 1928)
Balzac, Honoré de, *La Dernière Fée* [1823] (Paris, 1876)
──, 'Un Prince de la Bohème', in *Oeuvres complètes* (Paris, 1879), vol. IV, pp. 21–54
Banville, Théodore de, 'A la Biche empaillée qui figurait à la Porte-Saint-Martin dans *La Biche au bois*', in *Odes funambulesques* [1868] (Paris, 1896), pp. 246–9
Baring-Gould, Sabine, *A Book of Fairy Tales* (London, 1894)
──, *Old English Fairy Tales* (London, 1895)
Baudelaire, Charles, 'To Beauty with the Golden Hair', *Revue des deux mondes*, X/5 (June 1855), pp. 1085–7
Bonnières, Robert de, *Contes des fées* (Paris, 1881)
Carrière, Joseph Médard, *Tales from the French Folk-Lore of Missouri* (Evanston, IL, 1937)
Caylus, Anne Claude de, *Tout vient à point, qui peut attendre; ou Cadichon, suivi de Jeannette; ou l'indiscrétion: contes . . . Pour servir de Supplément aux Contes des Fées de Madame d'Aulnoy* (Paris, 1775)
Chalupt, René, 'Laideronnette, Impératrice des Pagodes', *La Phalange*, LI (September 1910), pp. 212–15
The Child's Own Book of Standard Fairy Tales, illus. Gustave Doré and George Cruikshank (Philadelphia, 1868)

Daddy Gander's Entertaining Fairy Tales (London, 1815)
The Enchanter; or Wonderful Story Teller: In Which Is Contained a Series of Adventures, Curious, Surprising, and Uncommon; Calculated to Amuse, Instruct, and Improve Younger Minds (London, 1795)
The Fairiest; or Surprising and Entertaining Adventures of the Aerial Beings . . . The Whole Selected to Amuse and Improve Juvenile Minds (London, 1795)
Kletke, Hermann, *Märchensaal: Märchen aller Völker für Jung und Alt* (Berlin, 1845)
L'Héritier, Marie-Jeanne, 'Marmoisan, oder die unschuldige Betrügerey', in *Landbibliothek zu einem angenehmen und lehrreichen Zeit vertreibe aus verschiedenen Sprachen zusammen getragen* (Leipzig, 1772), pp. 311–56
——, 'Marmoisan; or, The Innocent Deceit: A Novel', *The Lady's Magazine; or, Entertaining Companion for the Fair Sex* (March 1775; April 1775; May 1775), pp. 148–9; 195–6; 246–8
——, 'Marmoisan; or, The Innocent Deceit: A Novel', *Scots Magazine* (August 1744; September 1744), pp. 372–9; 425–9
——, 'Marmoisan; or, The Innocent Deceit: A Novel', *Universal Spectator and Weekly Journal*, 806–11 (17 March–21 April 1744), n.p.
——, 'The Wary Princess: or, The Adventures of Finette. A Novel', *Universal Spectator and Weekly Journal*, 786–8 (29 October–12 November 1743), n.p.
Miranda and the Royal Ram (London, 1844)
Mother Bunch's Fairy Tales: Published for the Amusement of All Those Little Masters and Misses, Who, by Duty to their Parents, and Obedience to their Superiors, Aim at Becoming Great Lords and Ladies (London, 1773; 2nd edn London, 1830)
Němcová, Božena, '"Cinderella" by Božena Němcová', trans. Rebecca Cravens, New Directions in d'Aulnoy Studies, *Marvels and Tales*, xxxv/2 (2021), pp. 356–69
——, and Karel Jaromír Erben, *Czech Fairytales* (Prague, 2007)
Pineau, Léon, *Les Contes populaires du Poitou* (Paris, 1891)
The Pleasing Companion: A Collection of Fairy Tales, Calculated to Improve the Heart: The Whole Forming a System of Moral Precepts and Examples, for the Conduct of Youth through Life (London, c. 1790)
Schulz, Friedrich, 'Rapunzel', in *The Great Fairy-Tale Tradition*, ed. Jack Zipes (New York, 2011), pp. 484–9

改编的电影、舞台剧和音乐剧，以及当代的评述

Adam, Adolphe, *Souvenirs d'un musicien* (Paris, 1857)
Baillot, René, *Serpentin vert, air de danse pour le piano* (Paris, 1860)
Bolton, H. Philip, *Women Writers Dramatized: A Calendar of Performances from Narrative Works Published in English to 1900* (New York, 2000)
Burnand, F. C., *The White Cat! of Prince Lardi-Dardi and the Radiant Rosetta: A Fairy Burlesque Extravaganza* (London, 1870)
Byron, Henry J., *Lady Belle Belle; Fortunio and his Seven Magic Men: A Christmas Fairy Tale* (London, 1864)
Chevassu, Francis, 'Les Théâtres: Châtelet', *Le Figaro*, 5 November 1908, p. 5
Cogniard, Théodore and Hippolyte, *La Chatte blanche* (Paris, 1852)
'Fancy-Dress Ball at Marlborough House', *London Illustrated News*, 1 August 1874, p. 114
Gautier, Théophile, 'Le Monde et le théâtre: Chronique familière du mois', *Revue de Paris*, x– xii (July–September 1852), pp. 149–59
——, 'Théâtre de la Porte-Saint-Martin, *La Biche au Bois*', *La Presse*, 31 March 1945, n.p.
Kirby, James, *The Songs, Recitatives, Choruses &c. in The White Cat; or, Harlequin in Fairy Wood* (London, c. 1812)
Mareschal, G., 'La photographie au théâtre', *La Nature*, 5 December 1887, pp. 93–4
Monselet, Charles, 'Théâtres', *Le Monde illustré*, 21 August 1869, pp. 126–7
Morlot, Émile, 'Critique dramatique: Menus-Plaisirs', *Revue d'art dramatique*, April–June 1887, pp. 105–9
Mortier, Arnold, 'Reprise de la *Chatte Blanche*', in *Les Soirées parisiennes de 1875* (Paris, 1876), pp. 194–8
Planché, James Robinson, *The Extravaganzas of J. R. Planché, Esq.*, vol. ii (London, 1879)
——, trans., *Fairy Tales, by the Countess d'Aulnoy*, illus. John Gilbert (London, 1856)
——, trans., *Four and Twenty Fairy Tales, Selected from Those by Perrault, and Other Popular Writers* (London, 1858)
——, 'The Island of Jewels; A Fairy Extravaganza', in *The Extravaganzas of J. R. Planché, Esq., 1825–1871* (London, 1879), vol. iv,

pp. 7–46
Ravel, Maurice, *Ma Mère l'oye, ballet en cinq tableaux et une apotheose: Partition pour piano* (Paris, *c.* 1912)
Vorlíček, Václav, dir., *Three Hazelnuts [Wishes] for Cinderella* (DEFA, 1973)

精选文献

Abbott, Carmeta, 'Madame de Saint-Balmon (Alberte-Barbe d'Ernecourt): *Les Jumeaux martyrs* (1650)', in *Writings by Pre-Revolutionary French Women*, ed. Anne R. Larsen and Colette H. Winn [2000] (New York, 2017), pp. 257–88
Adams, Maeve E., 'The Amazon Warrior Woman and the De/construction of Gendered Imperial Authority in Nineteenth-Century Colonial Literature', *Nineteenth-Century Gender Studies*, VI/1 (Spring 2010)
Assael, Brenda, *The Circus and Victorian Society* (Charlottesville, VA, 2005)
Baker, Henry Barton, *History of the London Stage and its Famous Players (1576–1903)* (London, 1904)
Barchilon, Jacques, and Peter Flinders, *Charles Perrault* (Boston, MA, 1981)
Batchelor, Jennie, '"Connections, which are of service … in a more advanced age": "The Lady's Magazine", Community, and Women's Literary Histories', *Tulsa Studies in Women's Literature*, XXX/2 (Autumn 2011), pp. 245–67
Battestin, Martin C., 'Fielding's Contributions to the "Universal Spectator" (1736–7)', *Studies in Philology*, LXXXIII/1 (Winter 1986), pp. 88–116
Beasley, Faith E., *Salons, History, and the Creation of 17th-Century France: Mastering Memory* (New York, 2006)
Beauvoir, Simone de, *The Second Sex* (New York, 1989)
Blackwell, Jeannine, 'German Fairy Tales: A User's Manual. Translations of Six Frames and Fragments by Romantic Women', in *Fairy Tales and Feminism: New Approaches* (Detroit, MI, 2004), pp. 73–98
Blamires, David, 'From Madame d'Aulnoy to Mother Bunch: Popularity and the Fairy Tale', in *Popular Children's Literature in Britain* (Burlington, VT, 2008), pp. 69–86
Bloom, Rori, *Making the Marvelous: Marie-Catherine d'Aulnoy, Henriette-Julie de Murat, and the Literary Representation of the Decorative Arts*

(Lincoln, NE, 2022)
Bonanni, Veronica, '"The Blue Bird" and "L'Uccello turchino". Collodi: Translator of d'Aulnoy', New Directions in d'Aulnoy Studies, *Marvels and Tales*, XXXV/2 (2021), pp. 337–52
Boone, Joseph Allen, *The Homoerotics of Orientalism* (New York, 2014)
Bottigheimer, Ruth, 'Cinderella: The People's Princess', in *Cinderella across Cultures: New Directions and Interdisciplinary Perspectives*, ed. Martine Hennard Dutheil de La Rochère et al. (Detroit, MI, 2016), pp. 27–51
——, 'Fairy Tales', in *Encyclopedia of German Literature*, ed. Matthias Konzett (Chicago, 2000), pp. 267–70
——, 'Marie-Catherine d'Aulnoy's "White Cat" and Hannā Diyāb's "Prince Ahmed and Pari Banou": Influences and Legacies', New Directions in d'Aulnoy Studies, *Marvels and Tales*, XXXV/2 (2021), pp. 290–311
——, and Sophie Raynard, trans. and notes, 'Marie-Jeanne Lhéritier, Diverse Works 1698', in *Fairy Tales Framed: Early Forewords, Afterwords, and Critical Words*, ed. Ruth Bottigheimer (Albany, NY, 2012), pp. 127–54
Carrier, Hubert, 'Women's Political and Military Action during the Fronde', in *Political and Historical Encyclopedia of Women*, ed. Christine Fauré (New York, 2003), pp. 34–55
Cherbuliez, Juliette, *The Place of Exile: Leisure Literature and the Limits of Absolutism* (Lewisburg, PA, 2005)
Christout, Marie-Françoise, 'Aspects de la féerie romantique de *La Sylphide* (1832) à *La Biche au bois* (1845); Chorégraphie, décors, trucs et machines', *Romantisme*, XXXVIII (1982), pp. 77–86
Cowgill, Rachel, 'Re-Gendering the Libertine: Or, the Taming of the Rake: Lucy Vestris as Don Giovanni on the Early Nineteenth-Century London Stage', *Cambridge Opera Journal*, X/1 (March 1998), pp. 45–66
Cromer, Sylvie, '"Le Sauvage": Histoire sublime et allégorique de Madame de Murat', *Merveilles et contes*, I/1 (May 1987), pp. 2–19
Defrance, Anne, *Les Contes et les nouvelles de Madame d'Aulnoy (1690–1698)* (Geneva, 1998)
Do Rozario, Rebecca-Anne C., *Fashion in the Fairy Tale Tradition: What Cinderella Wore* (New York, 2018)
Dubois-Nayt, Armel, Nicole Dufournaud and Anne Paupert, eds,

Revisiter la 'querelle des femmes': Discours sur l'égalité/inégalité des sexes, de 1400 à 1600 (Saint-Etienne, 2013)

Duggan, Anne E., '*Les Femmes Illustres*; or, The Book as Triumphal Arch', *Papers on French Seventeenth-Century Literature*, XLIV/87 (2017), pp. 1–20

——, 'Introduction: The Emergence of the Classic Fairy-Tale Tradition', in *A Cultural History of Fairy Tales in the Long Eighteenth Century* (London, 2021), pp. 1–16

——, 'Madeleine de Scudéry's Animal Sublime; or, Of Chameleons', *Ecozon*, VII/1 (2016), pp. 28–42

——, *Queer Enchantments: Gender, Sexuality, and Class in the Fairy-Tale Cinema of Jacques Demy* (Detroit, MI, 2013)

——, 'The *Querelle des femmes* and Nicolas Boileau's *Satire* X: Going beyond Perrault', *Early Modern French Studies*, XLI/2 (2019), pp. 144–57

——, *Salonnières, Furies, and Fairies: The Politics of Gender and Cultural Change in Absolutist France*, 2nd rev. edn (Newark, NJ, 2021)

Farrell, Michèle Longino, 'Celebration and Repression of Feminine Desire in Mme d'Aulnoy's Fairy Tale: *La Chatte blanche*', *Esprit Créateur*, XXIX/3 (Autumn 1989), pp. 52–64

Feuillerat, Albert, *Baudelaire et la Belle aux cheveux d'or* (Paris, 1941)

Ficová, Adéla, 'To Whom the Shoe Fits: Cinderella as a Cultural Phenomenon in the Czech and Norwegian Context', MA diss., Masaryk University, Brno, 2020

Flaubert, Gustave, *Correspondance*, vol. II: 1853–63 (Paris, 1923)

Goncourt, Edmond and Jules de, *Histoire de la société française pendant la révolution*, 3rd edn (Paris, 1864)

Goux, Jean-Joseph, *Oedipe philosophe* (Paris, 1990)

Grätz, Manfred, *Das Märchen in der deutschen Aufklärung: Vom Feenmärchen zum Volksmärchen* (Stuttgart, 1988)

Gregor, Francis, 'Biographical Sketch of the Author', in *The Grandmother: A Story of Country Life in Bohemia*, by Božena Němcová (Chicago, IL, 1891), pp. 5–16

Grenby, M. O., 'Tame Fairies Make Good Teachers: The Popularity of Early British Fairy Tales', *The Lion and the Unicorn*, XXX (2006), pp. 1–24

Griffel, Margaret Ross, *Operas in German: A Dictionary* (New York, 2018)

Griswold, Jerry, *The Meanings of 'Beauty and the Beast': A Handbook* (Peterborough, CA, 2004)

Haase-Dubosc, Danielle, and Marie-Elisabeth Henneau, *Revisiter la 'querelle des femmes': Discours sur l'égalité/inégalité des sexes, de 1600 à 1750* (Saint-Etienne, 2013)

Hames, Peter, 'The Czech and Slovak Fairy-Tale Film', in *Fairy-Tale Films Beyond Disney: International Perspectives*, ed. Jack Zipes et al. (New York, 2016), pp. 139-51

Hannon, Patricia, *Fabulous Identities: Women's Fairy Tales in Seventeenth-Century France* (Amsterdam and Atlanta, 1998)

Harries, Elizabeth Wanning, *Twice Upon a Time: Women Writers and the History of the Fairy Tale* (Princeton, NJ, 2001)

Harth, Erica, *Ideology and Culture in Seventeenth-Century France* (Ithaca, NY, 1983)

Hearne, Betsy, *Beauty and the Beast: Visions and Revisions of an Old Tale* (Chicago, 1989)

Heath, Michelle Beissel, *Nineteenth-Century Fiction of Childhood and the Politics of Play* (London, 2018)

Henriot, Émile, 'De qui sont les contes de Perrault?', *Revue des deux mondes*, XLII/12 (January 1928), pp. 424–41

Hyde, William J., 'The Stature of Baring-Gould as a Novelist', *Nineteenth-Century Fiction*, XV/1 (1960), pp. 1–16

Jarvis, Shawn, 'Monkey Tails: D'Aulnoy and Unger Explore Descartes, Rousseau, and the Animal-Human Divide', New Directions in d'Aulnoy Studies, *Marvels and Tales*, XXXV/2 (2021), pp. 271–89

——, 'Trivial Pursuit? Women Deconstructing the Grimmian Model in the *Kaffeterkreis*', in *The Reception of Grimms' Fairy Tales: Responses, Reactions, Revisions*, ed. Donald Haase (Detroit, MI, 1993), pp. 102–26

Jones, Christine, 'Maiden Warrior', in *Folktales and Fairy Tales: Traditions and Texts from Around the World*, vol. II (Santa Barbara, CA, 2016), pp. 604–7

——, 'Noble Impropriety: The Maiden Warrior and the Seventeenth Century Contes de Fées', diss., Princeton University, Princeton, NJ, 2002

Kilpatrick, Emily, '"Therein Lies a Tale": Musical and Literary Structure in Ravel's *Ma Mère l'Oye*', *Context*, XXXIV (2009), pp. 81–98

Koehler, Julie L. J., 'Navigating the Patriarchy in Variants of "The Bee and the Orange Tree" by German Women', New Directions in d'Aulnoy Studies, *Marvels and Tales*, XXXV/2 (2021), pp. 252–70

——, 'Women Writers and the *Märchenoma*: Foremother, Identity, and Legacy', in *Writing the Self, Creating Community: German Women Authors and the Literary Sphere, 1750–1850*, ed. Elisabeth Krimmer and Lauren Nossett (New York, 2020), pp. 182–203
——, et al., eds and trans., *Women Writing Wonder: An Anthology of Subversive Nineteenth-Century British, French, and German Fairy Tales* (Detroit, MI, 2021)
Korneeva, Tatiana, 'Desire and Desirability in Villeneuve and Leprince de Beaumont's "Beauty and the Beast"', *Marvels and Tales*, XXVIII/2 (2014), pp. 233–51
——, 'Rival Sisters and Vengeance Motifs in the *Contes de fées* of d'Aulnoy, Lhéritier and Perrault', *Modern Language Notes*, CXXVII/4 (2012), pp. 732–53
Lawrence, Caitlin, 'Reimagining the *Conte de fées*: Female Fairy Tales in Eighteenth- and Nineteenth-Century England and their Exploration of the World In-Between', PhD diss., Baylor University, Waco, TX, 2020
Lebens, Naomi, '"We Made a Blame Game of your Game": Jean Desmarets, the *Jeu des Reynes Renommés* and the *Dame des Reynes*', *Early Modern Women*, XII/1 (Autumn 2017), pp. 119–31
Lieberman, Marcia R., '"Some Day My Prince Will Come": Female Acculturation through the Fairy Tale', *College English*, XXXIV/3 (1972), pp. 383–95
Lüthi, Max, 'Die Herkunft des Grimmschen Rapunzelmäarhens (AsTh 310)', *Fabula*, III/1 (1960), pp. 95–118
Máchal, Jan, 'Počátky zábavné prosy novočeské', in *Literatura česká devatenáctého století* (Prague, 1902), pp. 309–55
Maclean, Ian, *Women Triumphant: Feminism in French Literature 1610–1652* (Oxford, 1977)
Martineau, France, 'Perspectives sur le changement linguistique: Aux sources du français canadien', *Canadian Journal of Linguistics/La revue canadienne de linguistique*, L/1–4 (2005), pp. 173–213
Mawer, Deborah, *The Ballets of Maurice Ravel: Creation and Interpretation* (London, 2006)
Miller, Ann, *Reading Bande Dessinée: Critical Approaches to French-Language Comic Strip* (Bristol, 2007)

Mitchell, Dolores, 'Women and Nineteenth-Century Images of Smoking', in *Smoke: A Global History of Smoking*, ed. Sander L. Gilman and Zhou Xun (London, 2004), pp. 294–303

Mullins, Melissa, 'Ogress, Fairy, Sorceress, Witch: Supernatural Surrogates and the Monstrous Mother in Variants of "Rapunzel"', in *The Morals of Monster Stories: Essays on Children's Picture Book Messages*, ed. Leslie Ormandy (Jefferson, NC, 2017), pp. 142–57

Munich, Adrienne, *Queen Victoria's Secrets* (New York, 1996)

Murat, Henriette-Julie de, *Journal pour Mademoiselle de Menou* (Paris, 2016)

Norcia, Megan A., *Gaming Empire in Children's British Board Games, 1836–1860* (New York, 2019)

Pasco, Allan H., *Balzacian Montage* (Toronto, 1991)

Pichel, Beatriz, 'Reading Photography in French Nineteenth Century Journals', *Media History*, XXV/92 (2018), pp. 1–19

Raková, Zuzana, *La Traduction tchèque du français* (Brno, 2014)

Raynard, Sophie, *La Seconde Préciosité: Floriason des conteuses de 1690 à 1756* (Tübingen, 2002)

Reddan, Bronwyn, *Love, Power, and Gender in Seventeenth-Century French Fairy Tales* (Lincoln, NE, 2020)

Richards, Jeffrey, *The Golden Age of Pantomime: Slapstick, Spectacle and Subversion in Victorian England* (London, 2015)

Robert, Raymonde, *Le Conte de fées littéraire en France de la fin du XVIIe à la fin du XVIIIe siècle* (Nancy, 1982)

Rubenstein, Anne, *Bad Language, Naked Ladies, and Other Threats to the Nation: A Political History of Comic Books in Mexico* (Durham, NC, 1998)

Schacker, Jennifer, 'Fluid Identities: Madame d'Aulnoy, Mother Bunch and Fairy-Tale History', in *The Individual and Tradition: Folkloristic Perspectives*, ed. Ray Cashman et al. (Bloomington, IN, 2011), pp. 249–64

——, 'Slaying Blunderboer: Cross-Dressed Heroes, National Identities, and Wartime Pantomime', *Marvels and Tales*, XXVII/1 (2013), pp. 52–64

——, *Staging Fairyland: Folklore, Children's Entertainment, and Nineteenth-Century Pantomime* (Detroit, MI, 2018)

——, and Daniel O'Quinn, eds, *The Routledge Pantomime Reader: 1800–1900* (London, 2022)

Schröder, Volker, 'The Birth and Beginnings of Madame d'Aulnoy', *Anecdota* blog, 29 March 2019, https://anecdota.princeton.edu
——, 'The First German Translation of *Les Contes des fées*', *Anecdota* blog, 20 February 2022
——, 'Madame d'Aulnoy's Productive Confinement', *Anecdota* blog, 2 May 2020
——, 'Marie-Madeleine Perrault (1674–1701)', *Anecdota* blog, 31 December 2017
Schwabe, Claudia, 'The Legacy of DEFA's *Three Hazelnuts for Cinderella* in Post-Wall Germany: Tracing the Popularity of a Binational Fairy-Tale Film on Television', *Marvels and Tales*, XXXI/1 (2017), pp. 80–100
Seifert, Lewis, 'Charlotte-Rose de Caumont de la Force: 1650?–1724', in *The Teller's Tale: Lives of the Classic Fairy Tale Writers*, ed. Sophie Raynard (Albany, NY, 2012), pp. 89–93
——, *Fairy Tales, Sexuality, and Gender in France, 1690–1715: Nostalgic Utopias* (Cambridge, 1996)
Shen, Qinna, *The Politics of Magic: DEFA Fairy-Tale Films* (Detroit, MI, 2015)
Simonsen, Michèle, *Le Conte populaire* (Paris, 1984)
Skopal, Pavel, 'The Czechoslovak–East German Co-Production *Tři oříšky pro Popelku/Drei Haselnüsse für Aschenbrödel/Three Wishes for Cinderella*: A Transnational Tale', in *Popular Cinemas in East Central Europe: Film Cultures and Histories*, ed. Dorota Ostrowska, Francesco Pitassio and Zsuzsanna Varga (London and New York, 2017), pp. 184–97
——, 'Přiběh úspěšné koprodukce. Národní, mezinárodní a transnârodní prvky *Tři oříšky pro Popelku*', in *Tři oříšky pro Popelku*, ed. Pavel Skopal (Prague, 2016), pp. 36–55
Šmejkalová, Jiřina, 'Němcová, Božena (born Barbora Panklová) (1820?–1862)', in *Biographical Dictionary of Women's Movements and Feminisms: Central, Eastern, and South Eastern Europe, Nineteenth and Twentieth Centuries*, ed. Francisca de Haan, Krassimira Daskalova and Anna Loutfi (Budapest, 2006), pp. 366–9
Stedman, Allison, 'Introduction', in *A Trip to the Country: By Henriette-Julie de Castelnau, comtesse de Murat*, ed. and trans. Perry Gethner and Allison Stedman (Detroit, MI, 2011)
——, *Rococo Fiction in France, 1600–1715: Seditious Frivolity* (Lewisburg, PA, 2013)

Storer, Mary Elizabeth, *Un Épisode littéraire de la fin du XVIIe siècle: La Mode des contes de fées (1685–1700)* (Paris, 1928)

Tait, Peta, *Fighting Nature: Travelling Menageries, Animal Acts and War Shows* (Sydney, 2016)

Tartar, Maria, *The Hard Facts of the Brothers Grimm* (Princeton, NJ, 1987)

Teverson, Andrew, '"Mr Fox" and "The White Cat": The Forgotten Voices in Angela Carter's Fiction', *Hungarian Journal of English and American Studies*, V/2 (1999), pp. 209–22

Thomas, Alfred, 'Form, Gender and Ethnicity in the Work of Three Nineteenth-Century Czech Women Writers', *Bohemia*, XXXVIII (13 December 1997), pp. 280–97

Tille, Václav, 'Les Contes français dans la tradition populaire tchèque', in *Mélanges d'histoire littéraire générale et comparée offerts à Fernand Baldensperger* [1930] (Geneva 1972), pp. 284–95

Trinquet du Lys, Charlotte, *Le Conte de fées français (1690–1700): Traditions italiennes et origines aristocratiques* (Tübingen, 2012)

——, 'L'homosexualité dans les contes de femmes-soldats', *Papers in French Seventeenth-Century Literature*, XLI/81 (2014), pp. 283–99

——, 'On the Literary Origins of Folkloric Fairy Tales: A Comparison between Madame d'Aulnoy's "Finette Cendron" and Frank Bourisaw's "Belle Finette"', *Marvels and Tales*, XXI/1 (2007), pp. 34–49

——, 'Women Soldiers' Tales during Louis XIV's War Conflicts', *Marvels and Tales*, XXXIII/1 (2019), pp. 140–56

Tucker, Holly, *Pregnant Fictions: Childbirth and the Fairy Tale in Early Modern France* (Detroit, MI, 2003)

Velay-Vallantin, Catherine, 'Marmoisan ou la fille en garçon', in *La Fille en garçon* (Carcassonne, 1992), pp. 61–132

Wawn, Andrew, 'The Grimms, the Kirk-Grims, and Sabine Baring-Gould', in *Constructing Nations, Reconstructing Myth: Essays in Honour of T. A. Shippey* (Turnhout, 2007), pp. 215–42

Yeomans, Henry, *Alcohol and Moral Regulation: Public Attitudes, Spirited Measures, and Victorian Hangovers* (Bristol, 2014)

Zipes, Jack, *Fairy Tale as Myth/Myth as Fairy Tale* (Lexington, KY, 1994)

——, ed., *The Golden Age of Folk and Fairy Tales: From the Brothers Grimm to Andrew Lang* (Indianapolis, IN, 2013)

——, ed., *Spells of Enchantment: The Wondrous Fairy Tales of Western Culture* (New York, 1991)

——, *Why Fairy Tales Stick: The Evolution and Relevance of a Genre* (New York, 2006)

Zuerner, Adrienne E., 'Reflections of the Monarchy in d'Aulnoy's *Belle-Belle ou le chevalier Fortuné*', in *Out of the Woods: The Origins of the Literary Fairy Tale in Italy and France*, ed. Nancy Canepa (Detroit, MI, 1997), pp. 194–217

图书在版编目（CIP）数据

消失的"公主"：女性作家和经典童话 /（美）安妮·E. 达根著；陈文静译. -- 上海：上海社会科学院出版社，2025. -- ISBN 978-7-5520-4573-4

Ⅰ. I106.8

中国国家版本馆CIP数据核字第202464VE32号

The Lost Princess: Women Writers and the History of Classic Fairy Tales by Anne E. Duggan was first published by Reaktion Books, London, UK, 2023. Copyright © Anne E. Duggan 2023

上海市版权局著作权合同登记号：09-2023-0819

消失的"公主"：女性作家和经典童话

著　　者：	［美］安妮·E. 达根
译　　者：	陈文静
责任编辑：	张　晶
封面设计：	周清华
出版发行：	上海社会科学院出版社
	上海顺昌路622号　邮编200025
	电话总机021-63315947　销售热线021-53063735
	https://cbs.sass.org.cn　E-mail: sassp@sassp.cn
排　　版：	南京展望文化发展有限公司
印　　刷：	上海盛通时代印刷有限公司
开　　本：	890毫米×1240毫米　1/32
印　　张：	7.75
插　　页：	12
字　　数：	205千
版　　次：	2025年1月第1版　2025年1月第1次印刷

ISBN 978-7-5520-4573-4/I·560　　　　　　　定价：68.00元

版权所有　翻印必究